曲
》的宇宙观

著

人民东方出版传媒
People's Oriental Publishing & Media

东方出版社
The Oriental Press

图书在版编目（CIP）数据

《神曲》的宇宙观 / 刘会凤著 . —北京：东方出版社，2022.1
ISBN 978-7-5207-1794-6

Ⅰ . ①神… Ⅱ . ①刘… Ⅲ . ①《神曲》—诗歌研究
Ⅳ . ① I546.072

中国版本图书馆 CIP 数据核字（2021）第 229372 号

《神曲》的宇宙观
（ SHENQU DE YUZHOUGUAN ）

作　　者：刘会凤
责任编辑：张凌云
出　　版：东方出版社
发　　行：人民东方出版传媒有限公司
地　　址：北京市西城区北三环中路 6 号
邮　　编：100120
印　　刷：北京明恒达印务有限公司
版　　次：2022 年 1 月第 1 版
印　　次：2022 年 1 月第 1 次印刷
开　　本：710 毫米 × 1000 毫米　1/16
印　　张：15
字　　数：180 千字
书　　号：ISBN 978-7-5207-1794-6
定　　价：42.00 元
发行电话：（010）85924663　　85924644　　85924641

自序

  《神曲》（1307—1321）是欧洲中世纪文化的百科全书，是古希腊古罗马人文精神和基督教神学精神二源汇流的史诗经典，开启了西欧近代文艺复兴和宗教改革的先河。《神曲》从文学史的角度来说是一部将人从尘世肉体中剥离、提取出"灵魂／精神"部分来探索人生道路的文学作品，是一部带有浓郁的宗教文化气息和高昂的人文主义精神的"灵魂"史诗，其核心内容是探讨人类纯粹精神层面的问题，展示出人类感情的至高和至深。《神曲》中的"小宇宙诗学"浓缩了中世纪全景文化宇宙观，直接影响了文艺复兴时期的诗学宇宙观，并对后世欧洲文化影响深远。研究《神曲》的"但丁学"在国际学术界的地位可与中国的"红学"和英国的"莎士比亚学"相匹敌，目前国内有关"但丁学"的研究成果还不够充分，尚未出现系统梳理《神曲》宇宙观和宇宙体系并以此为主线探究其文化渊源和内涵的专著，笔者的研究就从这里开始。

论著以宇宙观为切入点，综合运用比较文学基本原理、叙事学基本原理和空间叙事学理论作为参照，以时间、空间和灵魂观为框架体系组织篇章结构。采用文献研究法、比较研究法、文本细读法、图表分析法进行研究。采用跨学科跨文化视角，引入现代"时空观"和"宇宙学"知识体系，融汇基督教神学、佛法宇宙观、托勒密宇宙体系、阿奎那法律学说、空间叙事学理论等知识，在灵魂体／心意识部分引入中国经典《西游记》来对比分析，附录部分归纳整合多种《神曲》译本的 18 幅图表资料，并自制 20 多个图表，力图直观准确、图文并茂地呈现出《神曲》的宇宙体系。

本书以时间、空间和灵魂体／心意识为框架分析《神曲》的宇宙观和宇宙体系，并引证其文化或宗教教义的渊源以及文本象征内涵。第一章时间观，分析时间的表达方式及其文化内涵和象征意义。《神曲》的时间包括两方面，第一是叙事时间，叙事时间又包括中世纪的昼夜两分法、黄道 12 星宫计时法、南北半球时区对照法和旅人但丁的预定"时刻表"四种类型；此外，还有文本的历史时间观，即时间的并置法则。第二章空间观，概说《神曲》蕴含的四个世界。重点剖析彼岸三界的体系和秩序：天国的秩序和体系以"德性"的类型和等次为依据，人内心的道德律即秩序本身；地狱和炼狱体系以"罪恶／罪宗"为依据，"罪"与"罚"合二为一，尘世的罪孽即是灵魂来世的栖居之所，人造就了他自身。三界的自然环境是"心灵图像"感召出来的结果，灵魂们的"德性"或"罪"再造出第二自然。第三章灵魂观，《神曲》中的"居民"是人类精神的缩影，但丁的灵魂观特别强调"自由意志说"和"爱的哲学"。"爱的哲学"是全篇的落脚点，臻于至善的天国体系以爱为动力能源、以光为传播媒介，是一种无限开放、资源共享的网络空间。

《神曲》的艺术形式是"旧瓶装新酒"，采用中世纪宗教梦幻文学形式，闪耀着积极向上的人文主义精神曙光，发出了文艺复兴的先声。《神曲》的中译本自问世以来就以其德育价值影响了一代又一代的中国读者。

"时间观"的分析为读者呈现出分秒必争、以太阳为时钟，务实进取的奋斗精神。诗篇中关于惜时的名言警句历久弥新，"现在你应该去掉懒惰，因为坐在绒毛上或者躺在被子里是不会成名的……如果不和沉重的肉体一同倒下来，精神是战无不胜的"。时间是有形质、有方向的，大自然太阳时钟里面蕴含着人生道路的形状，人的道路不是直线的，而是与星辰运行轨迹一致的螺旋式攀升路线。

"空间观"的剖析为读者清晰地展示出但丁的"德性论"，灵魂的处境是自己造就的，人的行动就是他的"德性或罪恶"，警醒世人持善念施善行。"德性"的类型和等次形成了天国的秩序体系，人内心的道德律即宇宙秩序本身。地狱和炼狱体系则以"罪恶"或"罪宗"为依据，说明"罪"与"罚"是一体的。人类是灵魂与肉体的结合，兼具灵魂性和物质性，脱离肉体的灵魂保留着尘世的功德或罪孽，因而形成不同的形质：罪孽重的灵魂如阴影晦涩沉重，沉坠入地狱中；爱德满溢的灵魂轻盈展翅如天使，飞升天国。灵魂创造了他们第二次永恒的命运，灵魂来世的家园取决于他今生的为人。

有关"灵魂体"的行动哲学突出"自由意志说"和"爱的哲学"，强调善行的决定性作用，"爱"是人类精神的核心和精髓。《神曲》中人类所有死去的灵魂体都必须在来世享用"共在"的时钟和住处。所有的亡灵都呈现出非物质无伪饰的原始状态，所有的灵魂都具有"心灵解读术"，可以直接穿透彼此的内部世界。因而亡灵体按照"物以类聚"的方式自然聚合在一起，所谓地狱就是"邻舍皆恶人"，天堂则是圣贤、善人、英才聚集之地，诚如博尔赫斯所说"天堂应该是图书馆的模样"。灵魂们的人文居住环境就是他们的"赏"或"罚"。人类的"自由意志"和"爱"都在遵守德性和戒律的"秩序"中结出善果。人应该时刻专注于自己"善"的天性。人类"记忆"的产生根源在于思维的间断性和善变性，因为人的意志不专一，才会产生中断和回忆，完美的灵体天使们不存在"记忆"活动。

此外，《神曲》创造性地运用了"三联韵"，用线性文字构造了一座立体可感的螺旋式上升形状的"知识天梯"，用字母谱写了一曲"天籁之音"，其诗章的语言美、音韵美也值得用心体会、品味。

《神曲》是整个中世纪千年文化的结晶，是世界文学名著长廊里不可多得的经典。然而受外国语言、文化、历史背景等因素的影响，中国读者阅读和赏析该作品的时候或许会有诸多障碍，笔者力图在写作中融会贯通各学科门类的基本知识，将《神曲》牵涉的西欧古典文化的"互文性"网络知识体系呈现出来，并精选或制作各种类型的图表资料，给读者展示出简明易懂、清晰直观的《神曲》宇宙体系，减少文本阅读的障碍，以期启发更多的读者聆听《神曲》。

目录

目

录

绪　论

一、研究目的与意义

但丁（1265—1321）是意大利的民族诗人，中古到文艺复兴的过渡时期最有代表性的作家，在欧洲文学发展史上占据一个关键地位。《神曲》（1307—1321）是欧洲中世纪文化的百科全书，是古希腊古罗马人文精神和基督教神学精神二源汇流的史诗经典，开启了西欧近代文艺复兴和宗教改革的先河。黄国彬在《神曲》译本的前言中翔实地总结和分析了但丁研究的国内外成果和价值，他认为就文学研究而言，在西方的学术界，能够与但丁研究相比的，大概只有莎士比亚研究，而在汉语世界，则只有红学可与之比拟。[①] 目前国内学术界关于《神曲》的研究成果和规模相比莎士比亚研究而言，还比较薄弱。朱振宇译介了两部美国当代但丁研究学者的专著成果，在"但丁集"系列丛书的出版说明中同样提出："虽然但丁作品的汉译大体已备，中国学界的但丁研究及其作品解读，迄今未见像样的成果。可以说，我们对大诗人但丁的理解尚未起步，这势必限制我们对西方文教大传统的认识。"[②]

[①] 黄国彬译注：《神曲·地狱篇》（译本前言），外语教学与研究出版社 2009 年版，第 53—54 页。
[②] 〔美〕霍金斯：《但丁的圣约书——圣经式想象论集》，朱振宇译，华夏出版社 2011 年版。

《神曲》采用中世纪梦幻文学的方式，描述作者梦游亡灵"三界"的经历和见闻。诗歌核心内容探讨的是人类精神层面的问题，诚如20世纪诗人和文论家艾略特（T.S.Eliot）在《但丁》一文中所评价的那样："整部《神曲》合而观之，则只有莎士比亚的全部剧作堪与比拟。……莎士比亚所展示的，是人类感情的至广；但丁所展示的，是人类感情的至高和至深。他们相互补充。"①但丁认为人既具有可毁灭的肉体又具有不灭的灵魂，整部《神曲》描述的是尘世结束之后的来生境遇，"地狱"、"炼狱"和"天堂"是亡灵的家园。19世纪英国著名文学批评家卡莱尔评论说："中世纪十个世纪的沉寂，历经曲折，终于出现了但丁这位代言人。《神曲》是但丁的著作；然而，本质上它是属于十个基督教世纪的，但丁只是把它写了出来。"②但丁是中世纪的总结者，冥世"三界"的天才构建是《神曲》最具魅力的艺术成就之一。

　　古往今来，人类对宇宙星辰、今生来世的探索渗透在各类型的文化成果之中。从远古神话传说开始，各类文学作品都不同程度地折射出不同时期的宇宙观念和宇宙学成果。《神曲》中的宇宙观是在借鉴古希腊古罗马文化和基督教神学教义的基础上，但丁倾其所有的天才创造。他将中世纪基督教梦幻文学中普遍流行的含混、模糊的来世世界，以精确的天文地理空间定位和完美的几何建筑图形呈现出来，引入了那个时代最为先进的宇宙科学、地理学和地质学等自然科学领域的成果，以严谨的科学精神，开拓了诗歌领域内的时空观和宇宙观，直接影响了文艺复兴时期的诗学宇宙观，对后世欧洲文化影响深远。

　　在中国古典文学史上，佛教传入中国之后，佛教的灵魂说、宇宙观从佛经文学开始向世俗文学渗透，催生了文学领域内本土宇宙观的更新变化。至明代

---

① 〔英〕T.S.艾略特：《艾略特诗学文集》，王恩衷编译，国际文化出版公司1989年版，第97页。

② 〔英〕托马斯·卡莱尔：《论历史上的英雄、英雄崇拜和英雄业绩》，周祖达译，商务印书馆2010年版，第118页。

前后，儒、释、道三教合一，佛教逐渐完成了中国化的进程。在文学领域内呈现出一套"轮回果报说"的叙述范式，佛教的宇宙观也在此体系中得到普遍的书写。在百花齐放的明清小说大花园中，《西游记》是最能体现中国传统文化和佛教化的宇宙观互相融合的一部经典。这部小说的主旨精神与《神曲》十分类似，都是通过游历宇宙各界来追寻人类今生的解脱和来世灵魂的永乐。老舍曾发表演讲评价《神曲》对"灵"的世界的探索开拓了文学写作的空间，认为《神曲》地狱篇中的刑罚观念或许受到过佛教地狱观的影响，并呼吁"中国现在需要一个像但丁这样的人出来，从灵的文学着手，将良心之门打开，使人人都过着灵的生活，使大家都拿出良心来，但不一定就是迷信"①。

但丁《神曲》创作的时代背景是 14 世纪文艺复兴早期的中世纪，欧洲尚未形成近代以来的民族国家和民族语言，拉丁文是欧洲的官方语言。《神曲》同古希腊的《荷马史诗》、古罗马的《埃涅阿斯纪》一样，属于欧洲各国文学的共同遗产，并不局限于意大利国别文学的范畴内，这一特点与英国的莎士比亚研究和中国的"红学"是有区别的。

欧洲关于《神曲》文本中呈现出来的宇宙观研究隶属于中世纪基督教神学的历史文化背景范畴。随着年代的推移，20 世纪以来英美学者汇编整理了有关《神曲》创作的中世纪文化背景百科知识，其中牵涉《神曲》宇宙观的内容，有几部代表性的专著问世。同时这些成果散见于各语种的译本注释、各国评论学者的文章中。国内学者在此领域内也有相应的学术成果问世，大多是从叙事学视角分析《神曲》的框架结构和艺术形式，对《神曲》的宇宙观内涵和来源分析不够深入。从比较文学"平行研究"的角度，有多篇关于《神曲》与《西游记》内容比较的期刊论文，这些成果提供了一个崭新的视角，从跨文化的角

---

① 老舍：《灵的文学与佛教——老舍先生在汉藏教理院讲》，《中国现代文学研究论丛》，1985（7）：203—208。

度来对比分析欧洲文学经典《神曲》跟东方古典小说《西游记》中的宇宙观，呈现出《神曲》批评的中国学者视角价值。本书所论就从《神曲》的宇宙观切入，探究《神曲》宇宙观的来源、宇宙模式的架构和特定的文本内涵，以及但丁的艺术创造性，并适当引入中国文化视角作为对比参照，分析基督教文化宇宙观对欧洲文学作品的时空观、灵魂观塑造产生的影响。

二、国内外研究综述

《神曲》是佛罗伦萨人但丁14世纪用佛罗伦萨方言创作的中世纪史诗经典，从语言层面来说属于意大利民族文学先声。但是从文学史的角度来说，但丁所处的时代是欧洲中世纪中晚期，尚未形成现代意义上的民族国家，还处于罗马教廷政教合一的体制时代，《神曲》书写基督教千年来的文化传承，中世纪人性的普遍意义，属于欧洲古典文学范畴，是整个欧洲的文学遗产。关于但丁《神曲》的研究成果涉及中世纪《神曲》诞生以来，欧洲各国不同语种各个历史时期的人文艺术领域，也涉及自然科学领域，可以说是作为一种深层文化积淀，内化为欧洲中世纪文化的一个重要组成部分。约700年来，欧洲关于《神曲》的研究成果汗牛充栋，不同时期侧重点各不相同。目前来说，成果最丰硕、影响面最广泛的要数《神曲》各类译本作者的注释或注解成果，这部分成果是《神曲》研究的根基。此外欧美各国都有但丁研究的学会，其中影响力较大的有意大利、英国、美国、法国和德国。

针对《神曲》宇宙观的研究，是伴随着《神曲》译本的异域传播和接受过程逐渐形成的。《神曲》中涉及的地狱、炼狱和天堂的种种场景和特定文化象征，在欧洲中世纪的文化背景下是人所熟知的神学教义和民族文化积淀，然而随着时代的变迁，现代以来的知识结构和文化习俗已经发生了巨大变革，尤其是在意大利以外的异国文化背景下,《神曲》的宇宙观研究是不可缺少的重要议题。有关《神曲》宇宙观研究的成果,散见于各类型的但丁学研究资料当中。国内但丁研究的综合成果,参见姜岳斌教授的文章《但丁在中国的百年回顾》[1],此外还可参考雒庆娇的两篇文章《国内〈神曲〉研究综述》[2]和《批评视角与国外的〈神曲〉研究》[3]。

笔者广泛搜集了多语种的《神曲》研究专著和学术论文,各类型的研究成果,对《神曲》的宇宙模式构造都有不同程度的涉及,可以为本书提供参考材料和线索依据。鉴于不同国家多语种译著、著作和学术论文内容存在大量的趋同性分析,本书所论在以《神曲》的宇宙观为核心的基础上,对各类参考资料进行了归类整理,并限定参考文献的语种和类型。研究资料的语种立足于中文材料,包括各语种中文译本和中国学者论著成果两类,兼及意大利语和英语。外文书籍有中文译本的统一采用中文译本,同一理论问题多家重复评论的,以意大利语的中文译本为根据,英语译本为参照。具体内容大致可细分为四大类:

第一类是《神曲》文本及各类译本。《神曲》问世以来,历代的译本和文本注释成果本身就是《神曲》研究的重要专著成果类型,20世纪以来多元化国际化的《神曲》研究的根基仍旧体现在这个领域内。目前国内《神曲》译本有"意—中""意—英—中"两种语言模式和"诗歌体""散文体"两种文体形式,有5种影响力较大的译本问世。本书采用"意—中"模式,以田德望的散文译本与黄国彬的诗体译本为依据。这两位翻译家各自用了18年的光阴来翻译注解《神曲》,尤其是田德望先生的译本代表了目前国际国内中

① 姜岳斌:《但丁在中国的百年回顾》,《外国文学研究》,2015(1):130—138。
② 雒庆娇:《国内〈神曲〉研究综述》,《河西学院学报》,2005(3):89—91。
③ 雒庆娇:《批评视角与国外的〈神曲〉研究》,《甘肃联合大学学报》(社会科学版),2006(9):48—50。

文译介研究的最高成就。按照忠于原文思想情感的原则，田德望先生的译本最适合中国读者。按照诗歌体和多语言对照注释的学术参考价值，黄国彬先生的译本涉猎材料更丰富、更全面。这两种译本共 6 部著作包含了大量丰富的注释材料，可以从中梳理出《神曲》宇宙观的具体内容，以及其古典文化来源线索。这是本书研究的依据和基础材料。意大利语参考材料包括两种，一是意大利但丁协会编著的《但丁全集》（*Le Opera*）三卷本汇编，包含但丁全部作品及相关注解的材料文献。二是当代意大利学者朱塞佩（Giuseppe A.Camerino）在 2012—2014 年编辑注释出版的《神曲——朱塞佩注本》（*La divina commedia: a cura di Giuseppe A.Camerino*），这部作品采用了但丁原著诗文与现代意大利语散文体互为对照的原则，打破了古典诗歌语言和现代散文表述文体的界限，有效降低了诗歌体阅读的难度。此二种材料作为上述中文译本材料的补充。

第二类是但丁其他作品译本，但丁传记类及《神曲》研究专著译本。《神曲》是但丁毕生才华的结晶，但丁的其他作品都能与《神曲》形成对照关系，其中《论俗语》和《论世界帝国》分别从语言学和政治思想两个领域对《神曲》的创作方式和内容进行了分析论证，是但丁对《神曲》创作的立意构思、结构框架等基本问题给予的自我论证，具有十分重要的参考价值。相关的译本成果有《论世界帝国》（帝制论）朱虹译本，《论俗语》缪灵珠译本，《新生》王独清、钱鸿嘉、沈默三种译本，《但丁抒情诗选》钱鸿嘉译本。

但丁的传记成果使用人物传记的方式对但丁及其《神曲》等作品进行梳理，里面也涉及对"三界"宇宙模式构思的论述分析，例如俄国梅列日科夫斯基的《但丁传：地狱·炼狱·天国》一书。其他的传记成果按照时间排序有意大利的薄伽丘和布鲁尼合本的《但丁传》，作家托比诺（M.Tobino）的《但丁传》，英国霍尔姆斯的《但丁》传及研究。这几部但丁传互为补充，英国和俄国的两部传记，突出学术批评色彩，具有很好的参考价值。值得一提的还有意大利作家朱利欧·莱奥尼，他的现代小说《马赛克镶嵌壁画案》依据但丁生平和一些传记材料，重构了一个活生生的"但丁形象"，与传记材料形成互补效应，从中可以得出但丁关于南半球海中陆地——"炼狱山"地理大发现的独特视角。

《神曲》研究专著译本也可大体分为两类，最常见的一类是意大利、英国、美国但丁学会按照年份搜集汇编的论文集，内容涉及但丁研究的各个方面，类似于现当代学者期刊论文的精选结集。第二类是近期中国学者浙江大学的朱振宇翻译出版的美国当代学者《神曲》专著研究两部，分别是弗里切罗的《但丁：皈依的诗学》和霍金斯《但丁的圣约书——圣经式想象论集》，这两部译著作品是朱振宇近期翻译编辑的"但丁集"系列丛书的前两部，预计其后还将有其他成果问世。另外还有一本小册子是华明翻译的美国学者乔治·桑塔亚的《诗与哲学：三位哲学诗人卢克莱修、但丁及歌德》。这部分成果是对《神曲》文本内涵和注释学的深度挖掘，一般使用索引求证的方式，还原《神曲》文本中的一些具体意象的来源和内涵，也有一些插图成果可以直接引用。

国内学者专著类成果有李玉悌的《但丁与〈神曲〉》，朱耀良的《走进〈神曲〉》，残雪的《永生的操练：解读〈神曲〉》，姜岳斌的《伦理的诗学：但丁诗学思想研究》，蔡红燕、张山的《风中的翅羽：屈原、但丁思想创作论》，蕤宾编著的《但丁走进了屈原的朋友圈》，邢啸声的《〈神曲〉插图集》，高星的《〈神曲〉版本收藏》八部各类型的著作。另外有博士论文两篇分别是姜岳斌的《神学光环下的但丁诗学思想》和张延杰的《德治的承诺：但丁历史人物评价中的政治意图研究》。这些作品中最有图片参考价值的是邢啸声的《〈神曲〉插图集》，这部作品从美术领域的一手图片材料搜集入手，整理了《神曲》插图领域内的经典绘画作品，享誉海内外，是中国学者对《神曲》研究的一大贡献。这部作品从图示法的角度，形象生动地展示了一个《神曲》世界的"宇宙图景"，具有极高的参考价值。

第三类是综合类研究专著。这类著作涵盖的内容比较宽泛，主要划分为三小类。首先是关于"灵魂说"、"时空观"和"宇宙学"的成果，主要以国内译本和国内学者研究成果为依据。代表性的成果有古希腊尼萨的格列高利的《论灵魂与复活》，古罗马奥古斯丁的《论灵魂及其起源》；肖巍的《宇宙的观念》系统地介绍和分析了欧洲文明以来各个时期的宇宙观和宇宙模式成果，可作为研究《神曲》宇宙观溯源和对照分析的科普材料；吴国盛的《时间的观念》，采用时间顺序和东西方对照研究线索，引证了东西方文献材料中尤其是哲学文学作品中的时间观念和宇宙意识，对比分析了不同宗教文化中的时间观念的差异，提供了佛教和基督教时间观念的根本性区别，可作为对比研究《神曲》与《西游记》宇宙观和宇宙模式差异的理论依据之一。其他相关的还有意大利人布鲁诺的《论无限、宇宙和诸世界》，法国人皮埃尔·西蒙·拉普拉斯的《宇宙体系论》，英国人史蒂芬·霍金的《时间简史》，苏联人别列里的《宇宙概念的发展》；李烈炎的《时空学说史》、林崇安的《佛教的生命观与宇宙观》和刘文英的《中国古代的时空观念》等著作。这些自然科学著作可以佐证《神曲》诗学宇宙观的科学性和严谨性。

其次是文论类。主要有美国人麦钱特的《史诗论》，法国人让·贝西埃的《诗学史》。英国学者阿利斯特·E.麦格拉斯的《天堂简史——天堂概念与西方文化之探究》，中国学者胡家峦的《历史的星空：文艺复兴时期英国诗歌与西方传统宇宙论》这两部作品分别从类型学的角度分析了"天堂"概念在西方的发展演变过程和文艺复兴之前的欧洲传统宇宙学说，可为《神曲》宇宙模式的研究提供方法论的参考。此外当代英国人刘易斯的《中世纪和文艺复兴时期的文学研究》，T.S.艾略特的《艾略特诗学文集》和托马斯·卡莱尔的《卡莱尔文学史演讲集》和美国学者哈罗德·布罗姆的《西方正典》里面都有关于《神曲》的专题研究，这些成果在欧洲但丁研究领域内影响较大，可作参考。最后还有历史文化背景类。代表性成果有：意大利人马基雅维利的《佛罗伦萨史》，欧金尼奥·加林的《中世纪与文艺复兴》；美国人布鲁克尔的《文艺复兴时期的佛罗伦萨》，E. 沃格林的《中世纪晚期》；瑞士人雅各布·布克哈特的《意大利文艺复兴时期的文化》，以及中国学者陆扬的《欧洲中世纪诗学》等著作。

最后一类是其他相关书籍文献。《神曲》中涉及的各类欧洲经典作品，比如《圣经》《荷马史诗》《变形记》《埃涅阿斯纪》等作品都与《神曲》文本形成了"互文性"（Intertextuality），但丁创作过程中及时吸收了中世纪晚期流传于世的柏拉图、亚里士多德和经院哲学派代表人物托马斯·阿奎那、奥古斯丁等人的相关学说和著作。《西游记》及其相关的学术成果，代表性著作有朱一玄、刘毓忱编的《西游记资料汇编》，李安纲的《苦海与极乐》，日本学者中野美代子著、王秀文等译的《〈西游记〉的秘密（外二种）》三种。洪启嵩先生的《佛教的宇宙观》梳理了佛法体系关于宇宙观的解读和表达，此成果可作为研究《神曲》宇宙观和宇宙体系的东方宗教文化参照。

三、研究理论与方法

论著综合运用比较文学基本原理、叙事学基本原理和空间叙事学理论三个方面作为理论参照，以时间、空间和灵魂观为框架体系组织篇章结构。综合采用文献研究法、比较研究法、文本细读法、图表分析法等方式来展开论述。

比较文学是以寰宇文学的视野来观照和研究不同语言、国家、文明或不同学科交叉互渗的跨越式研究。《神曲》在中国的译介和研究属于比较文学的学科范畴，可采用比较文学的基本原理进行分析。

关于叙事学的基本原理和概念的论述，荷兰学者米克·巴尔的《叙述学：叙事理论导论》[①] 是一本概念简约、表达清晰的工具书式专著。国内学者申丹

---

① 〔荷〕米克·巴尔：《叙述学：叙事理论导论》，谭君强译，中国社会科学出版社 1995 年版。

的《西方叙事学：经典与后经典》① 一书对叙事学的基本原理和术语概念进行了系统的梳理和分析，在此作为论著借鉴和使用的基础理论。叙事学是关于叙事文本内在形式的研究，叙事学中时间和空间的维度是叙事文论的理论支撑点。本书将以"时空观"和"宇宙学"相关理论为基本参照，结合古希腊古罗马哲学、中世纪基督教神学和中国佛教宇宙哲学中的相关学说进行综合引证分析，此外兼及中西方古典诗学理论和 20 世纪以来的精神分析学说的相关成果。重点是参考当代空间叙事学学者佐伦② 的理论作为基本框架。

　　空间叙事理论隶属于叙事学范畴。作为一种系统的文学批评理论，西方叙事学兴起于 20 世纪 60 年代末 70 年代初期的法国，随后在世界各国得到广泛的关注和研究。西方叙事学的理论渊源深厚，上承 20 世纪 20 年代的俄国形式主义，后经英美新批评，再由法国结构主义更进一步发展完善。叙事学自 20 世纪 90 年代开始向后经典叙事学过渡，呈现出跨学科、跨媒体的开放研究视角。在国内学术界，以《西方叙事学：经典与后经典》为代表的一些学术专著对此问题进行了系统的分析和介绍。简而言之，随着时代的发展，叙事学受其他理论思潮流派的影响和启发不断拓展更新，涉及后现代主义、西方马克思主义、文化研究和女性主义等领域，其中隶属于文化研究范畴的空间研究思潮成为叙事学近年来的热点方向，空间叙事学随之兴起。

　　从西方文学理论发展的历史背景来看，空间叙事理论视角的兴起是 20 世纪西方叙事理论对 18、19 世纪形成的侧重文本的历史性，按照编年体时间性线索进行文本解读的方式的反驳与更新。自古希腊以来，历代文艺理论批评都会涉及诗歌与绘画、雕塑、音乐等艺术领域的创作手法问题，中国古代诗学批

---

① 申丹：《西方叙事学：经典与后经典》，北京大学出版社 2010 年版。

② 加布里埃尔·佐伦（Gabriel Zoran），当代学者，以色列海法大学教授，研究希腊文学、现代希伯来文学、翻译理论和叙事理论等。此处涉及的作品是："Towards a Theory of Space in Narrative", *Poetics Today*, 5:2(1984), pp. 309-335。

评中亦有"诗中有画，画中有诗""诗是有声画，画是无声诗"等形象生动的描述。18 世纪莱辛在美学论著《拉奥孔》中区分了古典诗歌与雕塑艺术在表现手法上的不同特征，论述了诗歌与造型艺术在媒介材料、艺术手法等方面的差异，提出诗歌使用语言作为媒介明显具有时间延续性的艺术特征，而雕塑绘画等艺术作品往往呈现特定瞬时的景象，是一种空间艺术。诗歌和绘画分别被视为"时间艺术"和"空间艺术"，这种观念被传统叙事学纳入到叙事性作品尤其是小说的分析研究当中，长期以来叙事学将时间作为叙事的唯一线索，忽视了空间结构在文学文本中的价值。

20 世纪中叶以来城市文化模式的全球化普及带来了人们普遍的危机感，单纯的线性时间线索和历史研究方式不足以涵盖新的社会情况，空间结构在社会文化当中所呈现出来的价值越来越受到重视。在哲学和自然科学领域内，心理学、现象学对人的意识和心理时间的研究、爱因斯坦的"时间—空间"相对论的提出，更新了牛顿的物理学和康德哲学理论中的绝对静止空间和绝对时间的概念。叙事学也随着新理论的发展走出了单一时间维度的局限，向空间维度开拓研究视角。叙事学以文本的空间形式为切入点，开始探索发展空间叙事理论。自 20 世纪下半叶以来，空间叙事学的研究成果层出不穷，在 21 世纪初成为叙事学领域中的热点方向。

当代西方文论的空间转向发端自约瑟夫·弗兰克（Joseph Frank）1945 年发表的文章《现代文学的空间形式》，在此基础上，加布里埃尔·佐伦 1984 年发表了《建构叙事空间理论》，是目前体系最完备的空间理论批评模型。他在此文中提出了空间模式（spatial pattern）的概念，表达文学作品用语言符号构建出来的整体性立体化内在文本空间的建构模式。佐伦指出叙事文本立体化空间结构的一般模型可以从两种维度来考量。一种是按照立体几何的垂直维度来区分，体现时间和空间互相穿插的立体性空间，可划分为三个层次：地志学的、时空体的和文本的。另外一种是水平维度的划分，体现总体与局部的关系，可划分为空间单位、空间复合体和总体空间。这两种维度是纵横交叉的，佐伦对叙事文学作品的文本空间结构作出了复杂细致的论述，他用两幅简图来描述其空间模型，其中立体空间模型如图1所示 [①]：

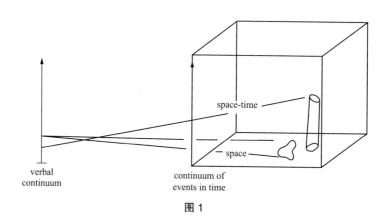

图1

如图1所示，佐伦以左侧的箭头标识空间的文字化时序维度，连续的语言表述（verbal continuum）要么指向一个特定的空间，要么指向连续的事件，叙事空间在时空体中穿越 space-time（the chronotopos）。文本可用任意的方式来表现空间，即图1中的立体柱状图形。立体空间结构的三个层次分别是：第一层地形学空间层面（The topographical level）：平面化的静态实体，即图1中的最底层不规则图形。第二层记叙空间层面（The chronotopic level，又译为时空体空间）：在时空中以事件或行动为线索来展开的空间结构层面，即立方体中体积较小的立体柱状图形。第三层文本空间层面：语言文本所指涉的空间，整体的立方体空间。这些层面都是文学语言符号对外部世界的改造，可以视为三个层次的再创造。

佐伦的立体模型图区分的是动态和静态空间的关系，或可类比为"诗中有

① Gabriel Zoran: "Towards a Theory of Space in Narrative", *Poetics Today*, 5: 2:(1984), p.315.

画，画中有诗"或"诗是有声画，画是无声诗"诸如此类的情境关系。第二幅简图标识的是水平维度的结构关系，区分的是局部与总体之间的逻辑编排关系。如图2所示[①]：

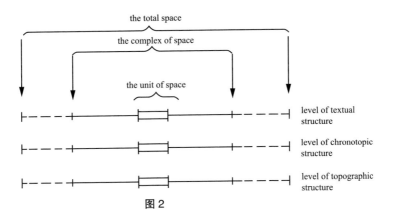

图2

以上两幅简图所描述的层次结构可以应用于几乎所有的文学作品，描绘出了一般叙事性文学作品的基本结构层次模式。两种模式各有3个层级关系，一个最简单的作品最基本的层级组合有互相包含的9个层次，如果进一步排列组合纵向与横向的维度模式，最低的层级组合有$C_9^3 = 84$种，以此类推，将会有无数种交叉组合的关系。佐伦的模型体系形成了一种类似立体魔方的组合运转效果，将叙述学的基本术语和各层次的分析视角都纳入到这个体系模式当中，呈现出最为系统化、最精确的分析工具论。

佐伦在构建空间理论模式的论文中主要采用古典史诗作为例证，特别提到了史诗的空间等同于当时代的宇宙世界，比如《奥德赛》、《神曲》和《失乐园》等作品，抽取了当时代关于宇宙空间的全部想象。他在论文结尾处进一步

① Gabriel Zoran: "Towards a Theory of Space in Narrative", *Poetics Today*, 5: 2:(1984), p.323.

指出空间结构本身存在特定的文本价值，并非中立的存在。佐伦在篇末提出的问题正是本书分析论述的出发点。从比较文学的角度来看，西方空间叙事学的兴起为古代经典文本解析提供了一种新的研究视角。

再者中国佛学研究者洪启嵩在《佛教的宇宙观》[①]一书中系统地归纳分析了佛法宇宙观的结构层次，此书将佛法宇宙观明确划分为三要素：时间、空间和心意识。蒲朗博士在《基督教神学大纲》[②]一文中专门总结了"基督教的宇宙观"，明确提出宇宙为上帝所创，宇宙依赖神恩存在，宇宙适应神的目标，上帝的目标是"神国"，此书将中世纪宗教文化的宇宙图景界定为"灵魂的寓所"而非局限于地球的尘世时空。综合叙事学、空间叙事结构模式，以基督教的宇宙观为基础，参考佛法宇宙观的结构方式，我们整合出本书的框架结构，即从时间、空间和灵魂观／心意识三个层次来分析《神曲》的宇宙观。

论著重点采用索引法、图示法和比较分析法三种方法进行研究。依据各类型相关材料文献，围绕《神曲》中的宇宙观亦即灵魂"三界"宇宙模式和体系的构建这个核心内容，用索引法追溯其历史文化渊源，尤其是基督教教义的依据；用图示法来勾勒和展现《神曲》中的宇宙图景；通过比对分析呈现出但丁对历史文化的借鉴过程和文学创作中的独创性。再者适当以《西游记》为参照，对比分析异质文化背景中类型题材内容相似的古典文学作品呈现出的宇宙观特征。

四、研究思路与篇章结构

本书分三个部分对《神曲》的宇宙观和宇宙体系进行分析，并引证其文化

---

① 洪启嵩：《佛教的宇宙观》，全佛文化事业有限公司 2006 年版。
② 〔美〕蒲朗：《基督教神学大纲》，邹秉彝译，广学会 1938 年版。第 121 页。

或宗教教义的渊源以及文本象征内涵，具体结构设计如下：

第一章论述《神曲》中的时间观、时间的表达方式以及各自的文化内涵和文本象征意义。共分为两个小节和附录部分，第一节分析叙事时间，即旅人但丁的时钟。又可具体划分为四种类型，前三种分别是中世纪的昼夜两分法时钟、黄道 12 星宫计时法、南北半球时区对照法，这三种时间表达法是中世纪古希腊古罗马文化和基督教文化融合汇流的综合时间表述法，涵盖了丰富的古希腊古罗马神话和史诗、圣经文学、民俗、宗教教义、天文学、占星学等知识，既是中世纪自然星辰计时法的鲜活展示，也表征了人的时钟与宇宙节律协调一致的哲学观。第四种是旅人但丁的预定"日程表"，主要体现了基督教神学教义中的"神命论"和"奇迹论"，特别突出了基督教文化背景下"旅人但丁"分秒必争的时间观。第一章第二节论述了文本历史时间，即时间的并置法则。通过三个层面来表现：首先是基督教的星期制，特别是复活节的圣礼拜周，将全部人类的个体小历史都归并到一周七天的范畴内进行共时性观照，突出基督殉难和复活对人类灵魂的拯救功能；其次是上帝的生命册，《神曲》将全部的人类灵魂历史时间都收纳在永恒的现在时刻，天国、地狱和炼狱与人间共感同在；最后分析基督教文化中的线性之流时间观对古希腊古罗马哲学文化中的宇宙时间观，尤其是灵魂循环轮回说的否定。否定时间循环论，就是将时间之流指向未来的时刻，在基督教内的所有信徒或灵魂都奔着未来设定好的特定时刻而产生时间的价值，人类历史的纪元以耶稣诞生为原点，以末日审判为终点，人的时间就是在原点和终点之间的定向线段。论述中附带归纳总结的简单图表，附录部分精选文献资料当中的相关图表资料，更为直观地补充说明本章的时间观呈现方式。

第二章分析《神曲》中的空间观，分为三个小节和附录部分。概要来说，《神曲》是一部长篇诗剧，其中蕴含的一个戏台，由"演员"和"观众"构成了四个境界。但丁自命诗篇为"喜剧"，角色但丁既是舞台观众也是导游，带我们观看欣赏地狱、炼狱、天堂"三联剧"，隐含的观众就是"尘世"众生，即第四个境界，这四个部分组成了《神曲》的宇宙空间。本章第一节梳理概述《神曲》来世三界形成的基督教神学历史来源和背景知识，并简要提及文本中对来世三界形成的文学化演绎，中心人物撒旦、亚当和耶稣原型的典故活用等。第二节、第三节是论著的重心和要点部分。第二节分析彼岸三界的体系和秩序，并详细引证梳理其基督教神学教义渊源，主要是阿奎那《神学大全》中的"德性、恶习及罪"的学说。这个章节的内容体现了佐伦理论中所指的时空复合体与文本内涵的对照关系。具体包括基督教有关"教会论"和"圣礼论"的基本知识；阿奎那的四种律法体系划分；基督教关于"德性"的学说和类型界定，尤其是关于"四达德"和"三超德"的详细论述；关于"罪恶"的学说，罪行的详细分类和量化标准；基督教的基本教义中的"七罪宗"的界定以及对罪行的处罚方式说明等内容。具体又分为两大体系来对照说明，第一个体系是以"七种德性"为内在依据界定和分层的体系，即《天国篇》的秩序和体系，天国的秩序是三界当中唯一的具有实质性意义的人类家园安居模式，是灵魂的真正安息之所。"德性"的类型和程度层次高低形成了天国的秩序体系，人的内心即是秩序本身。第二个体系是以"罪恶"或"罪宗"为依据的刑罚场所，与天国形成了鲜明对照，它们自身也形成了等级对照关系。这一节的内容说明了"罪"与"罚"是一体的，尘世心灵的罪孽即是来世灵魂的栖居之所，人创造了他自身。

第二章第三节分析彼岸世界的居住环境，主要从基督化的托勒密宇宙"四元素"说来分析地狱、炼狱和天堂的天文地理空间定位及其对应的地质环境、气候特征和天体环境。这一节的内容对照了佐伦空间模型说中的"地形学"空间层面。《神曲》关于三界的环境描写内容牵涉甚多，无法尽述，因而特别选取三界最有对比特征的要点进行分析，具体呈现为：地狱谷的地质环境；炼狱山的气候特征和上帝的天体交响乐组队模式，同时引证其独特天文地理环境特征的神学宇宙观渊源，以及在文本中的象征意义。三界的空间构型是特别为三种不同类型的灵魂体所设定，先有撒旦的背叛才有地狱和炼狱的形成，自然环境是"心灵图像"感召出来的结果或者是其投射，灵魂们塑造了三界的自然风光。最后是相关的附录图片资料。

第三章分析《神曲》宇宙观中的最后一个组成部分，即"喜剧"舞台上的"角色"演员和群众演员。《神曲》中的居民是人的幻影，也是抽象提取出来的人的精神本体，用佛教的术语来说可以叫作"心意识"。这一章节主要从本体论角度来分析《神曲》的宇宙观，同时也适当引入中国文化中的相关内容作为对照，突出但丁灵魂观的"爱的哲学"。具体来说分为两个小节，第一节简述但丁"灵"的文学在文学史中的价值，并引证灵魂论的基督教神学依据。第二节详细分析《神曲》灵魂论中的"自由意志说"，所谓的"自由意志"即是指灵魂的活动，分为身体的和心灵的行动，也可以说是"行动／沉思的哲学"。灵魂的活动就是他们各自的道路。文章抽取出三种类型的道路进行分解，首先是但丁的道路，他代表了个人化的"神国论"观念，就像是圣经中的"先知"或"传道教父"，他是神命定的朝圣者、修行者和传道者。其次是灵魂或者也可以说是人类的道路，因为全部人类死去的亡灵都分类聚集在三界中，他们在三界中的行动也象征着人类的道路。在这个部分特抽取出炼狱山作为分析重点，因为在地狱和天国，灵魂们具有相当程度的恒定性，只有炼狱山的灵魂们仍旧处于类似"尘世"的"居间之境"，他们的修行和行动原则更能够体现人类的道路和方向。最后是全篇的终结，正如《神曲》以天国篇收尾一样，在但丁的价值观中，或者以整个中世纪基督教神学文化价值观来衡量，除了天国之外的任何界域，它们的秩序和体系都是不完备的，只有上帝的永恒律法和上帝启示出的道才是真正的秩序和体系。人的灵魂是上帝创造出来的，尘世是流放之地，地狱是罪魂的刑罚狱所，炼狱是涤罪的"居间之境"，唯独天国是靠着基督耶稣的恩典而获得的"神国"

和家园，人类灵魂真正的归宿只有上帝的天国。上帝之道在天国中的呈现是一种无限开放的资源共享网络空间模式，天国的灵体呈现出来的形态是灵魂最初始的模样。

第一章 　《神曲》中的时间观

　　《神曲》采用第一人称的叙事视角，但丁分身为二，既是诗人又是作品中的角色。对此，不少学者曾评论说《神曲》中存在两个"但丁"，为了区别这两种角色，我们称喜剧舞台角色中的但丁为"旅人但丁"、"角色但丁"或"朝圣者但丁"。尽管诗人但丁按照中世纪的宗教文学传统使用了"梦幻文学"的叙事方式连接首尾，但是旅人但丁却是按照非常明确的尘世线性时间顺序展开他的彼岸三界①之行的。旅人但丁的朝圣之旅是上帝赐予的殊荣和恩典，上帝拥有永恒的智慧和法则，赐予旅人但丁一周七天法定的"日程表"；与此同时，为了保障旅人但丁顺利完成上帝预定的使命，诚如中国古典名著《西游记》那样，上帝或佛祖都专门为选定的圣徒配备了最优质的护航引路人，帮助他们跨越一个个难关。

---

① 彼岸是佛教用语，表示超脱尘世生死的涅槃境界，含有"水的那一边"的意思。中文译本多用"来世"或"冥世"来表示《神曲》三界。但丁在诗篇中多次使用"界、界域"（regno）一词来表示三个区域，并且在时间上按照基督教的信仰这三个区域是与尘世同时存在的，三界与尘世中的成员存在互相交织的运作关系；另外每个王国都存在明确的地域界线，需要渡过"界河"方得进入，因而可借用"彼岸三界"一词来统称作品中的三界。

旅人但丁在上帝法定的"日程表"中，在向导们的敦促下，夜以继日、分秒必争地丈量着每一寸征程，确保旅程时间和地点的精准吻合。在旅程中，旅人但丁的时钟或明或暗地闪烁在字里行间，旅程故事在一种紧张的时间节奏中展开。在上帝的法定"日程表"和旅人但丁使用的尘世时钟之外，还贯穿着彼岸三界的特殊历史钟表，旅人但丁和彼岸世界的臣民们一起构成了一个纵横交错的立体时间坐标轴体系。下面我们就从横向的 X 轴旅人但丁线性游历时间和纵向的 Y 轴彼岸居民们的历史生命时间两个层面分析《神曲》中的时间观念。

第一节　叙事时间——旅人但丁的时钟

叙事层面的时间指的是佐伦空间叙事模型中沿着主人公行动的轨迹组成一个完整的故事情节所牵涉的时间表达，这是时间之维在立体空间中的穿插运行，是复合体层面的时间，牵涉行动主人公与其他角色的一系列活动、故事情节的展开过程等因素。时间不仅仅是按照线性的轨迹按先后次序推向末尾，同时也伴随着叙事者对"时段"的有意裁剪和重组，会出现形式多样的时间组合结构方式。一般来说，叙事学关于时间的分类大致有几种对应关系：自然时间与心理时间，突转（crisis）时间点与历史性展开的时段，时间的共时性存在和历时性存在，等等。

《神曲》开篇以第一人称叙述"但丁"在人生的中途——35 岁那年的复活节前夕，沉沉入梦迷失在一座幽暗的森林中。次日黎明时分挣扎徘徊寻找出路时幸得古罗马先哲诗人维吉尔的救援，开始了穿越彼岸三界的旅程。有关旅程的见闻构成了诗歌主体部分，见闻以回忆梦境的形式展示出来，也就是说诗人设置的旅程是在超现实的宇宙空间中展开的，总体时间浓缩包裹在一个漫长的梦境内。这种叙事方式被称为梦幻文学，是欧洲中世纪宗教文学常用的形式之一，这种方式可与中国古代短篇白话小说《黄粱一梦》《南柯一梦》等进行类比。此外长篇经典名著《红楼梦》的开篇记叙风格亦带有浓厚的梦幻文学色彩，这些作品的总体时间都是一段梦境的较短时长，而梦中所述故事的时长则是多样化、漫长的人物活动历史时间。

《神曲》中但丁的宇宙（Dante's Universe）[1] 依据的是中世纪流行的托勒密宇宙体系论，也就是地球中心说。中世纪的历法和计时法都建立在地球中心说的基础上。按照托勒密的天文体系，地球位于宇宙的中心，日月星辰都围绕着地球运转。日、月、年和季节的划分依据的都是天体星球围绕地球规律性运转的周期，现在我们使用的历法就是从中世纪的星辰计算法则中直接继承下来的。在《神曲》中但丁所使用的计时法和时间表述方式就像天文学家一样务求专业化、精确化，因此但丁使用的历法是中世纪时间计时法的百科全书。但丁时代教会使用的历法是从古罗马帝国时期传承下来的儒略历，起源自凯撒大帝（Julius Caesar），也就是"太阳历"，是当今世界使用最普遍最广泛的公历体系。

公元前46年罗马使用儒略历。这个历法是古罗马统帅凯撒征服埃及之后，从埃及引进的。埃及历法制定的依据主要是太阳的周年视运动，结合物候特征，太阳在恒星背景下在黄道范围内的南北回归线之间上下运行，回到初始位置称为一个回归年。阳历力图使一年的日数的平均值约等于回归年长度，埃及人测定的回归年日数约为 365 天。"天／日"的概念是太阳围绕地球运转一周的时间。"日"和"年"的数值是埃及历法的根基，但是月份和每个月的日数则是

① Dorothy L. Sayers: *The Comedy of Dante Alighieri the Florentine. Cantica I: Hell*, Harmondsworth: Penguin Books, 1949, pp. 292-295.

人为规定的，往往带有很强的地域性文化色彩，附带着丰富多彩的民族节日传统。起初埃及历法是每年 12 个月，每月 30 天，是太阳年的均分值，在长期应用过程中与季节物候存在一定的偏差。

凯撒采纳了来自亚历山大里亚的天文学家希腊人索西吉斯（Sosigenes）的建议推行改良后的埃及历法，每四年置闰一次，并以自己的名字为之命名。儒略历规定每四年的头三年为平年，有 365 天，第四年为闰年有 366 天。一年 12 个月，单月 31 天，双月 30 天，称为大小月。凯撒的生辰为七月，由此确定单月为大月。而单双月的划分使平年多出来一天，需要扣除，当时古罗马都在二月份执行死刑，是不吉利的月份，因此在二月扣除一天。屋大维即位后，为了彰显自己的身份地位，将他出生的八月份也制定为大月。于是二月份再扣除一天，成为 28 天，每逢闰年将二月份加一天，是 29 天。儒略历能够准确地契合地球上的物候节气变化，对农业生产有很好的指导作用，深受人们的欢迎。

公元 325 年，罗马君士坦丁大帝在尼西亚（Nicaea）召集了第一次基督教全体主教会议，确定儒略历为教历。当初由于基督耶稣诞生的时间年份不太确切，因此教历纪年沿用古罗马的传统，以公元前 753 年古罗马建城为元年。公元 525 年一个名叫埃克西古（Dionysius Exiguus）的叙利亚僧侣推算出耶稣诞生于 A.U.C. 754 年，即"ab urbe condita"罗马建城以来第 754 年，因此这一年为公元元年。教会认可了这个提议，公元体制开始推行。我们日常所说的公元后 A.D.（Anno Domini），即表示"主的生年"的意思。

尽管儒略历比以前的历法更适合物候季节和农时，但是还不十分精确，它以 365.25 天为一年，比实际的太阳回归年要长 0.0078 天，这个差距短时期并不明显，但是年深日久就显现出来了。这个精细问题但丁在《神曲·天国篇》第 27 章中有专门的讨论："由于下界所忽略的那每年一天的百分之一，使得元月完全超出了冬季。"①但丁特别注意到当时的年历所标的月份与季节物候的情况不相吻合，说元月已超出了冬季，认为修改年历势在必行。到了1582年，春分日期由3月21日提早到3月11日，罗马教皇格里高利十三世（Gregorius XIII）宣布改革历法，称为格里高利历法。它将1582年10月5日直接变成15日，扣除了儒略历推行以来多出来的十天时间，再者规定逢百之年只有能被400整除的年份才算闰年。我们今天的公历就是格里高利历法，简称格里历。

中世纪的历法日常表达的方法是直接使用天体星辰的名称以及相关的宗教/神话典故，这与我们后世使用的纯数字钟表方法有很大的区别，然而中国古代采用的时间表达方式与中世纪欧洲的星辰表述方式是类似的，由此可见，在古代文化背景下时间与文化紧密相关。在但丁的诗篇中，《炼狱篇》的时间表述方式最为丰富全面，可谓中世纪时间表达法大全。《炼狱篇》大体上使用了三种类型的时间表述方式，分别是中世纪的昼夜两分法时钟，黄道12宫太阳时辰方位表和黄道12宫季节月份表达法，最后一个是"南—北"半球时区对照计时法。

一、中世纪的昼夜两分法时钟

昼夜均分时钟与教会有关。中世纪教会将一天均分为昼夜两部分，白天划分为四部分：第三时（terza）、第六时（sesta）、第九时（nona）和晚祷时（vespro）。第三时指春分/秋分时节日出后的前三个小时，即6—9点钟，以此类推分别对应9—12、12—15、15—18，下午6点钟之后即为黑夜时间。这种时间划分方式除了实用价值外，还带有明确的宗教文化象征意义。在《旧

---

① 田德望译：《神曲·天国篇》，人民文学出版社2002年版，第821页。

约·创世纪》的开篇上帝／神创造天地，地是空虚混沌、渊面黑暗的，神的灵运行在水面上，创造了光，区分光与暗，"神看光是好的，就把光暗分开了。神称光为昼、称暗为夜，有晚上、有早晨，这是头一日"（《创世纪》1：4-5）。因而，圣经文化中的白天与黑夜分别象征着光明和黑暗两种不同性质的力量。中世纪普遍使用日、月的运行方位来标识白天与夜晚。

在《神曲》中，炼狱和地狱分别使用太阳钟表和月亮星辰钟表，作为特定的地界标志。总览《地狱篇》全文，只有开头和结尾处出现过太阳方位计时法。在《神曲》的开篇第一歌提到："Temp'era dal principio del mattino,/e 'l sol montava 'n sù con quelle stelle/ch'eran con lui quando l'amor divino."（*Inferno* Ⅰ :37-39），意思是天刚破晓，太阳与群星一起升起，它们与圣爱亘古长存。在地狱内部，维吉尔从来不用太阳的方位来说明时间，而是特别采用月亮或星辰的位置来说明时间。例如在《地狱篇》第七章中描述"Or discendiamo omai a maggior pieta; già ogne stella cade che saliva, quand' io mi mossi, e 'l troppo star si vieta."（*Inferno* Ⅶ :97-99），维吉尔催促但丁说："现在我们就下到更痛苦的地方去吧；我动身时上升的星，每颗都已往下落了，停留太久是不准许的。" [1] 而在《地狱篇》第 29 章中维吉尔敦促但丁加快脚步时说：月亮已经到我们脚下了。直到最后两位诗人一起离开地狱，穿过地心，来到南半球之下，才开始使用太阳来说明时间，维吉尔说"e già il sole a mezza terza riede"（*Inferno* XXXIV:96），即太阳已经回到第三时的一半了，现在已经是早上七点半钟了。

地狱中的暗夜时钟鲜明地陪衬出炼狱山的灿烂阳光钟表，炼狱山的日光钟表法则在圣经文化的普通象征意义之外，增添了一层更为明确的上帝"律法"意义，是上帝特别为炼狱山制定的时钟铁律。依据旅人但丁在炼狱山的行程轨

---

① 田德望译：《神曲·地狱篇》，人民文学出版社 2002 年版，第 46 页。

迹，昼夜交替的日落时分，旅人但丁分别通过三个旅途向导的陈述强化了这一特殊的时辰律令。《炼狱篇》第 7 章维吉尔请求炼狱灵魂索尔戴罗（Sordello）指点炼狱界的山门入口处，索尔戴罗热情地给他们介绍炼狱界的特殊情况，他说，"你看天色已近黄昏，夜间是不能往上走的"，"太阳没后，你连这条线都不能越过。往上走的障碍不是别的东西，而是夜间的黑暗：黑暗使人不可能上山，从而阻挠人的上山的意志。当地平线关闭着白昼时，在黑暗中的确可以往下走回头路和围绕着山腰游荡"①。索尔戴罗准确地陈述了炼狱山地界上帝规定的时间法则，这条法则与圣经存在对应关系。比如耶稣曾训导众人说："应当趁着有光行走，免得黑暗临到你们。那在黑暗里行走的，不知道往何处去。"（《约翰福音》12：35）

旅人但丁与维吉尔在炼狱山度过了三个夜晚，第一个夜晚由索尔戴罗说明了炼狱山的时钟法则，并安排了夜晚休憩之所。在第 17 章和第 27 章中，分别对应着第二夜和第三夜的日暮时分，诗人用实际行动来诠释了这一特殊的时钟戒律。炼狱山的第二个日落时分，维吉尔提醒但丁抓紧时间攀爬石梯，否则就只好等待次日黎明才可以继续行动了。余晖斜射、夜幕降临、星光乍现的时刻，旅人但丁立刻丧失了攀登的力气，感到体力不支了。第三夜胜利在望，准备攀登通向伊甸园的阶梯时，纯洁美德天使出现，对诗人们发出指示说太阳将没、黄昏来临，加快攀登的脚步。诗人们刚刚攀登了几磴台阶，太阳就没了，于是他们各自把一磴台阶作为自己的床，就地休息。这三处描写前后对照突出了炼狱山太阳时钟的特殊性质，太阳的光照不仅仅是明灯和时钟，也是铁一般的节律。在这座山上，只要太阳落下所有的居民都立刻丧失攀登的力量和愿望，只能徘徊或下行。太阳在炼狱山中，象征着上帝的光辉，也是上帝本身的符号象征，一旦上帝的光辉不再照耀灵魂，众生就失去了精神和肉体的力量。

---

① 田德望译：《神曲·炼狱篇》，人民文学出版社 2002 年版，第 319—320 页。

二、黄道12星宫计时法

欧洲中世纪普遍使用托勒密天文历法体系，阳历计时法主要依据太阳在黄道内运行的轨迹[1]，并以大天球恒星背景为参照系。以地球为中心，太阳环绕地球所经过的轨迹称为"黄道"。太阳自东向西围绕地球运转一周为一天。太阳在黄道上自西向东运行，环绕天空循环一周360°是一年，黄道纵向以南北回归线为界，宽16°。黄道带等分12份，每份30°，太阳每月运行一段。在古希腊人看来，太阳神阿波罗休息的地方必然是金碧辉煌的宫殿，因此称黄道上的一段叫一宫，12段便成了黄道12宫。黄道12宫（Zodiac）源自希腊语zodiakos，是动物园的意思，按照希腊人的观点，在黄道两边的一条带上分布着12个星座，这些星座是由12种动物依次排列而成，地球上的人在一年内能够依次看到它们。黄道12宫的名称跟12星座的名称相同，但是它们表示的含义并不等同。黄道12宫表示太阳在黄道上的位置，宫与宫的大小是固定的30°，太阳进入每一宫的时间基本上是固定的。在但丁的时代春分、夏至、秋分和冬至这四个时间点，太阳分别进入白羊宫、双子宫、室女宫和人马宫。我们现在的春分点已经转入到双鱼座的位置了。

中世纪盛行占星术，黄道星宫分别与希腊神话传说中的星辰典故相关联，并且与天上的七颗行星[2]存在对应关系，又与一年的季节和月份对应。但丁使用的星座计时法既表示时辰又表示季节，其对应关系如表1所示。

---

[1] 见附录1："太阳在黄道带运行的路径图"。

[2] 在托勒密天文体系中，依照由近及远的次序，有七颗行星：月、水、金、日、火、木、土，沿着各自的本轮轨道自转，同时围绕地球作均轮运转，这些行星分别有对应的希腊／罗马神祇名称，存在特定的命宫寓意。

表1 但丁时代的星座"名称—月份—时辰"对照

名称	白羊座 (Aries)	金牛座 (Taurus)	双子座 (Gemini)	巨蟹座 (Cancer)	狮子座 (Leo)	室女座 (Virgo)
月份	3/21—4/20	4/21—5/20	5/21—6/21	6/22—7/22	7/23—8/22	8/23—9/22
时辰	6:00	8:00	10:00	12:00	14:00	16:00
名称	天秤座 (Libra)	天蝎座 (Scorpius)	人马座 (Sagittarius)	摩羯座 (Capricornus)	宝瓶座 (Aquarius)	双鱼座 (Pisces)
月份	9/23—10/22	10/23—11/21	11/22—12/21	12/22—1/19	1/20—2/18	2/19—3/20
时辰	18:00	20:00	22:00	24:00	2:00	4:00

但丁在《炼狱篇》中大量使用星宫位置和典故来表达时间，几乎在每一章中都存在关于星辰计时的表述。比如第一章两位诗人登上南半球的炼狱界外，仰望黎明时分的星辰，"那颗引起爱情的美丽的行星使整个东方都在微笑，把尾随它的双鱼星遮住"[①]。第九章开篇，黎明女神（Aurora）"她额上的宝石亮晶晶的，镶嵌成用尾巴打击人的冷血动物的图形（天蝎座）"[②]。

星座计时法蕴含着丰富的神话体系，并与占星学直接相关。占星学与中国古代盛行的生辰八字、风水、黄道吉日等方术占卜术十分类似，都是依托人事与天上星辰的对应关系来推测吉凶、预算命运的。在现代科学看来，这是一种迷信的学问，然而在中世纪星象学渗透在民俗文化与宗教信仰中。托勒密认为，宇宙间有四种触觉可感的基本素质，即热、冷、干、湿。其中湿、热因素是积极的、能育的，万物因之聚合；干、冷因素是消极的、破坏性的，万物为之分离败坏。它们成对结合构成干冷、湿冷、干热、湿热四种组合，产生不同的影响力。围绕地球运行的七颗行星具有不同的冷热性质，向地球施加对应的影响功能。人的性格禀赋受到出生时对应星宫的影响。其对应关系如表2所示。

① 田德望译：《神曲·炼狱篇》，人民文学出版社2002年版，第263页。

② 田德望译：《神曲·炼狱篇》，人民文学出版社2002年版，第340页。

表2　"七行星—星宫—性格"对照 [1]

行星	土	木	火	日	金	水	月
守护神	萨图恩	朱庇特	阿瑞斯	阿波罗	维纳斯	墨丘利	狄安娜
星宫／座	摩羯座	射手座	白羊座	狮子座	金牛座	双子座	巨蟹座
性质	干冷	湿热	干热	干热	湿冷	湿热干冷	湿冷
性格	忧郁愁闷	激情	暴烈易怒	暴烈易怒	麻痹冷淡	激情忧郁	麻痹冷淡

　　人的出生时辰对应的星宫和守护神对人的性格和命运持续产生特定性质的影响力。这种对应关系成为占星学的研究内容，这在中世纪是一种约定俗成的文化观念。占星术甚至认为星体对人的体貌和禀赋都有影响力，人体器官不同部位也与星宫相联系，随着时间的循环而产生规律性的变化。托勒密的星象理论涉及的占星学内容是一种非常复杂的体系，在此不作延伸探讨。

　　占星学的理论带有宿命论的色彩，并且是以异教——古希腊古罗马神话体系为根基，这与基督教神学的一神论存在冲突，因此中世纪的教会神学对盛行的占星术持否定态度，但丁在《神曲》中特意将预言术和占卜巫师打入地狱第八层犯欺诈罪的十大恶囊之第四囊，并罚这些人永远脑袋朝后行走。然而中世纪神学家对占星学也并非全盘否定，只选择不与神学教义冲突的"正面"部分。这就是但丁在《神曲》中一方面判定占星术师是渎神的罪人，一方面普遍使用星宫计时法，并采纳其中的部分具有一定"科学性"的文化象征意义。

　　在《神曲》的炼狱山界，但丁普遍采用了星宫计时法的基本含义，主要用于表达时辰。但在诗篇的全文中，但丁还强调了部分星宫在占星学方面的内涵，其中最为突出的两个例子就是白羊宫和双子宫。这两个星座贯穿整部长诗，分别表征着两种特殊的含义。简要归纳一下，白羊宫的描述侧重强调特殊时辰的

[1]　参考胡家峦：《历史的星空：文艺复兴时期英国诗歌与西方传统宇宙论》，北京大学出版社2001年版，第34—35页。

时间性质，而双子宫的侧重点在于空间性质，是但丁出生的命宫星辰，也是但丁的灵魂栖息地，古代人相信人的灵魂来自星辰，也将回归星辰。关于双子宫的特殊文化内涵，我们将在有关灵魂体的章节中进行分析。下面只对白羊宫的文化内涵进行简要的介绍，以点带面来说明星宫文化在《神曲》诗篇中的丰富含义。

白羊宫/座（Aries，天文符号：♈），是古代星象学的黄道第一宫，依据是太阳在春分点时位移至此。白羊宫有一系列对应的符号学象征意义，天文符号羊角，源自古希腊金羊毛的典故，同时也表示春天植物破土发芽的形状。守护星神是火星战神阿瑞斯（罗马名：马尔斯），代表金属是铁，代表色是红色，身体部位对应头部，并且对应人类生长发育最迅速的婴儿时期。太阳是白羊宫的擢升守护星。从这一系列的象征来看，白羊宫象征着人类、植物和大地季节气候生命力最旺盛的时期，也就是我们通常所说的万物复苏的春季。这个时辰不仅代表着生机蓬勃的春季，同时也是春季每天曙光出现的时辰，是白昼的开始，因而是战胜困境的绝佳时辰，即诗歌中所描述的"di quella fiera a la gaetta pelle, l'ora del tempo e la dolce stagione"①。诗篇中关于白羊宫的描述散布各处，诗人一再使用这个星宫计时传达春天的峥嵘气息和惜时奋进的含义。

在圣经旧约文化中，"羔羊"不仅与希伯来的游牧生活相关，还是人类与上帝关系的动物符号象征，上帝或上帝的代言人是"牧羊人"，而普通民众则是仰赖上帝及其使徒们的眷顾和管理的"羔羊"，因而白羊座的希腊神话典故契合了圣经文化中的神学意蕴，使得但丁对这个星座着墨较多。白羊宫在新约

---

① *Inferno* Ⅰ:42-43，意思是太阳同时出现在白羊宫的季节和时辰，即春分时节的黎明曙光乍现的美好时刻，让旅人但丁在黑暗的丛林中，野兽围攻的情况下，产生出战胜绝境的希望和力量。

基督教信仰体系下的神学文化表征意义，与耶稣基督的复活节星期计时法紧密联系在一起，这层关系在下文旅人但丁的"日程表"中继续分解。

太阳星宫计时法是有固定形状的。太阳星宫计时法综合运用了两种运动方式来计算时间，第一种是太阳每天东升西落在天空中沿着黄道带画出一条弧形的轨迹，按照古人的看法这条大圆弧跟夜晚的部分组合起来正好是一个完整的大圆环。第二种运动是太阳在一年内纵向沿着南北回归线在不同的高度画出一条条上下平行的同心圆弧线，从这个意义上来说，太阳似乎运行在一天天上行／下行的螺旋状天阶路线上。第一种运动形成了白天与黑夜，第二种运动太阳在天空位置的高低则形成了夏季日高天长、冬季日低天短的季节性特征。同理，其他围绕太阳运行并作计时参照系的星辰，它们的运行模式和轨迹形状与太阳雷同，也是在天空中呈现出一个个弧形升降的平面图，这在古人看来具有非凡的指导意义。在古希腊的哲学观念中，柏拉图和亚里士多德作为最杰出的代表人物，他们都主张艺术模仿自然，人类与宇宙天体存在互相对应的关系，人体恰如"小宇宙"，折射出整个地球和宇宙天体运行的自然规律。柏拉图对于天体运行的形状作过准确的描述，他说："当这些与时间有关系的天体进入指定的运动时，……它们在不同轨迹上作相反的运动，因着同的运动，这些运动就像螺旋式似的。"[1] 柏拉图的这种定义被后世所沿用。并且后世欧洲人制造的钟表是圆盘形顺时针旋转模型，依据就是太阳的圆周运行轨迹。

在基督教文化中太阳是上帝的象征符号之一，太阳在天空中呈现出来的弧线具有神圣的象征意义。譬如在旧约圣经中诺亚方舟的典故里，洪水退尽之后，上帝在诺亚的祭坛上启示他说从此之后不再毁灭地上有血气的万物生灵。上帝说："我把虹放在云彩中，这就可作我与地立约的记号了。"（《创世纪》9：13）

---

[1]〔古希腊〕柏拉图：《蒂迈欧篇》，谢文郁译，上海人民出版社 2005 年版，第 26 页。

在《神曲》中，太阳运行的弧形阶梯式上升路线对朝圣者但丁具有双重规约价值。首先旅人但丁三界旅程中的炼狱和天堂使用的时间坐标都是太阳时钟，尤其是为期最长的炼狱山，太阳的光线还是灵魂上行运动的律令和动力能源。但丁和维吉尔一行人是沿着太阳的轨迹来寻找道路的，因而太阳具有了时钟度量和天空引路人的双重职能。

其次，太阳的螺旋形道路是一种特定的上帝律法，人类的行动路线要模仿太阳的轨道。旅人但丁炼狱山的行程路线图[①]就是严格模仿太阳的弧形路线的。在《神曲·天国篇》中，旅人但丁在代表智慧的"日天"层专门说明了这个现象。诗中描述道："自然界的最大使者把天的力量传递到世界上，用它的光为我们计时间，……（太阳）正在沿着螺旋形的路线上升，一天比一天出现得早些。"[②] 这段诗歌描述了太阳在春分点时，经由"冬至"向"夏至"一天比一天升得早、升得高，以螺旋形路线上升。但丁的螺旋形上升路线不仅应用在《神曲》三界之行的路线轨迹图中，同时也应用在人生道路中。在但丁之后，螺旋形上升路线被马克思引入到人类社会的历史发展进程中，表示人类社会前进的道路不是笔直前行的。螺旋式上升路线在空间和历史层面的内涵将在下文对应的章节中继续分析。

三、南北半球时区对照法

南北半球时区对照法则是《神曲》计时法中最具有学术前沿科学性的一个亮点。但丁的时代处在麦哲伦和哥伦布环球航海地理大发现之前，关于世界地理历史的概念还处在古典时代。当时的人们对印度以东的国家还缺乏准确的概

---

① 见附录 2："但丁炼狱路线图"。
② 田德望译：《神曲·炼狱篇》，人民文学出版社 2002 年版，第 721 页。

念，在《神曲》中，但丁的地理学概念涉及的最东边界是印度的恒河，未曾出现过"中国"的字样。由于意大利中世纪大旅行家马可·波罗（1254—1324）与但丁（1265—1321）生卒年月十分接近，马可·波罗于 1295 年回国，1299 年《马可·波罗游记》（*Il Milione*）面世后在欧洲引发热潮，广泛传播。但丁创作《神曲》是在《马可·波罗游记》热播欧洲之后，一向博学广闻的但丁何以在作品中从未出现过中国元代的痕迹，这是历代但丁学的研究者颇为费解的一个疑点。这个问题搁置不议，接下来我们分析一下《炼狱篇》诗歌文本中的时区表达方式。

炼狱山的时区表达突出两个特征：第一是太阳在北天际自东向西逆时针运转[1]，朝圣者但丁与维吉尔等向导在炼狱山行走的路线都沿着北麓向阳处行走，整个行程环绕炼狱山北部半圈范围[2]。这个现象与北半球的太阳运行轨迹成了反向对照。在《炼狱篇》中诗人对此现象反复多次描绘，勾勒出一个完整的白昼太阳轨迹图，太阳按照逆时针方向，自东向西沿着黄道 12 星宫运转。在北半球白羊座是黎明第一宫，自西向东沿着金牛、双子、巨蟹、狮子到室女宫是白昼时间，而在南半球正好按照逆序运行，双鱼为第一宫，沿着宝瓶、摩羯、人马、天蝎到天秤宫是白天。太阳早、中、晚在北方天空的位置在诗歌中都有多次专门描述，给人以醒目的印象。譬如诗人们已经到达炼狱山第七平台时，旅人但丁还在强化这种印象，诗中描绘道："太阳正照在我的右肩上，它的光芒已经把整个西方的天空从蓝色变成白色。"[3]

前面我们已经提到，旅人但丁和维吉尔的朝圣之路是依照星辰运行的轨迹来安排路线图形的，在南半球的炼狱山，诗人们徒步攀登的路径图形完全吻合太阳在天际的弧度，他们依据太阳的位移来寻找各层上升的入口处，从这个意

---

① 配套插图及相关图表说明见附录 3："炼狱山"太阳时钟。

② 配套插图及相关图表说明见附录 2：但丁炼狱路线图。

③ 田德望译：《神曲·炼狱篇》，人民文学出版社 2002 年版，第 549 页。

义上来说，太阳是朝圣者们在炼狱山的星辰"引路者"。太阳的这种功能在诗歌中亦有着明确的表述。在炼狱第一诗章中，通过炼狱山监管人加图老者之口，指点朝圣者说太阳会指点人们从何处登山比较容易。而在炼狱山的第二平台处，维吉尔在没有看到可以求助的灵魂，又不愿意坐等耽误时光的情况下，虔诚地向太阳祷告寻找向上攀升的入口处，他说："甜蜜的光啊，我因为信赖你而走上这一条新路，你就以进入这个地方所须要的指导引导我们吧。你温暖着世界，你在它的上空放光，如果没有别的理由迫使我们走上另一条路，你的光应该永远是我们的向导。"[1] 由此可见，南半球炼狱山的太阳不是普通意义上的行星，它既是上帝的使者，也是上帝的符号象征。更为独特的现象是炼狱山的太阳没有阴晴变化，每天都是晴空万里、艳阳高照，按照既定的轨道运转，像一个精准运行的机械钟表。相应地，南半球的天际星辰中还存在着一些北半球不可见的特殊美丽星辰[2]。

炼狱山时区表达的第二个特征是对应的时间和季节的差异，并由此形成的时区对照法则[3]。时区对照所涉及的地点包括耶路撒冷、意大利、西班牙、炼狱山和印度恒河，这些特殊的地标位置和经度对照表是根据诗篇中的综合描写归纳出来的。在《天国篇》中还存在一处关于时区对照的描写。在诗篇中，关于时区对照的描述与当时的情境相关，有时涉及两个地点，有时涉及更多。在《炼狱篇》第15诗章，旅人但丁开始使用时区对照法则来表示时间，"vespero là, e qui mezza notte era"（*Purgatorio* XV:6）这句诗歌使用了两个词："là"（那里，指代炼狱），"qui"（这里，指代意大利），诗句意思是"那里是

---

① 田德望译：《神曲·炼狱篇》，人民文学出版社 2002 年版，第 382 页。

② 《炼狱篇》第一诗章中描述黎明时分天空出现了 4 颗北半球不可见的美丽星辰，分别代表基督教的机智、正义、勇毅、节制四枢德。亚当犯罪被逐出伊甸园后，迁入北半球居住，人类就无缘看见它们了。

③ 见附录 4：炼狱时区三方对照表。

晚祷时，这里是半夜"。但丁此刻正站在炼狱山上，"这里"指示的地点却并非此地，而是北半球的家乡。显而易见，但丁的时区对照法则是一种隐形的感情线索，他就像一只遨游天际的风筝，牵系丝线的地点是他永恒的故乡——佛罗伦萨。但丁的灵魂随着维吉尔穿越地狱之后，沿着背离家乡的道路漫游天涯海角[1]，然而游子思乡之情却渐趋浓烈，时区对照法则的应用既是科学精神的体现，也是思乡感情的凝结。

四、旅人但丁的预定"日程表"

《神曲》中诗歌显性表述的太阳历（公历）计时法我们已经作了简要的分析，太阳时钟历法计时系统象征着三位一体、光明之道、上帝律法和理性智慧，是生命之旅的光热能源。在太阳时钟普照大部分旅程之外，还存在一条隐形的计时法则，就是与人类自身生物钟节律相关的星期制。星期制从起源和文化层面来说都以关注人的生命繁衍为核心，这与追随和适应太阳历法的规则形成互补。在不同民族的古代神话中，都存在相同的象征符号，太阳一般都是阳性的神祇，象征着父性权能；而月亮则都以女子为神祇，关乎人类内心最柔软、最唯美的情爱表达。

星期制与月亮时钟。日、月运行的节律形成了太阳历和阴历两种历法体系，在上文提到的太阳历／公历中，月份划分的依据并不是月相周期，因而这种阳历中的"月"只是一种约定俗成的说法。早在公元前 2000 多年古巴比伦人将 1 个月划分为 4 个小周期，即 1 周 7 天计时法，这样划分的目的是让劳动者每工作 6 天休息 1 天，调节人的劳动强度。星期制度是一种关怀人类生命健康的

---

① 天涯海角在地狱篇有关"奥德修斯"的航海典故中出现过，在但丁的时代，南半球水陆地理尚未被发现。但丁四处漂泊流浪，神魂思绪穷极宇宙。

人道主义计时方式。尽管在人类历史长河中，太阳历逐渐占据了首要位置，然而月亮历法与人类生命孕育周期的特殊对照关系从未被忽视。"月亮女神／妈妈"的意象在诗歌文学领域内传唱不绝。月亮周期迄今为止仍是医学、生物学领域内的重要时间测度。月亮作为地球45.2亿年的温柔伴侣，承担着人类"月亮妈妈"[①]的星辰使命，人类"十月怀胎"以每月固定28天（4个7天）为周期的秘密便蕴含其中。由此可见，星期制在太阳历法中变相呈现着月亮周期的节律，更为关注人类自身的生命节律，构成一种阴阳调和的历法系统。

古罗马人早期曾将1个星期定为8天，后来沿用基督教传统改为7天。从现代人的眼光来看"7天为一个循环周期的制度与日月年不同，它没有明显的对应天象依据，因此从一开始这种人为的计时系统就渗透着诸多的文化因素"[②]。古巴比伦人将每一天都与一颗行星对应，依次是：太阳、月亮、火星、水星、木星、金星和土星。由于这种对应关系，7天的周期得到名称："行星主宰的日期"简称为"星期"。圣经记述星辰由上帝创造（《创世纪》1：16），众星浩繁、灿烈天空是上帝的杰作伟功。有关参星、昴星、金星、北斗星、行星、流星的记载常见于圣经。基督教的"星期"一词始于上帝设立安息日，上帝6天创造天地万物后，第7日休息，称为安息日、圣日（《创世纪》2：1-4）。这是旧约时代希伯来人协调劳作和休息时间的民俗律法，与此相关的其他宗教礼俗中，节气天象、婚丧庆典、禁食斋戒等日期都是7日，或者跟7的倍数相关。[③]值得一提的是，我国古代从《黄帝内经》开始就明确提出了女子以7年为单位的生长发育节点，这更说明"7"这个计时单位具有特殊的人文价值。

---

① "月亮妈妈"出自《时空与灵性》中"月亮妈妈——鹦鹉螺与十月怀胎"一章，从天文学和生物考古学的角度来解释月亮周期与人类生命的神秘关系。见金学宽：《时空与灵性》，中国宇航出版社2006年版，第27—33页。

② 吴国盛：《时间的观念》，北京大学出版社2006年版，第13—14页。

③ 丁光训、金鲁贤主编：《基督教大辞典》，上海辞书出版社2010年版，第917页。

古代异教民族多把星辰看作神灵加以崇拜。星期制度在后世使用的过程中混杂着不同民族的神话、宗教、占星术或巫术的成分，想象的、领悟的、灵感的因素开始在这里起作用。《神曲》中梦魂游历的时间跨度是一星期，时间轴的核心原点是复活节，这是基督教最神圣的节庆之一，这个节日与"四旬斋"相连。从公元6世纪起，复活节前的40天成为信徒朝圣"皈依"的时间，基督徒模仿耶稣最后40天的生活方式禁食苦修，逐渐成为一种惯例。但丁选定的心灵朝圣之旅的日期是严格遵守基督教礼法的。但丁所在的时代，宗教神学作为官方统治地位的文化意识形态，经过千年的教父神学和经院神学的文化荟萃，完成了希腊和希伯来两种文化的融合。《神曲》中涉及的星期制即体现出多种文化糅合的"神秘寓意"。

作为"神秘寓意"层面的星期制在《神曲》中多以曲笔隐形的方式来表述，在后世读者看来，这与诗篇的整体性文白风格不太相称，这种曲笔描述方式也成为后世《神曲》注释学的研究范畴。关于这个问题需要特别提示的是，我们现代人所认为的"曲笔"却是中世纪人们熟知的文化常识或典故，只是由于时代的推移、知识体系的更新而变成了晦涩难懂的隐喻。英国19世纪中世纪文学研究专家卡莱尔曾专门指出《神曲》中所描述的世界是中世纪信仰和基督教教义的真实标志，并强调说："这种标志具有完全的真实性，毫不以为它是什么象征性的东西！"[①]此外在有关中世纪文学体裁样式的相关著述中，都会论述到但丁使用的创作手法是中世纪文学惯常使用的通俗手法。《神曲》中的星期制包含着宗教、神话、占星学等多层次的意蕴，涉及的文化渊源和历史漫长而复杂，在这里我们从最基本的符号象征层面简单地归纳一下其中蕴含的要点，如下表3所示。

---

① 〔英〕托马斯·卡莱尔著，周祖达译：《论历史上的英雄、英雄崇拜和英雄业绩》，商务印书馆2010年版，第116页。

表3　星期与七行星符号象征体系对照 [①]

	七行星 / 均轮周期	主宰神 / 神祇权能	符号象征
星期六	土星 30 年	萨图恩 Saturn；农神，罗马主神；后来让位给朱庇特	垂暮老者；手持镰刀、拐杖
星期四	木星 12 年	朱庇特 Jupite/zeus；光明之神、护军之神、胜利之神	猎人；手持箭矢和权杖
星期二	火星 2 年	马尔斯 Mars；战神	武士；披戴盔甲，手持利剑和军旗
星期天 复活节 礼拜日	太阳 365¼ 天	阿波罗 Apollo/Sol；太阳神；男性美的偶像，主管光明、青春、音乐、诗歌、预言等	老年尊者；头戴王冠，手持王笏、书册
星期五	金星 348 天	维纳斯 Venus；爱与美之神	裸体美女；手持镜子和象征繁衍、丰饶的果树枝
星期三	水星 339 天	墨丘利 Mercury；旅客、商人、窃贼的保护神，神使	男子；手持囊带和两条交缠在一起的蛇
星期一	月亮 29 天	狄安娜 Diana/Luna；月神，狩猎女神，处女神	裸体女子；手持号角和火把

　　从表 3 不难看出，星期六与星期天形成了一种特殊的对照关系，星期六的主神是远古旧时代的"先祖父神"，星期天则是最为光明璀璨的新时代主神之子，"神子"阿波罗正好暗合了耶稣基督的"圣子"位格。再者从天文学的"均轮周期"来看，萨图恩的运行周期最为迟缓，离尘世最遥远，象征着新旧神祇的王权更替。星期天成为一周中生命力和创造力最强大的一天。圣经旧约中的上帝的"安息日"让渡给了新约中的圣子耶稣的"礼拜日"，第七天从休息日变成一周的初始日期，充溢着创造的动力和能量。基督教的"三圣日"源自耶稣基督的受难和复活，成为宗教节庆礼仪的核心日期。以星期天（Easter Sunday）复活节为核心的一周时间，前三天称为"三圣日"分别对应的是圣星期四（Maundy Thursday），濯足节；黑色星期五（Good Friday），耶稣受难日；

---

① 表格参考资料来源，胡家峦：《历史的星空：文艺复兴时期英国诗歌与西方传统宇宙论》，北京大学出版社 2001 年版，第 28—31 页。

圣周六（Holy Saturday），复活节前夕。后三天是复活节（包括星期一和星期二）和星期三，即 Easter Mondy, Tuesday in Easter Week, Wednesday。

基督教的复活节星期节庆包含着特定的宗教文化意蕴，这些内容都隐含在《神曲》当中，构成朝圣者如律法般神圣的上帝法定"旅程时刻表"，并且因为这个特殊的时刻暗含着与耶稣基督并行同在，耶稣传道、殉难与复活的苦难尘世之旅奠定了朝圣者禁欲苦修、分秒必争的紧迫行动节奏基调。下面我们来分析旅人但丁具体的朝圣日程表数据及时间节奏表达。

但丁的旅程时刻表：但丁神游三界的时间发生在1300年复活节期间，全程历时6天半。旅人但丁在圣星期四夜晚迷失在一片黑暗的森林中，徘徊一夜寻找出口。在次日黎明时分遇见了前来营救自己的维吉尔，在他的带领下越过小山丘，在黑色星期五夜晚进入地狱边界。在圣星期六晚上，两位诗人已经到达了阴森死寂的地心。继而他们用24小时一昼夜时间穿越漫长的地心隧道，朝着南半球的炼狱山脚下进发。他们到达炼狱山的时间是南半球太阳升起的时辰，正好是北半球的日落时分。

但丁假设南北半球存在时间差，当他们到达南半球的时候是复活节的早晨太阳初升的时辰，比北半球落后了12个小时，这个时差设置有特殊含义。按照南半球的时钟，复活节前夕周六白天和晚上他们都在隧道中攀爬，他们从坟墓中出来的时辰正好是星期天（Easter Sunday）的清晨时分。"下地狱"的时间段吻合了基督耶稣被埋葬在坟墓中的时间。由此灵魂的"死罪""dying to sin"[1]与钉十字架的耶稣基督一起埋葬在星期五晚上，在地狱中度过一昼夜后跟祂一起脱离地狱，在复活节黎明时分上升到炼狱边界处。

按照时序（chronology）但丁用了3天3夜攀登炼狱山，又用了6个小时

① Dorothy L. Sayers:*The Comedy of Dante Alighieri the Florentine.Cantica I:Hell*, Harmondsworth:Penguin Books, 1949, p.296.

游览地上乐园（Earthly Paradise）①，在复活节后的星期三中午被提升到了月球天。他连续飞升到其他天体上，时间在天国是停滞不动的。直到越过了耶路撒冷的子午线时，对比时差时提到了地球时间的傍晚时分。北半球星期四日落时分（南半球的周三）他到达了最高天（the Empyrean），幻想中的旅程结束。但丁灵魂幻游的全程如表4所示。

表4　但丁旅程"时辰—地点—篇章"对照

区间	星期	时刻表	地点	对应诗章
北半球 2天	星期四 星期五	18:00—6:00	黑暗的森林	地狱1—3章
	星期五	6:00—18:00	小山丘→地狱之门	地狱4章
	星期五	18:00—24:00	上层地狱（1→5圈）	地狱5—7章
南半球 4¼天	a 星期六	0:00—18:00	下层地狱（6→9圈）	地狱8—33章
		18:00—19:30	翻转地心，切换时钟	地狱34章
	b 星期六 复活节	7:30—24:00 0:00—5:00	南半球地界， 地心→炼狱山的通道	地狱34章
	复活节	6:00—18:00	炼狱海滨→帝王谷	炼狱1—9章
	星期一	6:00—18:00	下阶炼狱（炼狱门→4平台）	炼狱9—19章
	星期二	6:00—18:00	上阶炼狱（4→7平台）	炼狱19—27章
	星期三	6:00—12:00	伊甸园	炼狱28—33章
天界 1/4天	星期三	12:00—18:00	天国全境	天国1—33章

在表4中，存在两种星期计时法，集中表现在"a/b星期六"计时法的时差上。在《神曲》中，地狱与炼狱处于对极位置，存在12小时时差。维吉尔和但丁在北半球的地心处是a星期六的晚上18:00，而此刻南半球的时间正好是b星期六早晨6:00。诗人们穿越地心旋转180°之后朝着炼狱山方向进发，

① 《神曲》中炼狱山顶的"伊甸园"与旧约中的伊甸园（the Garden of Eden）地点并不吻合，因而英文译本采用了"Earthly Paradise"（地上乐园）作为区分，中文译本同时采用这两种说法：地上乐园/伊甸园。

此刻开始使用炼狱时间 b 星期六早晨 7:30。诗人们穿越地心使用了大约 24 小时，由于时间差的关系，中间合并缩减了 12 个小时。如果按照统一计时法，那么但丁天国游历结束的时间是北半球的星期四早晨 6:00，与黑暗的森林的傍晚 18:00 形成完整的一周时间。

从表 4 中，可以明显推算出一系列关于时间节奏的数据。总体来说，诗篇中的"角色但丁"徒步朝圣，以"超速度"在 24 小时内穿越并游历了地球半径距离和地球剖面 1/6 面积的扇形区域，然后再用 24 小时穿越南半球地心，又攀爬了一个地球半径的漫长距离，但丁在《神曲》中用具体的数字来标识地狱第 8 圈的第 9 恶囊一圈有 22 英里，第 10 恶囊是 11 英里，据此意大利学者推算出《神曲》中的地球半径为 3245.4545 千步[1]，约等于 5223.126 千米，跟现代科学测算出来的地球半径 6371.004 千米虽然有出入，但依然算是日行千里的神速。而在《天国篇》中，朝圣者但丁使用光速运行，只用了尘世 6 小时的时间就穿越到了最高天，擢升苍穹的尽头。

根据这些数据，但丁的幻游旅程充斥着高度紧张的时间节奏感，可以遥感但丁在旅程中汗流浃背、面赤心跳的高负荷运动强度。时间就是与日月星辰结伴同行，时间是强大的动力能源，护送但丁的一个个引路者都像滴滴答答的天体秒针一般，催促着诗人加快脚步。长诗通过维吉尔之口，留下了不少关于时间的经典名言，譬如：

"现在你应该去掉懒惰，因为坐在绒毛上或者躺在被子里是不会成名的，……如果不和沉重的肉体一同倒下来，精神是战无不胜的。"[2]

"最知道时间宝贵的人最嫌浪费时间。"[3]

① 数据来自《神曲》插图：Antonio Manetti di Tuccio Manetti (1423—1497)：*The Chamber of Hell*, 1506. Current location:Ithaca, New York.

② 田德望译：《神曲·地狱篇》，人民文学出版社 2002 年版，第 161 页。

③ 田德望译：《神曲·炼狱篇》，人民文学出版社 2002 年版，第 281 页。

"对于睡醒后迟迟不利用醒着的时间的懒汉们须要这样的鞭策。"①

"走自己的路，让别人去说吧：你要像坚塔一样屹立着。因为心中念头一个接一个产生的人，由于一个念头的力量削弱另一个念头，经常会使自己的目标离开自己更远。"②

通过古罗马大诗人维吉尔这位智慧向导之口，诗篇向读者展示了一种全新的时间观念，那就是昼夜不息、与太阳赛跑、抢夺每一寸光阴，及至最后达到与星辰光速同步，身体行动超脱肉体的羁绊能够与灵魂的意念完全同步。这种修行过程与《西游记》中的唐玄奘有异曲同工之妙，唐僧的取经修行之旅本质就是一种行动的哲学，披星戴月、风雨无阻、马不停蹄地丈量着每一寸征程。唐僧功德圆满脱离肉身羁绊之后获得了飞升的能力，可以腾云驾雾、任意神游。《神曲》这种只争朝夕、自强不息的奋斗精神泽被后世，在诗歌领域内。18—19世纪德国伟大诗人歌德，用60年的光阴打磨出诗剧《浮士德》，将"自强不息"的惜时奋斗精神发扬到极致，提升为灵魂得救的新时代圣经法条。

综上所述，以日、月为标识，以星辰为参照的多层次时间表达法，蕴含着丰富多彩的多元时间文化知识体系，兼有计时意义、宗教文化习俗和特殊的文本象征寓意。这些计时法则综合渗透到但丁的灵魂之旅中，呈现出与古代文化自然时间观不同的中世纪基督教时间观念，奠定了近代以来欧洲的快节奏都市化机械时间观念的根基。这既是当时中世纪社会文化的真实反映，也体现着《神曲》本身在文学史上的特殊价值。相比较而言，中国的古典取经/朝圣名著《西游记》，同样充满了只争朝夕的时间紧迫感，但是《西游记》采用了"神魔小说"或"魔幻现实主义"的体裁样式，师徒四人都脚踏实地行走在危难重重的

---

① 田德望译：《神曲·炼狱篇》，人民文学出版社2002年版，第408页。
② 田德望译：《神曲·炼狱篇》，人民文学出版社2002年版，第296页。

异域他国。他们需要克服肉体面临的衣食住行、天气疾病和妖魔鬼怪突袭等各种未知的实际困难，因而步履蹒跚，14 年风尘仆仆的漫长征途，故事的总体时间以延展长度的方式更能够凸显取经之路的辛苦。这与但丁的旅程故事总体时间表达风格截然相反，却又有异曲同工的文学效果。

第二节　文本历史时间——并置的时钟

《神曲》中的时间观是多层面的，以旅人但丁为主线的故事时间及其计时法则呈现出鲜明的尘世色彩，可谓是中世纪计时法大全。朝圣者但丁的尘世时钟在彼岸三界的"超现实"世界中显然是一种箭头方向性的穿梭红线，正像绪论中所述佐伦空间叙事结构图 1 中的时间线条一样，起着规定道路轨迹的作用，既是时间性的又是空间性道路本身。时间的空间性特征是空间叙事学的要点问题，文学作品因为使用的文字符号媒介的限制，必须使用线性排列的语言符号按照先后次序来建构文本层面的立体性多层次历史结构或空间结构，因此叙事者的"聚焦点"或叙事的策略／方法是研究文本历史时间层次的重要线索。

《神曲》中叙事者的聚焦点采用的是移步换景的录像式方法，因而现代有些评论者称但丁是在拍电影[1]，还有的学者论述但丁使用"意识流"[2]的方式进行诗歌创作。关于诗篇人物角色的聚焦点问题牵涉的重点是文本空间建构的

---

[1] "拍电影"的提法源自意大利学者的一本论文集《但丁撰写的电影》，见 Francesco Tigani Sava: *Dante scrive il cinema: per una lettura cinematica della Divina Commedia*, Catanzaro Lido: Max, c 2007.

[2] "意识流"源自心理学术语，是 20 世纪现代主义文学流派的一支，代表作品有普鲁斯特的《追忆似水年华》和福克纳的《喧哗与骚动》等。

层面，在时间层面，我们主要从叙事策略角度来分析。在一般的叙述学方法论中，记叙方法主要分为顺叙、倒叙、插叙三种方式，这种划分是从整体性风格而言的，实际文本中使用的记叙方式是灵活机动的，往往是多种手法的综合运用。《神曲》中的叙事策略也是灵活多样、丰富多彩的，可作为专门的议题进行深入研究，在这里我们选取一个最为突出的记叙策略——并置法则，以时间的并置为线索展开分析。

《神曲》的布局谋篇是现代欧洲"结构主义"、"原型批评"、比较文学"类型学"、"空间叙事学"等文学批评理论均可使用的绝佳例证和经典范本。时间的并置法则与空间类型化的手法交织并行，贯穿整部长诗，每个章节都明显地体现着这些艺术手法。

具体来说，《神曲》与《圣经》《荷马史诗》《埃涅阿斯纪》等古典名著最大的区别就是艺术构思形式方面的差异，《圣经》等作品采用的都是类似历史传记或英雄传奇的方式，围绕某个重大历史事件或具体的英雄人物来布局谋篇，是人们惯常熟悉的叙事方式。《神曲》则采用类型化空间法则，将古往今来的历史人物、文学原型、当代新闻人物忽略身份、民族和历史年代限制，全部依照基督教德性、罪与恶习的分类法则安排在特定的区域内互为邻舍。空间秩序是历史时间并置存在的依托。空间秩序的依据是基督教的伦理学，中世纪基督教教义中关于"人论"的基本内涵是"原罪"和"救赎"，强调灵魂超越肉体的绝对价值，人类的真正家园和归宿是"神国"，即我们通常所说的"天国来世"。那么，尘世生命之旅作为来世的准备，其重要的使命是忏悔和赎罪，仰赖基督耶稣的中保和神恩，企望灵魂在来世可以回归天国，获得永生。

基督教的礼拜制或上帝的安息日律法是人类社会安排活动的神法"小周期"，而教会公元纪年以耶稣为历史时间的原点，则表明耶稣时间是度量人类历史的初始刻度。在新约圣经中，耶稣尘世的时间旅程表是上帝命定的，每个被记录的时间段都与历史事件相关，时间包含在有意义的目标事件中，后世的基督徒据此来纪念并模仿基督的生活模式。《神曲》文本与《圣经》存在着明显的互文性关系，故而我们抽取其中的核心事件时间作为例证来分析时间的并置策略及其蕴含的文本意义。

一、与基督同行的复活节周期——个人小历史的并置

《神曲》设定的一周旅程包含着由小到大至少三个层面的个人小历史，分别是但丁的、耶稣基督／圣经文化的、任意人类社会个体成员的小历史。这三个层面以朝圣者但丁为显性线索，其他两条为隐含线索，彼此互相交织呼应，形成互文性效果，每一个层面都蕴含着特定的文化意义。

从时间原点的设置来说，1300 年现实世界的但丁 35 岁，正在"人生的中途"。依据旧约中的说法："我们的寿数，不外七十春秋。"（《圣咏集 4》90：10）但丁在《飨宴》（4：23）中将人生比作旅程，又比作一个拱门，拱门的顶点是 35 岁。旧约中还说："正在我中年（或作'晌午'）之日，必进入阴间的门；我余剩的年岁不得享受。"（《以赛亚书》38：10），耶稣被钉十字架的年龄是 33 岁，与旧约中关于人生寿数的说法形成了对应关系。在古希伯来人看来，生命的时光是甜蜜美好的，死亡是被剥夺了时间。因而中世纪的习俗认为 35 岁是走向死亡的年岁。1300 年但丁的政治生涯走到了巅峰，他入选佛罗伦萨最高六行政官之一，这个事件却逆转了但丁的命运，蕴含着比死亡更残酷的命运惩罚。1300 年是基督徒的大赦年（giubileo），教皇卜尼法斯八世号召全体基督徒到罗马朝圣，宣布凡是基督徒都能通过巡礼、忏悔和公德来赎一切罪。但丁的个人历史与佛罗伦萨政坛、教会圣事交叠在一起，这一年的复活节具有历史性的纪念意义。

从朝圣旅程中的成员来看，诗人的三国旅程穿越时空，与不同年代死去的灵魂一路同行。基督教一贯注重社会团体的发展，耶稣传教的过程中发展了无数的信徒，组成一种基于爱德的"共产主义"社团。根据中世纪教会神学教义的说法，基督下阴间是人类得到救赎的开端，基督"拯救旧约圣徒从阴间的先祖界（Limbus Patrum）出来"①。基督的地狱之行带着神圣的使命，以拯救地狱亡魂为目标。因而耶稣死而复活的旅程是与先祖界众魂灵一起同行的，这个行动使得耶稣的救赎能力跨越了人类线性历史时间的界限，使某些耶稣诞生之前的亡灵亦可得到救赎。朝圣者但丁的旅程同样是与众人同行的，上帝为他安排的不同层次的向导们体现了基督教的普世主义法则，与主同行的并不局限于特定的民族，可以获得拯救的灵魂，并不受尘世历史时间的限制，也不以入教仪式为依据。

朝圣者但丁一路同行的众多灵魂旅伴，取消了尘世历史时间的界限，穿越古今，将人物的个人历史时间并置在特定的空间背景下，时间置换为空间的形式存在。这种叙事策略广泛存于诗篇各处。选一例来说明，在《地狱篇》的第二章处于危难中的诗人遇到前来营救的维吉尔，在听到他指出的出路是下地狱时，诗人产生了严重的畏缩情绪，情急之下将维吉尔古罗马史诗《埃涅阿斯纪》中埃涅阿斯游地府和新约圣经中圣保罗肉身到天国的典故（《哥林多后书》12：2）一齐搬了出来。维吉尔为了消除他的怯懦情绪，讲述了天上的三位圣女——圣母玛利亚、圣卢齐亚（Santa Lucia）②和贝雅特丽齐的眷顾，以及她们下达的搭救但丁的指令。在这段情节中并置了古罗马史诗人物、新约使徒圣保罗、圣母玛利亚、修女圣卢齐亚和但丁仰慕的尘世女子贝雅特丽齐等不同类

---

① 〔美〕伯克富：《基督教教义史》，赵中辉译，宗教文化出版社2000年版，第190页。
② 圣卢齐亚（Santa Lucia，公元281—304）是西西里岛人，为基督教殉道，象征启迪人心的恩泽，中世纪被奉为眼疾的守护神，为但丁所敬奉。

型的历史人物。这种时间叙事策略是《神曲》一大特征。值得一提的是我们现在的网络信息时代，信息检索的强大功能将但丁诗篇中的叙事策略变成现实，因而也可以说，但丁的时间并置法则走在了时代的前列。

但丁朝圣的个人小历史是沿着基督耶稣走过的道路与耶稣同行，与全人类救赎的历史同行。朝圣的时间以空间化并置的法则来重现不同时间点死去的亡灵们。时间一方面在横向的 X 轴上向前延展，同时又在纵向的 Y 轴上无限并置全人类死去的亡魂。旅人但丁与耶稣同行与人类救赎的历史同步的并置法则还通过一个醒目的大自然异象来呈现：地震。

在可以使用尘世法则的地狱深渊和炼狱山上，前后两次出现剧烈的地震，给人以深刻的印象。但丁为自己的诗篇命名为"喜剧"，风格通俗、语言活泼，然而内容是神圣而严肃的。古希腊文学以悲剧为尊，悲剧英雄人物的罹难总是以特异的自然灾难或者某种危难时刻（crisis）作为衬托，中世纪的宗教奇迹剧以类似的手法来烘托宗教神圣角色的崇高伟大。《地狱篇》的第 4 歌和第 23 歌前后呼应地叙述了耶稣下降地狱引发的强烈地震。地震发生的地点和时间是特定的，表征着旅人但丁正好在此时此地踩在耶稣曾经留下的足迹上。在地狱篇第 3 歌结尾处和第 4 歌开篇，诗人描述道昏黑的原野突然袭来猛烈的地震，令人惊怖战栗；继而狂风骤起、电闪雷鸣，他昏厥在地，迅疾又被雷声震醒。诗人用身体触觉的共感手法将 1267 年前耶稣殉难时天地异兆的场景重现。在第 23 歌中，但丁和维吉尔在地狱第八圈第六囊寻找通往第七囊的路径时，曾受地狱鬼卒马拉科达的欺骗，后来卡塔拉诺修士觉察到他们的处境主动为他们指点路径并解释第六囊壕沟上的石桥全部断裂的缘由。原来在耶稣死亡时发生的大地震使地狱多处出现断层，特别是震塌了伪善者受苦刑的一切石桥，这是一种有针对性的惩罚方式，针对的是《新约》中应为耶稣之死负责的犹太教大祭司该亚法及其同伙。

维吉尔和卡塔拉诺修士前后两次为但丁解释了地震的原因。维吉尔见证了基督从林勃中救出旧约中的犹太先祖圣者，并且说在耶稣下降地狱之前，人类的灵魂从来没有得救过。修士的解释证实了耶稣下降地狱的另外一个功能，就是再次惩罚亵渎神子的犹太罪人。朝圣者但丁的旅程见闻，重现了基督教教义中耶稣的救赎功能，展现了耶稣死而复活的时段内，首次实施的救赎亡灵获得永生的圣迹。

在《炼狱篇》的第 20 章，诗人们到达炼狱山的第五平台时，发生了地动山摇的大地震，这次地震虽然来势凶猛却携带着狂喜的果实。古罗马诗人斯塔提乌斯经过 1200 年的炼狱修行终于得到重生，灵魂脱离匍匐修行的炼狱平台，可以自由运行，飞升天国了。炼狱山为之震动，全体修行者为之喝彩。炼狱山地震与地狱中的地震遥相呼应，上帝为但丁展示这个奇迹，表明进入耶稣的信仰之中，遵守诫命、涤罪修行期满之后必能获得永生，第二次强调信奉耶稣可获救赎和永生是真实不虚的信条。

二、上帝的生命册——灵魂／人类历史是永恒的现在时刻

朝圣者但丁所参照使用的尘世刻度日程表应用在月下世界的地狱和炼狱界，天国中不再涉及时辰问题。《天国篇》中的时间概念却并不因为脱离尘世而取消，相反地，天国中的时间观念和时刻表达方式最接近上帝的本质。在《天国篇》的终末，上帝为朝圣者呈现出一派巨大的盛典场面，诗作描述道："Nel suo profondo vidi che s'interna, legato con amore in un volume, ciò che per l'universo si squaderna."（*Paradiso* XXXIII:85-87）"在那光的深处，我看到，分散在全宇宙的一切都结集在一起，被爱装订成一卷。"[1]

---

① 田德望译：《神曲·天国篇》，人民文学出版社 2002 年版，第 855 页。

朝圣者的心灵被一道智慧之光倏忽透射，一切愿望借此得到满足。幻游者至此进入到天使圣徒般无欲无求、纯净充盈的空灵至境，丧失了一切记忆。此刻的丧失记忆相当于佛教中的"念念不忘"的境界。在之前游历水晶天的时刻，贝雅特丽齐特别介绍天使们是不存在记忆的，因为他们的心神从未片刻暂离过上帝的光辉，纯然无染，丝毫不存在任何他念，当然不会出现"记忆"这种心理活动。凡人存在记忆的根源是不断转换念头，心灵存在无数间隔状态，才导致记忆的堆积和累加。

在《天国篇》中，通过贝雅特丽齐或其他圣灵的解说，系统地阐述了上帝关于时间的法则。上帝创造了宇宙星辰、天地万物，时间以星辰为度量，以宇宙的律动为节奏。针对尘世而言，时间的法则通过上帝的使者"太阳"来传达，月亮作为太阳的补充，也起着微弱的引导作用。浩瀚宇宙、璀璨星辰是为永生的灵魂们预备的栖息之所，在那里时间回归到本体当中，一切都得到圆满的安置。《神曲》的三个篇章都以"群星"（stelle）一词押韵结尾，群星是水晶天"福地家园"的特征，象征着光明幸福的境界，指引着人们灵魂前进的方向。

在上帝的"卷册"（un volume）中包含了宇宙的开始和终结，即如《圣经》中上帝所启示的："我是阿尔法，我是俄梅戛①，是昔在、今在、以后永在的全能者。"（《启示录》1：8）在《天国篇》第17章中，通过高祖卡洽圭达之口阐释尘世旅行者但丁所观照的一切生命时间在上帝的宇宙中只是一个极其微小的"光点"，上帝心目中不存在时间，只有永恒的现在，尘世间的一切历史，在上帝看来只是一幅呈现在眼前的图画。上帝是时间的总集。单就人类的历史而言，在上帝的卷册中包含了全部的人类历史。当然《神曲》中的"全部"局限于但丁所掌握的人类历史范围。有学者专门对但丁诗篇中的彼

---

① 希腊字母有24个，开头 Aα 英文名为alpha 俄梅戛／阿尔法，结尾 Ωω 英文名为omega 俄梅戛／欧米伽。

岸三界的居民们进行了数据统计和分析，按照文献来源大致分为四类[1]，分别是：Classical，古典系列；Biblical，圣经系列；Historical，历史系列；Contemporary，当代系列。基本涵盖了欧洲1300年之前的全部文献资料，将欧洲文明的历史融汇在上帝的三个界域中。这种以亡灵的时间共存性来表现历史的共时性存在的方式，被中国的学者评价为"灵的文学"[2]，也有不少学者从"向死而生"的死亡哲学视角来评价这个问题，这与中国孔子的"未知生，焉知死"的观点形成了鲜明的对照。

　　人类的历史以亡灵的角色形态共时性地存在于上帝的"卷册"当中，这是《神曲》呈现出来的特定历史时间观。此外，旅人但丁朝圣过程中分分秒秒、运转不息的计时方式依据的虽然是我们熟悉的尘世时钟，但是背后隐含的却始终是上帝的时间律法。朝圣者但丁代表了人类历史维度中的个体情况，上帝分配给每个凡人的时辰都是命定的。圣经打从旧约的名谚歌谣开始就注入了对时间有限的哲学思考，歌中反复吟唱[3]：

　　事事有时节，天下任何事皆有定时：生有时，死有时，栽种有时，拔除栽种亦有时；杀戮有时，治疗有时，拆毁有时，建筑有时；哭有时，笑有时，哀悼有时，舞蹈有时；抛石有时，堆石有时；拥抱有时，戒避拥抱亦有时；寻找有时，遗失有时；保存有时，舍弃有时；撕裂有时，缝缀有时；缄默有时，言谈有时；爱慕有时，憎恨有时；作战有时，和睦有时。

---

① 分类依据源自 Alison Morgan：*Dante and the Medieval Other World*, Cambridge University Press, 1990, pp.54-62。

② "灵的文学"见老舍：《灵的文学与佛教——老舍先生在汉藏教理院讲》，《中国现代文学研究论丛》，1985（7）：203—208。

③《旧约·训道篇》，第三章第1—8小节，思高版。

耶稣作为上帝之子,他的尘世生命始终都按照上帝的节拍和日程表来执行。朝圣者但丁的日程表也是仿效着耶稣的时辰来进行的。为了强化这一点,在《神曲》的三个篇章中,但丁身边的一个个导游和护卫者都众口一词地不断强调他的时间是规定好的,不容偏误,必须赶在上帝命定的此时此刻的那一点上。到了幻游的尾声,贝雅特丽齐还在重申"但是许可你作为凡人游历这里的时间过得飞快"①,要求但丁必须合理分配每一个时间片段。作为个体的人,所有的时间都包含在上帝的命定的目标之中。在上帝的时间法则中,尘世的时光是最短暂的,凡人是短暂征途中的旅人,而脱离肉体之后的灵魂则是永恒存在的生命体。亡灵的时间律令才是上帝法则的本真面貌。

亡灵的栖居之地被上帝安排为三个处所,其中炼狱山处于"居间之境"②(the intermediate state)的状态,是对尘世时间的补充,可与尘世归为同一类型。地狱和天堂的时间表达是上帝时间观的核心要素,地狱和天堂的时间观是永恒的现在时态,并且是永恒不变的存在处所。古往今来一切尘世中曾经存在过的生命,他们的灵魂都共时性地按照特定的秩序栖息在特定的空间位格里,人类每一个个体在短暂的尘世生活之后,都必将进入到上帝永恒的时间法则之中,众人的时间是平等的。但丁将人类的生命运动轨迹描述为"from time to eternity"③的过程,time 是暂时性、不稳定的,而 eternity 则是永恒、稳定不变的状态。人类痛苦或幸福的本质都蕴含在上帝永恒不变的特性当中。

---

① 田德望译:《神曲·地狱篇》,人民文学出版社 2002 年版,第 851 页。
② 〔美〕伯克富:《基督教教义史》,赵中辉译,宗教文化出版社 2000 年版,第 189 页。
③ "eternity" 词条来自 Richard Lansing:*The Dante Encyclopedia*, Taylor & Francis e-Library, 2010, p.357.

天堂
向善——皈依

地狱
背离——堕落

图3　上帝时间的法则

如图3所示，人类全部的灵魂历史依据向／背意志，最终到达同一条线上的两个终点，即一念天堂，一念地狱。借此，全部人类的心灵意识状态都转化为永恒的共同存在，在上帝的无限大圆中，闪烁着一个个的共时性存在的"光标"圆点，《神曲》从这一点上抽取出人类所有个体的时间性存在特征。地狱门楣上的可畏的铭文："Dinanzi a me non fuor cose create,/se non etterne,e io etterno duro./Lasciate ogne speranza,voi ch'intrate."意思是："在我以前未有造物，除了永久存在的以外，而我也将永世长存。进来的人们，你们必须把一切希望抛开！"[①]总括了上帝时间法则的 Ω 极点的严酷性，天堂的"白色玫瑰宝座"则呈现出 A 极点永生的极点至乐状态。人类时间就在道德律令的皈依／背离过程中，走向永生／永刑。

上帝的子民们在彼岸三界共有的时间律法下，过着一种主动或被动的没有"间隔"的时间节奏，整个三界呈现出一派高频率、光速陀螺般运转的忙碌场景，由此，尘世的生命节奏显示出"迟缓、懒惰"的特性。在这样的参照下，基督教将"懒惰"列为七大罪宗中的第四个，处于人性"恶习"与"小罪"的中间等级，在炼狱山的第四平台用"昼夜不息"地快速奔跑来弥补尘世的懒惰过失。总体来说，从尘世出发的灵魂，走在最为缓慢的时间节奏中，到达天国的永恒境界后，所有的灵魂们都与天使一样，如星辰般高速旋转运行，时间并非在这里止步，而是到达了光速般的极致状态中，可以完全忽略肉体的一切羁

---

① *Inferno* Ⅲ:7-9,译文出自田德望译：《神曲·地狱篇》，人民文学出版社2002年版，第19页。

绊力量，穿越一切距离和空间，完全实现各自的自由意念。

《神曲》的时间观、历史观在当代科学领域内渐趋成为事实，爱因斯坦以来的宇宙时空理论，航天技术的发展方向，都在朝着《天国篇》中所描述的速率观念迈进。而在 21 世纪以来全球化普及的网络信息技术中，天国中的信息获得速度和广度已在普遍应用中。地狱魔鬼的迅疾速度、天使们凌空飞翔的神奇技能都不再是一种神话传奇。一言以蔽之，所谓的永恒时间，就是与光速比肩的极速运行状态。按照现代科学研究的成果，在光速状态下，人类的时钟就可以清零。

三、线性时间与时间之流，对循环论的否定

《神曲》中的人类历史观除了上述的特征之外，还与基督教的基本教义密切相关。早在亚历山大里亚的教父神学时期，古罗马帝国的势力范围遍布地中海文化圈，古希腊、古埃及等不同地域民族的文化荟萃交融，这种情况给基督教的传播带来巨大的挑战，为了克服异教文化的冲击，一大批学者型的教父开始著书立说，有选择地吸收或抵抗异教文化中的知识，捍卫基督教的教义。其中以古希腊为代表的"灵魂轮回说"以及相关的自然时间循环论，对基督教的灵魂观和时间观产生巨大的冲击。以奥古斯丁为杰出代表的神学教父对这种观念进行了学术性的论辩，确立了尘世灵魂单向线性回归上帝的时间观。奥古斯丁在《忏悔录》（卷 11）[①] 专门论述了上帝的时间观，他从圣经中领悟到时间是上帝创造的，对于上帝的子民来说，在信仰上帝之外，不存在有意义的时间。上帝在时间之外，祂包含着一切时间，在上帝的法则

---

① 〔古罗马〕奥古斯丁：《忏悔录》，周仕良译，商务印书馆 1963 年版，第 231—258 页。

中只有永恒的现在时刻。上帝所创造的时间都是有价值的，不存在任何无意义的片刻。

基督教文化时间观在奥古斯丁的著作中得到初步的定型，即线性时间观和时间之流的概念，其根基和依据来自圣经。基督教从犹太文化中生长出来，继承了犹太思想中强烈的历史意识。犹太人是一个命运多舛的民族，他们丧失了先祖的故国和土地家园，在地球上飘零，然而因为《圣经·旧约》的存在，他们的生命空间得以在历史的绵延中展开，《圣经》既是他们的历史文化也是他们共同的精神家园。《圣经》开篇创世纪的故事描述了上帝惊天动地的伟业，创世过程精确地安排为一个星期，在基督教神学中七天并非尘世的太阳日，而是一种象征性的周期。这种时间周期存在某种不断向前推移的运动特征，创世是历史运动的开端，是时间长河的起点，也是动力之源。从创世纪开始，时间之流启动，未来充满了无限延续的开放性。未来是人类不可预见的，充满了各种可能。

基督教引入了一个新的历史事件，并将这一事件作为理解历史和时间观念的重心，这就是耶稣的诞生。耶稣出世构成了一个独一无二的人类历史坐标原点，过去、现在和未来的时间全都从这个时间点上获得意义。过去的全部历史都奔向它，作为时间轴心的负数预备阶段，全部的未来由之涌出，成为数字化的展开和漫延。耶稣诞生创造出有意义的原点，而耶稣的殉难引申出复活和末日审判，时间之轴的延伸是确定的起点和终点，人类的全部历史都包含在基督的诞生和再次降临审判万民之中。末日先行给基督徒的每一个时刻都赋予了"拯救"的意义，拯救的日子是不可预知的奇迹时刻，因而尘世的每一分钟都是紧张的预备活动。这就是说，耶稣之后的所有人类历史事件都与上帝的目标和人类的自我救赎密切相关。

相比较而言，在古希腊古罗马时代，以《荷马史诗》、《埃涅阿斯纪》和《变形记》为代表的古典作品中，呈现出来的时间观念是人、神、鬼怪、大自然共融交织的自然状态。就对《神曲》有直接影响的作品来说，《埃涅阿斯纪》和《变形记》都是古罗马帝国奥古斯都盛世时期的经典之作，两部作品都受古罗马共和时期的哲学家卢克莱修《物性论》的影响，渗透着灵魂"轮回流转"的意识观念。在《埃涅阿斯纪》卷六中，维吉尔描述了地狱阴间的运行情况，其中提到埃涅阿斯在西比尔的指引下来到地狱的乐土界一片福林地时，看到"他（埃涅阿斯）的父亲安奇塞斯正在仔细地专心地检阅着一些灵魂，这些灵魂深深地隐藏在一条绿色的山谷里，准备着有朝一日投生人世"①。而在奥维德的《变形记》中，全篇故事情节都建构在人、动物、植物、石头、星辰不断变形的轮回流转体系中，时间的内涵变成了虚化的背景。在古希腊古罗马文化的循环时间观中，宇宙的大循环、人生的轮回并不能给灵魂以安慰和解脱，因此异教哲学家根本不在时间的运动中寻求灵魂不朽的道路，追求不朽的道路被认为是空间性的而不是时间性的。

基督教提升了时间的绝对价值。在基督教的教义中时间是上帝的赐予，是短暂的、不确定的，是指向未来的带着方向箭头的线性时间。未来不是一本循环封闭的书卷，而是开放的、运动的，未来尘世灵魂具有从罪恶中救赎出来的可能性，未来是充满希望的。在早期的教父哲学中，阐释基督教的线性时间观、驳斥希腊思想中的循环观曾是一项艰巨的任务，奥古斯丁在这个方面起到了重要的作用，他在《上帝之城》中最雄辩地反驳了异教循环时间观。他认为不应该听信所罗门的话："已有的事，后必再有；已行的事，后必再行：日光之下并无新事。"（《传道书》1∶9）

奥古斯丁在《忏悔录》（卷11∶20）中阐述说过去和将来并不存在，或者可以说时间分过去的现在、未来的现在和现在的现在这三类，比较恰当。"这三类存在我们心中，别处找不到；过去事物的现在便是记忆，现在事物的现在

① 〔古罗马〕维吉尔：《埃涅阿斯纪》，杨周翰译，译林出版社1999年版，第163页。

便是直接感觉，将来事物的现在便是期望。"①奥古斯丁将时间浓缩到此时此刻，将时间的流动内化为人的三种心理感知类型，开启内在心理时间之先河。也因此将时间的重要性凝聚到分分秒秒的现在时刻。时间之流属于人类的感知系统，人类的感知不能度量上帝的时间方式，因此上帝规约的未来需要仰赖信仰和启示才可以达到目的地。希腊哲学将时间视为自然现象领域，而奥古斯丁开辟出了一条不同的道路，重视自然时间更重视自由意志。在现代哲学中，以胡塞尔和海德格尔为代表的现象学和存在主义发展了这种观念。

《神曲》中的时间观正是对基督教神学时间观的生动阐释。但丁秉承了中世纪奥古斯丁、阿奎那等神学家的宗教时间观念，特别强调人类的历史时间只在信仰中产生价值，灵魂的忏悔和救赎需要人的自由意志立刻付诸行动。在《神曲》中最能体现这种观念的例证是撒旦和亚当，撒旦在被创造后不超过20秒的时间就叛离了上帝，被罚入地狱的时间穷极岁月；而人类始祖亚当的命运则使用了精确的数字来度量。在《炼狱篇》最后一章中，讲述了智慧树和亚当的故事，诗歌描述说"第一个灵魂"在"痛苦和渴望中"期待了5000多年。根据《旧约》的记载亚当在世930年（《旧约·创世纪》5），《天国篇》第26章提到亚当在林勃狱中等待4302年，才被耶稣带到净火天去。维吉尔在《地狱篇》第四章中重申了这一点，亚当在伊甸园中只停留了1/4天，6个小时后就因为偷吃禁果被驱逐，亚当的灵魂被流放了5232年才回归上帝的怀抱。

《神曲》的时间观念后来在歌德的《浮士德》当中得到更为深刻的继承和发展。《浮士德》的主人公出场时已经是年过半百，在古旧的中世纪书斋中埋头研究了大半辈子，在某种程度上来说，或许这个年龄设置是对诗人但丁56岁意外染病而死造成的历史遗憾作出的一种穿越时空的生命轨迹续写。但丁《神曲》的时间观念对后世的影响不仅限于文学层面，同时亦渗透到欧洲的文

---

① 〔古罗马〕奥古斯丁：《忏悔录》，周仕良译，商务印书馆1963年版，第247页。

化传统中，跟基督教文化一道成为近代以来欧洲时间观念的重要依据。

上一节我们论述了以旅人但丁为线索的尘世太阳时钟，太阳时钟是有形状的，它的形状就是但丁朝圣的路线形状，即：螺旋形上升路线。而本节中我们探讨的上帝时间法则与人类历史时间的关系，也是有明确的形状的，那就是三环同心圆结构[①]。如图4所示。

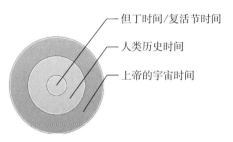

但丁时间/复活节时间

人类历史时间

上帝的宇宙时间

图4 同心圆结构的历史时间

在《天国篇》中通过贝雅特丽齐、托马斯·阿奎那、高祖卡洽圭达以及众天使的颂歌，一再重申一切人类历史都井然有序地排列在上帝用圆规画出来的无限宇宙大圆中，上帝还用最突出的意象来呈现这个真理。在第30章，众天使和神圣的全体福灵们齐聚一堂，上演出"星河灿烂、花海锦绣"的场面。朝圣者但丁瞬间失明，当他的眼睛浸入河流中重获视力时，他说："我的眼睫毛一触到河中的水，我就看到这条长河变成了圆形。"这首诗歌，将人类感知到的线性历史河流还原为上帝天国法则中的圆形容器，全体人类的福灵都在圆满的图像中获得秩序和归宿。而在天国之行的顶峰，得窥三位一体的奥秘时，但丁看到的是三个不同颜色同一容积的三重同心圆，这是上帝本质的图形象征。

《神曲》的时间观是基督教神学宇宙观的一种表现。人类的线性时间，暂

---

① 此处的"三环结构"受热尔马诺·帕塔罗著《基督教的时间观》一文中"复圈"结构的启发，见〔法〕路易加迪等著，郑乐平等译：《文化与时间》（论文集），浙江人民出版社1988年版，第245页。

时性历史事件，始终都在上帝永恒的法则律令当中。灵魂拥有的尘世时间是一个单向度的箭头，箭头方向只有指向上帝这个极点时才有意义。在朝圣者的旅程中，时间是坐标，是路径，是具体的星辰律动，是生命的意义。人类灵魂的生命在时间之流中存在，空间提供的是一种休憩之地，尘世是灵魂流放之地，只有天国才是时间的本质存在之境。

但丁《神曲》中的时间观及其表达方式将自然哲学、文化习俗、文学性和宗教教义融汇在一起，创造了一种虚构的真实，丰富了古希腊古罗马以来的诗学时间观。《神曲》中的时间表达方式多元丰富，在彼岸三界中，时间的价值不仅限于我们上述分析的层面，还承载着特殊的伦理学和律法价值，是上帝管理宇宙的律法体系中一个不可或缺的要素。地狱、炼狱和天堂的存在是上帝实现神圣目标的特定场所，是灵魂的刑罚或赏报之地，空间处所是罪或德性等级的度量，而时间则是刑罚或赏报的辅助措施。譬如在地狱中，与凶神恶煞一般的魔鬼们相比较，时间才是真正令人不寒而栗的"铁面狱卒"。近代以来天文学的发展进步，更新了人们的宇宙观，然而在文学领域，但丁的《地狱篇》对后世文学的影响历久弥新。在20世纪中期之后兴起的存在主义哲学中，代表人物萨特的存在主义哲理戏剧《禁闭》将但丁的地狱时间观发挥到了极致。在此剧中，地狱取消了各种刑罚，只剩下一个简单的现代房间：没有阳光、从不熄灯、没有黑暗，只有永恒的现在时刻，每个新入住的成员都陷入永恒的罪恶回忆当中，时间成为唯一的刑罚方式。时间在刑罚方面的功能，我们将在接下来的章节中结合空间刑罚／赏报体系来继续分析。

第二章 《神曲》中的空间观

《神曲》的体裁类型是文学评论的热点之一，历代都有学者对此进行分析，20 世纪以来的学者当中，英美学者的研究成果比较有代表性。譬如美国学者布鲁姆评价但丁的《神曲》是一种"陌生化"诗学，与任何其他史诗类型绝无雷同，很难被模仿或被超越。这种观点在他的《西方正典》和《史诗》中都有论述。就但丁本人的阐释而言，这部史诗是一个完整的喜剧三部曲。这部喜剧与古希腊古罗马传统喜剧不同的地方在于它描述的舞台场景是整个宇宙，不仅超越了传统喜剧的当下性时代特征，而且超越了后世歌德提出的"世界文学"范畴，是一首浓缩人类古今历史，囊括天、地、神、人、各色灵体的宇宙史诗。从某种程度上来说，但丁企望站在《荷马史诗》的开阔宇宙的肩膀之上，将全部宇宙和古今历史人物都呈现在《神曲》（《喜剧》）这个舞台上。历史就是一个大舞台，但丁以天才般的艺术构思将这个概念演绎得淋漓尽致。

但丁在《神曲》舞台中以"自己"为舞台角色，以旅人但丁的游历为线索展开一幕幕"移步换景"的喜剧场景。在剧情中，角色但丁的身份灵活机动、不断变化。概要来说，旅人但丁这个角色具备两种基本性质：一方面他是主要演员，是朝圣者、修行者；另一方面他是三个彼岸世界无数角色演员合演的三幕喜剧的旁观者和评论者，即他也是舞台上的观众。诗人但丁在中世纪拉丁文一统天下的情况下，力排众议采用普通市民日常使用的通俗方言来创作喜剧，目的就是让最为广大的普通人可以欣赏他的诗歌，这是一部写给劳动人民的歌谣和喜剧，潜在的观众就是但丁流放期间接触到的全体说意大利语的人们。从这个角度来说，《神曲》文本呈现出一个完整的喜剧舞台场景，由四个界限分明的世界组成，即舞台上按照线性时间顺序出场的地狱、炼狱和天堂，舞台下是听得懂意大利俗语的人们，或许但丁曾企望过未来有一天全人类都成为他的观众。

诗人但丁穿梭在宇宙时空中，荟萃古今文学、历史与新闻人物组合成庞大的演员阵容。这种构思方式是与基督教神学的宇宙观吻合的。但丁生活的时代，是欧洲基督教文化的鼎盛时期，也是文艺复兴的曙光时期。诚如 13 世纪经院神学教父圣托马斯·阿奎那以皇皇巨著《神学大全》系列融汇了中世纪基督教神学的几乎全部果实，但丁的《神曲》则以诗歌文学的形式囊括了那个时代积淀下来的中世纪文化百态。《神曲》中的宇宙观是中世纪神学宇宙观和基督教教义的通俗化演绎。

西欧中世纪的宗教信仰是以《新约》为核心，是从古罗马帝国传承而来的，到但丁的时代已有超过千年的历史。早在古罗马帝国时期，基督教就与犹太教分离，成为两种宗教体系。古罗马帝国分裂之后，欧洲产生了东正教和天主教两个体系，西欧各国都以罗马教廷为教权中心，信奉天主教。有关天主教的文化知识就像中国的佛教一样源远流长、体系庞大，分别构成了欧洲中世纪和中国古典时代文化的底蕴之一。就宇宙论而言，基督教的宇宙观与佛教的宇宙观存在明显的差异。这也是当代宗教文化比较研究的一个重要议题。

《神曲》中的宇宙空间是一个完整的体系。这个体系是按照上帝的意志和永恒律法精神创造出来的等级分明、层次严谨、秩序井然的宇宙帝国体系。这个宇宙是"一"也是"多"，是有限与无限组合而成的。按照分区原则大致可以划分为：地球人的尘世物质性世界和彼岸的灵魂体精神或意识世界，一共是四个互为对照的"界域"。其中"尘世—炼狱""天堂—地狱"构成了两类时间性质不一样的国度。尘世和炼狱是旅途、战场、变化无常的临时性旅店，而天堂或地狱则是人类亡魂永恒的归宿或家园。在《神曲》中尘世的人群是灵魂界"喜剧"舞台的观众群体，尘世是来世的大背景、幕布或是底色，尘世是隐性存在的世界。喜剧舞台正面呈现出来的是"但丁和导游们"：彼岸世界的居民们。这四个世界共时性运转，他们上演的喜剧故事统一使用现在进行时态。

　　《神曲》的空间结构是一个完整的宇宙体系，这个体系由四个疆界分明的世界构成。这个宇宙体系是西欧中世纪宇宙观的真实反映，涵盖着丰富的文化内涵。在此以佐伦的空间叙事理论模型为参照，侧重三界的结构模型分析，并探寻其基督教神学文化内涵。佐伦的空间模型理论本身具有高度的独立完整性，然而文学作品本身如果无限细化分割的话将陷入无穷阐释的趋势当中。但丁像一个才华横溢的建筑师和音乐家一般设计诗篇结构和韵律。《神曲》的篇章结构由完整独立的三部分构成，但丁的地狱、炼狱和天堂体系从托勒密体系演化而来，融入基督教经院哲学的伦理观念、律法体系和灵魂观，设计出一个体系构造精密绝伦的来世灵魂家园的"小宇宙"。故而笔者参考此理论模型，灵活运用其中的结构划分方式，主要从两个层次分明的结构体系来分析：一是《神曲》三界的内在体系和秩序，即佐伦空间理论模型中的"复合体文本空间"层面；另一个是《神曲》三界的天文地质自然环境特征层面，即佐伦空间理论模型中的"复合体地形学空间"结构层面。

第一节　彼岸三界的诞生及其目标

　　从比较文学的视角来看，天、地、人、神、鬼怪／精灵这一体系的文学主题普遍存在于各民族的远古神话和中古宗教体系中。关于人类灵魂不死的信条不同程度地渗透在各民族的文化积淀中。人类灵魂的前世、来生及其轮转的途径与栖居的寓所是宗教教义关注和研究的重要内容，这些内容又通过文学作品变相地反映出来。

　　就《神曲》三界形成的文化背景而言，但丁的知识储备来源于中世纪的文化人融合。欧洲古典文明的核心是地中海文化圈，围绕地中海的欧、亚、非不同地区的古代文明中都有关于灵魂、幽冥与天界神灵的观念，通过神话传说、宗教习俗、仪式庆典等形式成为古代社会集体无意识的真实社会观念。其中最突出的代表要数古埃及的金字塔文化中的亡灵观，在金字塔的建造中凸显出对死后灵魂的至高膜拜。13—14世纪的中世纪前后经历了五六百年的蛮族入侵和民族大迁徙、大融合的漫长过程，与此同时从犹太教分化出来的基督教辗转在地中海各地区传播教义，并在西欧大陆上渗透千年。十字军东征（拉丁文：Cruciata，1096—1291）带来了东西方异教文化交流的高峰期，12世纪之后的欧洲出现过一次文化复兴的小浪潮。东罗马帝国覆灭之后，大批学者带来的古典文化典籍打破了基督教神学一统天下的陈旧局面，开启了文艺复兴的先河，打开了典籍文献宝藏。但丁从少年时代开始就以追求知识为人生目标，一生勤奋好学、博览群书，涉猎中世纪可以获得的全部学问，他是那个时代可以移动的图书馆和百科全书派的学者。但丁的作品、但丁的学识与时代文化背景环环相因，因此《神曲》中所描述的地狱、炼狱、天堂三个场景的综合体系亦是如岁月般漫长的历史文化荟萃凝结出来的果实，内容博大而牵涉其广，难以尽述。

　　《神曲》的文风传承了荷马、维吉尔、奥维德等古希腊古罗马诗人的共同特征，面向人民大众讲述通俗故事。他采用古希腊古罗马哲学家常用的"对话体"论述模式详细解说各种场景、人物和知识。诗人沿用了中世纪经院哲学的严谨风格，所讲所述力求有理有据、信息真实确凿。后世学者依据但丁的作品，往往能够溯源出真实的史料信息。但丁创作的年代，欧洲的印刷术尚未发展完善，书籍多靠手抄本进行传播，书籍珍贵难得，下层劳动阶层大都是文盲。但丁对诗歌的语言问题作过深入的研究，为了能够达到与普通群众知识共享的目标，他的《神曲》创作采用了当时最为大众化的表述风格，可以算是那个时代的大众文学、通俗诗歌。

《神曲》还模仿《神学大全》的论述风格，提出问题、准确解答，并举出最通俗的佐证，构成一个自身圆满的诗篇。在诗篇中，诗人明确指出其伦理学知识来自亚里士多德，神学知识来自托马斯·阿奎那、奥古斯丁等有名有姓、可查可考的神学教父们，天文学知识来自托勒密，其他的相关知识的来源也都作了详略得当的解说。就一般字面意义而言，《神曲》着眼于人类亡魂的境况，这是基督教神学的基本概念范畴。有关《神曲》的宇宙空间架构问题，我们就从神学教义的一般性常识概念层面对彼岸三界的产生作一个概括性的历史回溯。

一、三界产生的基督教神学背景概说

基督教的宇宙观和上帝观是同源的。最为突出的特征就是上帝一神论，宇宙的存在是基于上帝的意志和目标，并以伦理学为基本法则。基督教的宇宙观在《马太福音》（6：25-33）中由耶稣明确表述过。基督教的宇宙观是对《旧约》上帝观的继承和发展，耶稣的训导其要义是宇宙为上帝所有；上帝管理和眷顾宇宙万物；人类是上帝特别眷顾的对象；宇宙万物的目标都集中在神国。

概括来说基督教的宇宙观具有三大要素："一是宇宙真正存在；二是受造者对上帝的倚赖；三是宇宙适应基督教的目标。"[1] 这些要素的形成主要融汇了古希伯来和古希腊的哲学宇宙观。基督教的宇宙观伴随着基督教的传播过程与各种哲学和科学理论密切相关。然而基督教的宇宙观其宗旨是为了合乎宗教的生活，并非探索宇宙自然科学知识。基督教的宇宙观是一元神论，与自然科学、泛神论和善恶二元论不同。

古希腊人的宇宙观注重哲学思辨精神，其中以柏拉图、亚里士多德的二元论和斯多噶派的泛神论为代表。二元论将宇宙划分为物质与精神两种形式，柏拉图的二元论在于恶的理念，在古希腊人看来恶是一种宇宙学的观念，恶根植于事物本身，成为阻碍的力量。古希腊悲剧通常演绎神／英雄人物与邪恶命运抗争并毁灭的故事。古希腊的宗教信仰是泛神论，海陆空、山河湖泊、动植物都有各司其责的神明。这些神明多半是自然力的符号象征，不以德性为要义，往往还是负面德性的榜样。这种观念是与基督教的教义背道而驰的。古希腊的宇宙观被基督教继承和发展的部分多体现在哲学领域内，即相当于古希腊时代的自然科学领域。古希腊文化后来被古罗马人继承和发展，这是基督教在罗马帝国时代传播的一个特殊背景。

早在旧约时代希伯来人的宇宙观就与周边地区截然不同。亚述、巴比伦人的宇宙起源论大致相似，都是由善恶两种势力互相作用而成，这种二元论将善恶视为同等级别。《创世纪》却是以独一真神上帝的旨意运行而成，上帝创造的宇宙本质是趋向善的。宇宙是上帝的创造物，借着上帝的智慧而形成，靠着神的能力而维持，施展神的目标。旧约关于宇宙的创造侧重描述形成的宇宙面貌，而对上帝如何创造宇宙的本体则简化为"圣言"口令，一笔带过。在以色列屡遭放逐的经验中，上帝不仅是创造者和管理者，同时还能够完成救赎的目标。

① 〔美〕蒲朗：《基督教神学大纲》，邹秉彝译，广学会 1938 年版，第 121 页。

上帝所创立的宇宙是神命施展的场所。耶和华按照一种单纯的、总括的计划来指挥宇宙万物。这种计划是以人为中心的，人是照着上帝的形象创造的（《创世纪》1：27）。这个计划尤其是针对以色列人的，上帝选中以色列人作他的百姓（《申命纪》32：8，9），也是拯救世界之工具。然而上帝虽然是以以色列人为中心的，却并不局限于以色列人，这个计划包括一切万民和万国。以色列人的荣辱成败，只是上帝用来褒扬或惩戒以色列人的工具而已。这些审判和赏罚都饱含着爱的底蕴，并且惩戒和刑罚在道德功课里面是必需的（《阿摩司书》3：2）。

以色列人对于恶的见解是特别的。他们认为恶是真实的、可怕的，但是恶的根源却不在物质的自然本性中，而在悖逆的意志之内。希伯来人的种种历史悲剧都是因为恶的作祟，以致失信于耶和华。这种视人类历史为道德伦理历程的见解其目的是建立一种公义的、被救赎的社会，这是基督教道德化宇宙观的开路先锋。起初旧约圣经记载中神所眷顾的是一种尘世的专制帝国，以色列人是上帝的特选子民，末期变化为先知们所描绘的神国，倾向于道德的、属灵的内涵，耶稣传播福音的出发点就在这里。

先知时代的上帝具有超越性，超越宇宙万物之上，是宇宙生命的来源，但宇宙生命却不能穷其底蕴。上帝与宇宙是远离的（《诗篇》90；《列王纪上》8：27）。基督教从古希伯来和古希腊文化中吸收了营养并发展出新的要素。主要表现为基督耶稣成为神佑的中心，是宇宙仰赖的神国的启示者和主宰。先知们所描述的有形福国逐渐被超越性的来世神国取代，凡是虔诚信仰、诚信忏悔的人都可以通过耶稣的福音，靠他的启示进入天父的国度，而信仰耶稣者神国就已经在他们中间。"所谓神国是指被救赎之人格所组成的社会，基督乃是这社会的理想和中保，这社会中的分子在具有圣洁之爱的集团中，彼此相团结，且与上帝相契合，循序渐进地实现于历史之中，而有以树立宇宙所以存在的目标。"[1]

---

[1]〔美〕蒲朗：《基督教神学大纲》，邹秉彝译，广学会1938年版，第133页。

　　基督所发展的神国概念在后世存在三种历史的解释：千禧年的、教会的和个人的。中世纪的基督教会承接并发展了耶稣基督的神国论。这种观念在奥古斯丁《上帝之城》中就已经比较完备，在罗马教中达到完美的表现。在罗马教的人看来，宇宙乃是锻炼世人的场所，世人需要受到训练以便得到灵性的生活。教会是上帝差遣来的训练机构，上帝将一切需要的权柄赐予了教会，世界是否进步就看教会是否充分展示了这种权柄。教会有权尽力打倒、除灭邪恶的反对力量。因此在教会和俗世之间划定了一条鸿沟，一切属灵的价值都由教会来测验。这种观念将人的尘世生活纳入到上帝的范畴当中，尘世生活成为来世的准备，处于无所不在的上帝的观照下。

　　基督所设立的社团类似一个大家庭，充满人伦之爱，并非政权国家。而在罗马教看来，教会是一个国家权力机构，含有政权性质，教皇无异于教会国家的凯撒大帝，因此在历史中教会内部充满了争权夺利的斗争，而宗教改革也因此产生，帮助教会走出专制帝国的误区。由此而衍生出个人化的神国教义。这种主张以个人为出发点，反对教会作为中保的必要，认定宗教的精神在于人的灵魂与上帝之间的关系。这与佛法中的"见性成佛"思想观念存在共通之处。只强调宗教的伦理和属灵的元素，坚决主张《圣经》是真理的唯一标准。坚持《圣经》中所描绘的耶稣形象，坚持俗世的生活是神圣的，凡是信徒都可以担任圣职。不过他们照旧宣传选民思想，认为人类分为两个部分——注定要得救的和规定要灭亡的。谁得救谁灭亡都是神命定的，都是上帝荣耀的表现。宇宙就是实现这双重目标的场所。个人化的神国教义强调独立不倚的个性精神。

　　综上所述，基督教的宇宙观可以归纳到三个层面来认识：第一，上帝对于宇宙的目标是神国；第二，宇宙是实现神国的场所；第三，上帝与宇宙的关系表现为神创论、神佑论和神迹论，即上帝的意志在宇宙中运行的方式或道路。

　　但丁《神曲》中的宇宙观是从中世纪教会神学中衍生出来的。中世纪的基督教神学教义形成的历史十分漫长，早在古罗马帝国使徒时代就开始产生"未来之事"的教义，最终发展成为"末世论"。基督教神学教义发展的预备期是从使徒时代开始到亚历山大里亚教父时期为止，大约是在公元1—3世纪这段时间，奠定了后世教会经院哲学的基本教义的根基。

使徒时代的教父一般依照《圣经》文本来解释教义，指出耶稣替罪殉难，人类借此脱离了罪恶与死亡。洗礼叫人重生，人的原罪本能都会得到赦免，圣餐可将永生不朽的福分传达给领受的人。他们强调信德与善行。宣传因信称义的信条。在公元2世纪时，基督教内外交困，产生了诸多的异端福音派。其中最有代表性的是外邦异端中的神哲派。神哲派最突出的特征就是寻求知识，他们将一些深奥的哲理知识融入到教义当中，使用隐喻法来解释耶稣的教训，由此形成了基督教解释的奥义传统。但丁的《神曲》亦存在"奥义"层面的意义。

德尔图良（Tertullian）是教会历史上第一个指出神有三个位格，也是首次使用"三位一体"专有名词的人。他还是论原罪教义最早的论证者。爱任纽对于救赎有特殊的贡献。他认为神将人驱逐出伊甸园，因而人就有死亡，人因背叛神而受的创伤会持续长存。从起初上帝就关心全人类的救赎，上帝借着三种恩约来拯救人类，即人心中的道德律、十诫和耶稣基督的"爱的律法"。爱任纽特别重视洗礼之前的信心，借着洗礼一个人得以重生，他的罪得蒙洗净，从此他里面开始有了新的生命。

早期教父关于"未来之事"的教义有"千禧年"的说法，主要依据是基督复活的教义以及复活后的基督将重临人间进行审判，届时信徒要享受巴勒斯坦丰富的出产。千禧年过去之后，将有新天新地，蒙福的人将要按着他们的等次住在主在天堂为他们预备的住处。

亚历山大里亚神学教父代表有克雷芒与奥利金。按照克雷芒与奥利金的主张，成圣的过程从一个罪人在地上的生活已经开始，死后仍然继续。神所给的管教乃是神洁净我们的工具，也能够治愈我们的罪病。奥利金认为，善人死后要进乐园，那里更明白神的旨意，恶人死后要受火的审判，但并非永刑，而是炼净的过程。克雷芒认为外邦人在阴间仍然有悔改的机会，但必须等待世界末日审判的时刻。奥利金认为神的救赎恩功永不终止，直到万事都得到复兴。甚至认为撒旦和他的随从有一天也要回复到先前美好的状态。只有极少数的人能够直接觐见神的荣美。多数人在死后还要经过一段炼净的过程。他们都认为非物质的状态是最完美、最理想的。

发展成熟的中世纪教会经院神学教义大致分为：三位一体的教义；基督论；论罪与恩及相关的教义；赎罪论；拯救论（经院时期的拯救论）；教会论与圣礼论；最后是末世论。末世论的教义从属于教会关于"未来之事"的教义。使徒时代的教父并没有考虑过"居间之境／炼狱"这个概念，一般见解认为义人死后立刻进入天堂，而恶人则立刻受地狱惩罚。后来他们意识到基督不会立刻重返人间进行末日审判，于是就开始构想死与复活之间的境界。第一个人是查斯丁，他说义人的灵魂到一个美好的地方去，不义的恶人到一个最坏的地方去等候审判的来临。很多教父都主张，死了的人将下到阴间，阴间分为很多部分，人的灵魂在那里等待审判，或者等到彻底被炼净为止。早期教父已经提到炼狱大火，有人认为此火在乐园里，有人认为阴间也应该有炼净之火。希腊和拉丁教父都有居间之境有炼狱之火的概念。

炼狱之火的概念在西方教会特别流行。大格列高利被称为"炼狱的发明者"，他首次清楚地解释了"炼狱"这个概念，他说："我们相信人为了些许的错谬，在审判前要经过炼净之火。"[1] 中古世纪的经院学派与神秘派人士对炼狱的解说都非常清楚，他们大多数认为这是真正的火。东方教会从未接受过西方教会所盛行的这种见解。

关于炼狱的处所有不同的解释。一般认为炼狱在阴间最靠近地狱的一部分。稍远处是婴儿界（limbus infantum）——受洗的儿童所在的地方，没有

---

[1] 〔美〕伯克富：《基督教教义史》，赵中辉译，宗教文化出版社 2000 年版，第 191 页。

痛苦但永远在天堂之外。再远的地方是先祖界，也叫乐园（paradise），可以躺在亚伯拉罕的怀抱。炼狱的教义在 1546 年为特兰托公会议（Council of Trent）所肯定，而与此相关的恶名昭彰的赎罪券贩卖，则在教会中不断蔓延。炼狱说在中世纪末期遭到宗教改革先驱威克里夫（Wyclif）与胡斯（Huss）的反对，而路德则抨击教会中与此相关的恶习，所有的宗教改革家都反对与《圣经》相违抗的炼狱教义。

最早的教父关于末日审判较少说明，普遍肯定审判是必要的。他们中的大多数都主张圣徒在天上将根据尘世的功劳享受不同的福报。有些教父的著述中充满着未来世界可用感官领受的喜乐。奥利金则表述天堂属灵的一面，认为恶人所受的惩罚是永久的。一般教父们都主张在世界末日将有一次审判。奥古斯丁认为，《圣经》论到审判只是一种寓言式的，他说基督将重来审判活人和死人，但这审判的时限在《圣经》中并未说清楚。

天堂的福气是什么，没有一致的看法。一般有几个特点：拥有更充分的知识、得与圣徒交流、从肉体的捆绑中得到解脱与真自由。恶人所受的苦与天堂所享的福正好相反。还有，这种福或苦虽然都是永远的，但却是有等级差别的。大多数的教父也坚持地狱之火是真实的，但有些人认为，恶人所受的惩罚主要是与神分离，并觉知自己的邪恶。

经院派人士对天堂、地狱的位置非常看重，他们将天堂分作三部分：一是有形的诸天（穹苍）；二是属灵的天堂，是天使和圣徒的居所；三是理智的天堂，在那里蒙福的人可以立刻见到神。阴间也分为几部分：一是地狱，恶人和魔鬼的居所；二是"居间之境"，包括（1）炼狱，最靠近地狱之处，（2）婴儿界，居住着未受洗夭折的儿童，（3）先祖界，旧约圣徒的居所。

综上所述，基督教教义中的神国从耶稣传教时代就初现端倪，从早期的神国概念不断发展演变出末世论，由基本教义衍生出惩罚与赏报的学说。中世纪的文学样式大致可分为世俗文学和宗教文学两大类，宗教文学占据统治地位，并且广泛渗透和影响着其他文学类型。关于"地狱"、"炼狱"和"天国"的文学意象十分普遍，并且这些内容也是绘画、雕塑、建筑等艺术形式创作的灵感和重要表现内容。

二、《神曲》文本对三界形成的解释

但丁在《神曲》的诗篇中对三界的形成特别是地狱与炼狱的诞生有着明确的表述。通过《地狱篇》第三章开篇地狱门楣上可畏的铭文"Dinanzi a me non fuor cose create,/se non etterne, e io etterno duro. /Lasciate ogne speranza, voi ch'intrate."（在我以前未有造物，除了永久存在的以外，而我也将永世长存。进来的人们，你们必须把一切希望抛开！）[①] 说明了地狱被造的时间和缘故。在《地狱篇》的结尾处又由维吉尔说明了撒旦与炼狱山的关系。由此前后呼应说明了地狱和炼狱诞生的问题。按照维吉尔的解释，地狱和炼狱是同时形成的，都是上帝所创，形成的时间先于人类的历史。

地狱是上帝在正义的名义推动下创造的。上帝创世之初，先创造了不朽的众天使天军的灵体，众天使围绕上帝而运行，其中最为荣耀的要数天使卢奇菲罗（Lucifero），其名字的含义是"明亮之星"或"早晨之子"。卢奇菲罗被造不过20秒的时间就因为骄傲自大产生了叛离之心，带领一部分天使（约为众天使1/10以内的数量）背叛上帝，从天上坠落下来。卢奇菲罗堕落之后变成了魔鬼之王撒旦，背叛上帝的众天使变成了地狱众魔鬼，它坠落地球之后直插入地心，南半球的陆地纷纷避让，转移到北半球陆地上，因而形成了广阔的海洋水域，而撒旦和众魔鬼插入北半球地底的土地部分则形成了炼狱高峰。

---

① *Inferno* Ⅲ :7-9, 译文出自田德望译：《神曲·地狱篇》，人民文学出版社 2002 年版，第 19 页。

《神曲》中对地狱形成的时间解释跟《圣经》文本和基督教神学观念互为表里。基督教神学家根据《圣经》中关于地狱和魔鬼的文本阐释出地狱产生的时间是在上帝创造出永久存在的要素之后不久，即天使、各重天和土、水、气、火四元素，这些是永久存在的物质。六翼天使的背叛使地狱产生，诞生于人类世界产生之前，并永恒存在。地狱的时间是永恒不变的现在时刻，进入地狱就要捐弃希望，地狱意味着永恒不变的刑罚。地狱是逐层下陷直达地心的幽冥绝境，隔离在尘世的光阴之外，星光全无、光线暗哑、烟笼雾罩，是无始无终的"极夜"，这是地狱的显著标志。

　　撒旦的叛变引发了地球的变异，导致地狱深渊和炼狱山的成形，并由此而形成了地球的水陆环境。北半球是人类的居所，人类的诞生是上帝为了弥补堕落天使的数量而专门创造出来的，伊甸园是最初为人类设置的栖身之所。因为始祖亚当的背叛而被放逐到北半球，人类的历史由此展开。在《神曲·炼狱篇》的"伊甸园"中，贝雅特丽齐特别指出亚当违背上帝的诫命，只在这个人间乐园中享受了 6 个小时，就因为偷吃善恶树上的果实而被逐出伊甸园，放逐到北半球的陆地上，开始了人类辛苦劳作的生活模式。亚当被逐拉开了旧约圣经以色列民族的发展历史。

　　在《神曲·天国篇》"原动天"第 28 章中贝雅特丽齐引领但丁观照上帝和九个火环。但丁在贝雅特丽齐的眼睛中看到一个光点，以及环绕着光点旋转的九个火环，最里面的那个，速度超过了原动天，越往外面就越慢一些。贝雅特丽齐解释诸天运转的原动力："天和整个自然都依靠这一发光点。你看离它最近的那个火环；你要知道，它转动得那样快是由于炽烈的爱的刺激。"[1] 她解释九个火环对应着九级天使。九级天使因为各自含有的能量不同而产生不同的秩序和面积，众天使将上帝的光辉散播到诸天中，并推动宇宙形体的运转。

---

[1] 田德望译：《神曲·天国篇》，人民文学出版社 2002 年版，第 825 页。

九级天使依次是：撒拉弗、基路伯、宝座；神权、神德、神力天使；王国、大天使、天使。分别对应自上而下九重天。

在《神曲·天国篇》"原动天"第29章中贝雅特丽齐解释上帝的时间和空间概念，天使被创造的问题和堕落天使的数量。时间、空间从上帝手中诞生，上帝超越任何时空，是永恒的爱。天使与诸天以及地球星体一起诞生，在上帝创世之前，不存在时间和空间。上帝最初的造物有三种类型：纯粹形式、纯粹能量和诸天。三种类型同时诞生，在瞬间诞生。创造纯粹形式的实体天使的地方是在天顶，纯粹能量最低的地方，就是地球上。而形式和物质的结合即诸天体，则介于地球和天顶之间。这一宇宙秩序的建立是中世纪思想最伟大的想象之一。

天使不需要记忆力，因为他们的眼光从不被任何因素中断，从不离开上帝。人们因为中断了以前的事，才需要回忆。天使的数目无穷尽，超越人的想象力。堕落天使在天空的时间十分短暂，他们与持中立的天使加在一起的数目不超过整个天使群体的1/10。反叛的天使，导致地狱、炼狱和伊甸园的诞生。人类的受造是为了弥补反叛天使的数量。人的使命是赎罪，按照上帝的诫命纯洁灵魂，然后回归天国以修复原初上帝创造天使的数目，这就是上帝针对地球人类的计划和目标。

在上帝的计划中，天国是永恒存在的，是纯洁灵体唯一的家园和目的地。地狱是为反叛的天使预备的。伊甸园是特为人类设置的，因为先祖的背叛人类才被流放到北半球的陆地上，尘世是修炼灵魂的旅途。凭着耶稣基督的恩典，人类获得了重回天国家园的重生机会。彼岸三界的诞生从《创世纪》的寓言开始，撒旦、亚当、耶稣构成了重要的线索人物，而上帝是起始也是终结。

人类存在的价值包含在上帝创世的目标中，上帝赐予人类肉体的尘世生命是短暂而有限的，相对于地狱和天堂永恒的时间而言，尘世生命时段只不过是上帝宇宙中的一个点，永恒的生命时间是在彼岸世界，即在上帝的天国中。上帝的宇宙有始有终，世界的终结在于所有邪恶的灵魂都归于魔鬼的王国中，而圣洁的灵魂补足堕落天使的数量之时，末日审判就会到来。届时人类历史就停止，宇宙星体停止运行，时间终止。

上帝创造宇宙四个世界都是为了分门别类地安排各类型的灵魂体。上帝按照恒定的秩序和法则来确定宇宙的分区，并且在每个分区内部又设置了秩序井然的体系。下面我们进入特为人类亡灵设置的三个界域，分析这些界域设立层区和界限的依据。

第二节　彼岸三界的体系与秩序
——"德性、恶习及罪"的学说

但丁生活的时代基督教神学在欧洲发展的历史已经有一千多年了。从耶稣传教以来，原先局限于希伯来人内部的犹太教突破了地域和种族的局限发展成为普世性的宗教。基督教经历了希腊化时代和古罗马帝国统治时期的文化大融合，逐渐产生了一批知识型的教父学者。在中世纪漫长的教会统治时期，先后出现了很多著名的大教父。至 13 世纪时托马斯·阿奎那的《神学大全》整合了有史以来关于基督教教义的各项重要成果，成为与《圣经》齐名的神学教义知识百科全书。《神曲》中涉及的神学知识和基本教义基本上是依据托马斯·阿奎那的著作。《神曲》的中文译本对此问题都给出了明确的答案。我国第一个中文全译本是王维克先生翻译的，他在前言中介绍说："但丁的伦理学大致是亚里士多德的，天文学是托勒密的，神学是圣托马斯的。"[①] 并且很明确地说

---

① 王维克译：《神曲》，人民文学出版社 1954 年版，第 5 页。

明《神曲》以象征为血脉，但丁的墓碑上就刻着"神学家"的字样。

单就《神曲》三界的狭义框架体系设置而言，但丁的彼岸三界的来源和依据还是有迹可循的，根据《神曲》中的自述、后世诸多评论学者的研究以及各类《神曲》译本的共同说法，我们可以确证但丁《神曲》中的三界结构设置的主要依据来源是圣托马斯·阿奎那的《神学大全》。有关基督教神学的宇宙观的基本内容，《神学大全》用了鸿篇巨制来进行有理有据的分析阐述。《神曲》对神学教义的引用侧重教理的行动性和实践性，哲理分析虽在《天国篇》中有所涉及，其目标也是使用浅显易懂的语言更为明确地向读者解释略显复杂的部分问题。鉴于此，我们在接下来的论述中有针对性地使用《神学大全》中的条款词条，其他部分只作出大致的概括介绍。

承上所述，三界的诞生和存续是上帝计划施展的场所。不同区域的设置都体现着上帝的至善本质，上帝管理宇宙是借着永恒的律法，刑狱和惩罚乃是实现上帝正义的必要手段，赏报和天国则是基督的恩典和人类灵魂唯一的真正的归宿。在最后的审判未曾来临之前，上帝为尘世全部的人类灵魂分门别类地提供了安身的寓所。古往今来如落叶、沙粒一般无法计算的亡魂们，它们在彼岸世界中的归类总则大致体现在"教会论与圣礼论"的一般法则中。

天主教会的"救赎论"第一总则就是人的宗教身份，即是否是教会内的基督徒。这个原则涵盖一切亡灵，是基本标准。这个标准侧面体现了基督教的普世主义精神，神的救赎目标不唯独针对基督徒，也针对万邦所有的子民，包含着全人类。神对基督徒诚然有着特别的恩典，但是在主内部的子民犯罪的时候，将受到比非基督徒更严重的刑罚，由此实现某种程度的正义。在古罗马世俗律法当中就存在"公民法"与"万民法"的概念区分。"救赎论"的第二总则是个人在尘世的信义和功德，这是最根本的依据。在这两个总则之下，按照皈依/背离上帝的道德方向，将个人的尘世品德和行为纳入伦理学的范畴内。托马斯·阿奎那在《神学大全》第二集上部"一般伦理学"中将人的习性按照向善的程度划分为三个等次，即：德性、恶习与罪恶，这三个层面大致对应天国、炼狱与地狱的划界类型。《神曲》中最典型的特征就是秩序和体系化，按照既定的律法标准来确定灵魂栖居之地，不仅有着明确的疆界划分，在不同界域内部还存在着等次分明的结构和井然有序的秩序。

表5 《神曲》中赏报/刑狱的分界与分区

上帝的永恒法则：至善							
善恶二分法	刑狱界		界内三分法（双重三分法）				
			界外	特区	一区	二区	止境至境
		地狱深渊	骑墙派	林勃狱	上层地狱	下层地狱	撒旦冰湖
		炼狱险峰	外围平台	帝王谷	低阶炼狱	高阶炼狱	伊甸园
	赏报界		惩罚/赏报的程度呈递进趋势，直至终极状态				
			界外	有形诸天			以太诸天
			月下尘世	日下天层	核心	上层天	天国家园
		天国星海家园	地球	3.金星天 2.水星天 1.月亮天	太阳天	3.土星天 2.木星天 1.火星天	3.上帝 2.原动天 1.恒星天

如表5所示，《神曲》中的三界体系和秩序的总则体现的是上帝的至善本质，依据的是上帝的永恒法则。上帝的天国是一切至善的源头和归宿，也是旅人但丁的朝圣之旅的目的地。按照新旧约圣经对"善/恶"的一元论看法，上帝的本质是至善，因而上帝的造物本质也是向善的，尤其是拥有灵性生命的人类。恶的存在是因为人类错误使用自由意志，选择背离上帝至善秩序的道路而造成的罪恶后果。"恶乃是善的不足"，诚如太阳照射万物形成的光/影两面性一样，背光的一面就形成晦暗的阴影。在上一章关于时间观的论述中，我们详细地剖析了太阳是尘世的明灯、方向和道路，是上帝之光对万物的普照和恩惠，星辰是灵魂最后的家园和归宿。下面我们就从上帝的本源起始之处——《天国篇》开始，逐层探索彼岸三界的体系和秩序。

一、灵魂／人类真正的寓所——《天国篇》体系与秩序剖析

表6　天国体系——德性及其分类[1]

		天府	10.光与爱之源,超越时间及空间,为灵魂永久的居所。	
		水晶天	9.天使	
		恒星天	8.圣灵	
		a.土星天	7.节欲隐修士	
	Ⅲ太阳外	b.木星天	6.贤明君主	空间中之诸天,为灵魂暂时显示之处
		c.火星天	5.尽忠之战士	
七行星天	Ⅱ太阳	太阳天	4.学者	
		a.金星天	3.多情人	
	Ⅰ太阳内	b.水星天	2.行善人	
		c.月球天	1.操守未坚	

上帝的永恒法则就是"爱"。在《天国篇》中,通过不同的向导或者圣福灵的解说,反复强调了上帝以类似"光"与"热"的能量传播方式,通过天使、诸天的层层媒介传播,向宇宙各处传达祂的大能,而自身保持永不减损的恒定超能。受造物接受能量的差异性是宇宙天体秩序形成的根源。受造物的等级秩序依照爱德等级来区分,区分天使／福灵的住处和真福等级的原理有两种,分别是"近原则"(principium propinquum)与"远原则"(principium remotum)[2]。这两种不同的原则,同时存在并应用于受造物个体中。阿奎那解释说:所谓的近原则是因圣人的精神准备不同,而使真福生活的完美程度不

---

[1] 参考王维克译:《神曲》,人民文学出版社1954年版,第28页。

[2] 〔意〕多玛斯·阿奎那:《神学大全》(第17册),陈家华、周克勤译,碧岳学社／中华道明会2008年版,第355页。

同。远原则却是使圣人得到这种真福的功劳类型。第一种方式，按在天堂上爱的程度区分住处。圣人的爱德越完美，也就越能获得天主的光照，而享见天主的完美程度，也将按照爱德的增加而增加。第二种方式，按照现世的爱德而分住处。爱德是以目的本身为对象，所以现世的爱德将以功劳的方式而区分住处[1]。

《天国篇》呈现出来的区分度最明显的是"远原则"，也或可解释为"尘世功德原则"。人类圣灵主要通过七层有形诸天的分界类型来显示，天使的级别则通过九级天使圈来区分。而"近原则"即"爱德原则"则体现在全体天国子民的灵体上，即在同一类型的天体圈内，同类型的功德灵体各自的亮度存在差异性。"近原则"在《天国篇》中特别通过色彩形状奇异的"光焰图案"来呈现。这两种原则交织在一起，形成了天国绮丽的风景。为了清晰地解释天国的秩序和体系，我们有必要将这两种原则拆分开逐一分析。

第一分层：上帝传递"爱"的方式。上帝、天使与诸天的网络体系。上帝本身就是爱（amor）。爱是意志和每一种欲望能力的第一运动（primus enimotus），爱是一种凝聚力，将所有的事物都凝聚在善的范畴内。在《天国篇》第一章飞升月球天的情节中，贝雅特丽齐为了解开但丁内心的困惑，用了大约一半章节的篇幅详解天国"爱"的性质和动力源泉。上帝以爱的形式主宰诸天，"通过诸天对你（上帝）的渴望使它们永恒运转"[2]，通过这种运转构建起天地万物的秩序。爱的力量通过万物的接受和反照推动整个宇宙的运行。上帝的爱以光的形式推动万物："那安排这一切的天命用他的光使那重天永远静止不动，在这重天的怀抱中，那重运转速度最高的天转动着。"[3] 诗篇通过

① 〔意〕多玛斯·阿奎那：《神学大全》（第 17 册），陈家华、周克勤译，碧岳学社／中华道明会 2008 年版，第 355 页。
② 田德望译：《神曲·天国篇》，人民文学出版社 2002 年版，第 656 页。
③ 田德望译：《神曲·天国篇》，人民文学出版社 2002 年版，第 657 页。

贝雅特丽齐之口，解释了但丁飞升的力量来自上帝之光，并且天国之旅以光速来运行。

在《天国篇》第 28 章关于原动天的阐释中，朝圣者但丁发现从此处观察地球，地球变成了一个圆点，他们来到了超越时间和空间的境界。贝雅特丽齐解释说，原动天是有形宇宙的起点。这重天存在于神的心中，上帝以光和爱合成一个圈子包围着它，原动天由此降下神的影响力，有形诸天围绕地球运转不息的性质即来源于此。原动天是诸天运行的测度，时间从这里生根，而在其他有形诸天中呈现出"花和叶"。在随即呈现的九级天使层层环绕上帝光点的图像中，贝雅特丽齐解释了包括原动天在内的九层诸天运行的动力之源是宇宙极点处上帝的光点，整个宇宙都依赖这一发光点获得生命，离上帝最近的火环"它转动得那样快是由于炽烈的爱的刺激"，"这九重天由于各自含有的能量不同而面积不同。较大的善必然产生较大的福祉"。[①] 从地球人但丁的视角来看，他领悟到离宇宙中心越远的天具有的神性越多。但丁和贝雅特丽齐的"远——近"两种视角，分别参照的是两个保持稳定不动的点，即上帝极点和地球中心点。

这两个点是一切宇宙秩序的轴心坐标点，上帝的 A 点和地球的 B 点构成了宇宙体系的方向和测度。在中世纪宗教神学的观念中，存在两个"中心说"，一个是有形宇宙的"地球中心说"，一个是涵盖并超越有形宇宙的"上帝中心说"，这种想象的直接来源是托勒密的天文学体系说，其立体几何构造与这一体系吻合，是一个秩序井然的天体系统。托勒密的宇宙体系模型如图 5 所示。

"地心说"也称为"地心体系""地静说"。这一学说最初为古希腊哲学家亚里士多德（前 384—前 322）提出。公元 140 年前后，天文学家托勒密进

---

① 田德望译：《神曲·天国篇》，人民文学出版社 2002 年版，第 825—826 页。

一步发展了前人的学说，建立了宇宙地心说。托勒密的地心说体系包含着一整套的星球运行秩序规则。

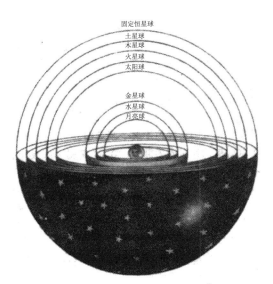

固定恒星球
土星球
木星球
火星球
太阳球
金星球
水星球
月亮球

图 5　托勒密宇宙体系立体简图[①]

　　其主要论点是[②]：（1）地球位于宇宙中心静止不动。（2）七大行星各自在一个称为"本轮"的小圆形轨道上匀速运转，而本轮中心在称为"均轮"的大圆轨道上绕地球匀速转动，但地球不在均轮圆心，它与圆心有一段距离。（3）水星和金星的本轮中心位于地球与太阳的连线上，本轮中心在均轮上一年转一周；火星、木星、土星到它们各自的本轮中心的直线总是与地球到太阳的连线平行，这三颗行星每年绕其本轮中心转一周。（4）恒星都位于被称为"恒星天"的固体壳层上。日、月、行星除上述运动外，还与"恒星天"一起，每

①　图片来源〔英〕史蒂芬·霍金：《时间简史——从大爆炸到黑洞》，许明贤、吴忠超译，湖南科学技术出版社 1996 年版，第 14 页。

②　叶叔华主编：《简明天文学词典》，上海辞书出版社 1986 年版，第 237—238 页。

天绕地球转一周。16世纪"日心说"确立之前，约1300多年"地心说"一直占统治地位。中世纪教会在恒星天之外，增加了水晶天和最高天，即上帝的寓所，由此构成了《神曲》中的十重天。十重天的立体结构与图5一致，是一层层包裹起来的同心圆。[①]

这个天体模式构成了上帝逐层传递爱与善的网络体系。在第一章关于"时间"的分析中，我们已经探讨了黄道12星宫与七颗行星的对照关系。按照中世纪星相学的观点，围绕地球的七颗行星分别由七个古希腊古罗马神话中的神祇掌管，附带着他们的象征符号和神祇权能，通过时辰的方式向地球人散发影响力。此处天国体系论中，在上述的对照关系之外，又增添了上帝与天使的权能天层。也就是说，上帝和天使在天顶之外、苍穹之上散播着能量，这些能量分别由对应的九级天使散发到对应的天层圈上，然后有形诸天七颗行星再将这些光辉和能量发散到地球人类当中，形成一种复式的圈层渗透模式。

表7　九级天使与九重天的对照关系 [②]

上帝								
第一品级（护卫神）			第二品级（护卫教权）			第三品级（监护尘世）		
撒拉弗 Seraphim	基路伯 Cherubim	宝座 Troni	神权 Domina-zioni	神德 Virt ù	神力 Podest à	王国 Princi-pat à	大天使 Archan-geli	天使 Angeli
原动天	水晶天	土星天	木星天	火星天	太阳天	金星天	水星天	月亮天

如表7所示，上帝的宇宙秩序存在一个个明显的"疆界"分野，上帝与宇宙是隔离的，天使按照层次顺序永恒运行在距离上帝最近的圈层内，上帝以光的形式散播祂的大能，天使们将获得的能量再依次传递到下层天球上。天使圈层与有形诸天也是隔离的，天使们以类似上帝的方式影响着有形诸天。就这样，

---

① 《神曲》中天国十重天的平面解析图见附录5：中世纪的托勒密宇宙体系图。

② 此表中的天使译名综合参照：1. 田德望译：《神曲·天国篇》，人民文学出版社2002年版，第829页；2. 王维克译：《神曲》，人民文学出版社1954年版，第519页。

天国传递能量的三重复圈体系和秩序①形成了。地球包裹在这三重复圈体系的最深处，按照中世纪宗教神学的教义思想，人类诚然是地球上万千生灵中最高贵的物种，是上帝按照神的"肖像"创造出来的，然而在所有不朽的灵体中，人类所居住的地球却是离上帝最遥远的地方，地势处在上帝之光照耀最微弱的位置，因而是全宇宙最低下的极点，甚至"地球被认为是宇宙的污水坑，是宇宙中藏污纳垢的场所"②。地球是人类被放逐之地，需要仰赖神的恩典遵照上帝的律法修行，灵魂才有望得救。

上帝创造了宇宙万物，并通过逐层渗透的体系来传播祂的爱。上帝爱所有的受造物，尤其钟爱善性更为完美的理性造物，即天使或人的灵魂。天使作为永恒不朽的造物始终围绕在上帝的身边，因而上帝救赎的目标特别是针对人类的灵魂的。由于九级天使各自功能的差异以及由此对有形诸天的推动能力的不同，下界地球上的人类受到的光能和德性影响力各不相同。诚如上帝创造万物是有区别性和等级差异的，人类的灵魂也呈现出类似的性质。

在《天国篇》的第八章金星天上，国王马尔泰罗（Carlo Martello，1271？—1295）的福灵阐述了人类的天性和美德不是靠门第和遗传得来的，而是上帝通过诸天的影响力注定的，每个人生而具有不同的禀赋机能，应当按照各自的天性来发展完善自身。因为"自身尽善尽美的上帝不仅注定了人具有不同的本性，而且同时注定各种本性获得各自的幸福"③。这种说法类似我们通常所说的"天生我材必有用"，但丁在这里主要批判了人类不遵从天赋秉性，滥用自由意志而导致的各种社会问题，尤其批判了王国政权内部的父子继承制造成的权力弊端。马尔泰罗列举了古罗马神话传说中的建城者罗慕路斯的故事，

---

① 天国的三重复圈结构剖面图见附录6：天堂体系／秩序图。

② 胡家峦：《历史的星空：文艺复兴时期英国诗歌与西方传统宇宙论》，北京大学出版社2001年版，第44页。

③ 田德望译：《神曲·天国篇》，人民文学出版社2002年版，第709页。

传说他和孪生兄弟是由母狼喂养长大的，父亲是战神马尔斯。而实际上，罗慕路斯的父亲出身低微，他自己是由于战功卓越而成为罗马英雄和部族首领的。在这里，但丁强调了人的天性高贵来自自身，人凭借自身的德性和天赋而获得尘世的价值，公民社会应该按照个体的自身价值来分派职位和权利。

既然尘世的灵魂按照天体的影响具备各不相同的天赋秉性，那么灵魂修炼自身追求福德的行动自然有不同的类别，这就牵涉天国人类福灵的类别及其依据方面的问题，也就是天国秩序的第二分层依据。

第二分层：福灵的功德类别。福灵对上帝的"凝视"形成诸天的秩序。天国秩序体系的第一分层核心是"爱"，通过"光"的形式来层级传播。第二分层的核心是"善"，主要针对有形诸天和人类的灵魂。有形诸天内的造物是上帝和天使圈层包裹下的第三级圈层，由土、水、火、气四种可朽坏、易变化的质料构成，人类特别拥有上帝赐予的不朽坏的灵魂，是上帝救赎的目标物。

上帝的本质是至善（summum bonum）。上帝之为至善是绝对的，善归因于上帝。每一件事物都因它的完满性而被称作善。一件事物的完满性可以从三个层面度量：一是质料形式；二是运作功能；三是形式与功能的稳定性。"任何受造物都不可能借它自己的本质而具有这三种完满性，只有上帝才能如此。因为只有在上帝身上本质即是他的存在。"[①]上帝身上没有任何偶然性，凡属于偶然地属于其他事物的东西，比如力量、智慧等，本质上都是对上帝至善的一种分有。万物以某种相像的方式分有上帝的善，因为距离的远近而存在不同程度的缺陷。所以"每一件事物都是由于上帝的善才被称作善的，这上帝的善即为所有的善的第一原型的、动力的和终极的原则"[②]。上帝的善是"一"也是

---

① 〔意〕托马斯·阿奎那：《神学大全·论上帝的本质》（第一集第1卷），段德智译，商务印书馆2013年版，第92页。

② 〔意〕托马斯·阿奎那：《神学大全·论上帝的本质》（第一集第1卷），段德智译，商务印书馆2013年版，第95页。

"多"，即上帝的善是圆满的，其他所有的事物也因为类似于上帝，既存在一种善，也同时存在许多种善。

按照中世纪经院神学的基本教义，人的灵魂分有上帝的善，从而形成德性。德性有七大总类，分别是特别朝向上帝的三超德：信德（fides）、望德（spes）、爱德（caritas）；普遍性存在的"四枢德"，也称为"四达德"：机智（审慎）、勇毅、节制、正义。这七种德性是互相关联的，正如上帝的善是"一"也是"多"，善德总的来说是"爱"，也是"七项基本美德"，可以并存于个体身上，也可能突出某项德性在个体身上，甚至可以说即便是地狱的罪魂也依旧存在某些善性，诚如白色的光是由七色谱组成的一样。

三超德即向天主之德（virtutes thologicae），是从圣经中得到启示的，旧约中说"你们敬畏上主的，要信赖祂"；又说"要寄望于祂""要爱慕祂"。（《德训篇》2：8-10）因而信、望、爱是指向天主的德性。新约中说："现今存在的，有信、望、爱这三样，但其中最大的是爱。"（《格林多前书》13：13）基督教的基本教义称人有两种幸福，第一种靠人的天性即可达到；另一种是超越人的天性的，只有靠天主的德能才可以到达，即靠分有天主性。新约中指出通过基督，我们成为"有分于天主性体的人"（《伯多禄后书》1：4）。这种幸福是超出人天性的（supernaturalis）限度的。

向天主之德在等级上要超过四枢德。依据托马斯·阿奎那的注解[①]：向天主之德使人指向超性的幸福，就如自然倾向使人指向自然目的。自然的倾向有两层：一是由于理性或智性：智性含有第一普遍原理，因智性之自然光照而被我们认识；无论在知识或在行动方面，理性皆是以这些原理为根据。第二，由于正直之意志，意志自然趋向理性之善。但是二者对超性的幸福则无能为力。

① 〔意〕多玛斯·阿奎那：《神学大全》（第5册），刘俊余译，碧岳学社/中华道明会2008年版，第135页。

在三超德内部，亦存在不同的等次。在行动上，信德先于望德，望德先于爱德；而在成就上，爱德先于信德及望德。爱德是诸德之母和根源，因为它是一切德性的形式。在程度上，四枢德在于执中，但是所有的向天主之德不在于执中，而是越接近终极点越好。

信、望、爱三超德虽然在等次上超过四枢德，但是在《天国篇》中有形诸灵体归类的重要依据是四枢德和爱德这 5 种类型，信德和望德没有与之对应的诸天层圈，其中的缘故在于三超德的形式 / 性质本身。在性质上，爱德或许不完美，但本质是爱，自身不存在缺点。望德居于妄望与失望之间。妄望，即为超出人本身条件的僭越，譬如地狱的罪魂；失望，是背离其所应当仰望的主。信德针对的对象是天主，存在两种相反的倾向，即信与不信。尘世的德性在来世依托灵魂的载体依旧可以有选择性地存续，这是基督教"未来之事"教义成立的一个关键性的基础。

再者依照托马斯·阿奎那在《神学大全》第五册"论德性与恶习及罪"第 67 题"论德性在来世之持续"中对亡灵三超德的解释[①]：第一，信德之本质方面含有主体方面的缺点，即是相信者看不到的东西；而幸福之本质即含有主体方面的完美性，幸福者看到使他幸福的东西。所以，在同一主体上，信德显然不能同时与幸福并存。第二，望德含有对所未有者之期待。所以，等有了所希望的，即享受天主，便不能再有望德。第三，尽管旅途中的爱德（caritas viae）是不完美的，然而爱德是爱，在其本质上没有什么缺点。爱之心存在于已有或未有的东西，看到或未看到的，为此，爱德不因荣福之美满而消失，是同一个爱德被保存下来。并且阿奎那援引亚里士多德《伦理学》（9：5）中的观点说"见识"（visio，目睹）是爱德存在的一种原因，关于上主灵魂所知

---

① 〔意〕多玛斯·阿奎那：《神学大全》（第 5 册），刘俊余译，碧岳学社 / 中华道明会 2008 年版，第 182—189 页。

道的愈完美，对祂的爱也愈完美。由此得出结论，天国的福灵们只保存完美的"爱德"，而天国的体系秩序本身就是爱的传递，爱德存在于每一个灵体内，尤其在第八圈层的"恒星天"内集中呈现。

爱德是天国所有灵体共有的本质形式，诚如等次高于人类福灵的天使们尚且存在不同的爱德强度，人类福灵的爱德完美程度也是有区分的。在同一个天层圈内，堪为全人类爱德表率楷模的灵体就是曾降生尘世的基督耶稣和耶稣的母亲圣处女玛利亚，关于这两个人物的爱德事迹是《圣经》中广为人知的典故。至此我们解释了天国自上而下第十、第九、第八圈层分别针对上帝（天府）、天使（原动天）和凯旋的福灵（恒星天）三个天层圈的"秩序—灵体性质—德性"对应情况。

恒星天以下的七行星圈层使用的德性标准是四枢德，四与七的对应关系主要依据古希腊哲学家毕达哥拉斯①的数字图形学说。毕达哥拉斯认为，数先于事物而存在，是构成事物的基本单元，因而也是万物的原则。数字与几何结构相对应：一是点，二是线，三是面，四是体。也就是说，两点产生线条，三点产生面，四点组成金字塔形或角锥形，从而产生了第一个立体或空间的形状，也是有形宇宙的雏形。《神曲》的架构从文字到内涵处处都与"三、一"有数字对应关系，在这里4分解为1对3的宇宙模型，1是三棱体的顶点A，3是三棱体的底部平面三角形的B、C、D点，A与B、C、D共同构成一个完整的图形。7分界为3—1—3，是两个公用顶点A的三棱体构型，这就构成了七颗行星与四枢德的对照关系。

在这个数字几何模型的内部，填充的是神学伦理学的内涵，先以亚里士多德的《伦理学》为大框架，将四枢德区分为两种类型：理智德性或称智德和道

① 毕达哥拉斯（Pythagoras，约公元前580—约前500），古希腊数学家、哲学家，出生于爱琴海中的萨摩斯岛，后定居意大利的克罗托那，传授数学和哲学思想，与他的信徒们组成了一个政治与宗教团体"毕达哥拉斯学派"。

德德性①。并且就"道德德性"提出："1. 道德德性由习惯生成，既不出于自然，也不反乎自然。德性既生成于活动也毁灭于活动，并且只有在活动中实现。2. 所以研究德性就要研究实践。然而对德性的研究只能是概略的。我们现在可以明了的是，德性必须避开过度与不及。"②阿奎那在《神学大全》第五卷有关一般伦理学的著述中将亚里士多德的伦理学融会贯通，并纳入基督教神学教义系统内归纳运用。

旧约中讲到天主的智慧："德行是智慧工作的效果，因为她教训人节制、明智、公义和勇敢：在此生没有比这些为人更有裨益。"（《智慧篇》8：7）阿奎那对神学四枢德（virtutes cardinales）的表述概要是③：理性的善分为两种形式。从理性本身来看，机智（prudentia）是主要的德性。从受理性支配者来看，又分为两类。一类是关于行动的，就是正义；另一类是关于情欲的，有两种相关的德性。一种是关于情欲不合理的趋势，需要加以抑制，故称为节制（temperantia）；另一种是关于情欲退避理性所指示者，譬如害怕危险与劳苦，故此需要勇敢（勇毅）之德，使之坚持理性而不退缩。枢／达德有四种主体，即本然具有理性者，这是靠机智来成全。因分得而具有理性者共有三个，即：一是意志，是正义之主体；二是欲情，是节制之主体；三是愤情，是勇毅之主体。机智绝对比其他德性更为主要，但其余的是各类中的主要者。一切德性中比较重要的，皆归宗于上述四种。上述四种枢德的关系如表8所示。

① "理智德性"和"道德德性"分别在《伦理学》的第6卷、第2卷中论述，详见〔古希腊〕亚里士多德：《尼各马可伦理学》，廖申白译，商务印书馆2003年版。

② 〔古希腊〕亚里士多德：《尼各马可伦理学》，廖申白译，商务印书馆2003年版，第320页。

③ 〔意〕多玛斯·阿奎那：《神学大全》（第5册），刘俊余译，碧岳学社／中华道明会2008年版，第122—123页。

表 8　四枢德的内在关系：从"一"分"二、三"得"四"

理性之善	本体性德性	1. 机智[1]	优于正义、节制、勇毅者		
	受支配性德性，分有理性者	行动的	意志	2. 正义	
		性欲的	欲情	不合理情欲	3. 节制
			愤情	坚持不退缩	4. 勇毅

　　综合亚里士多德和阿奎那的两种观点，在四种达德当中，唯有机智与爱德一样，都是本体之德，或者可以类比说是思维、精神层面的德性，虽然个体之间有强弱的差异但是自身无缺陷。而其他三种德性的实现在于实践层面，取乎"执中"，也可以类比为中国儒家文化中的"中庸之道"，实践性的德性存在于"过与不及"之间。如果"过分"就倾向于"罪/恶习"，"不及"是存在欠缺、不够完美的意思。在《神曲》中，天国之德唯有上帝是最完美的，其他个体全都不同程度分有上帝的美德，都是不够完美的个体，这也是天国灵体世界分为九重的缘故。在基督教的数字象征符号里，"九象征神秘或者天使，《圣经》中记载有九个天使唱诗班"[2]，九是趋向完美的数字。

　　天国中七行星除了太阳天之外，其他六层圈分别对应勇毅、正义、节制三达德的执中和不足两种情况。

　　那么如何区分和界定三种达德的"执中"和"不足"对应的灵魂功德类型呢？这个标准还要从神学教义中寻找依据。阿奎那在《神学大全》（第 5 册）（61：5）中讨论"达德是否宜分为政治性的、净化性的、纯洁心灵的及典范性的"，在这个小节的讨论中，阿奎那条分缕析地详述四种德性的四个层次以及对应人

---

① 机智（prudentia）也称智德是智慧中层次较高者。智慧、悟性和知识是三种鉴赏性的智力习性，智慧高于悟性和知识，悟性高于知识。机智不同于技术/能，机智是关于整个人生及人生目的之策谋，对整个人生善于谋划者，才是绝对的智者。譬如，异教文学作品中机智的典范人物是《荷马史诗·奥德赛》中的奥德修斯。

② 丁光训、金鲁贤主编：《基督教大辞典》，上海辞书出版社 2010 年版，第 327 页。

物类型的表现，其主要观点可以简单归纳如下：

表9　四达德的四类境界等次对照关系

尘世	政治／社会性	1. 机智	2. 正义	3. 节制	4. 勇毅
追求天国之程度	纯净心灵（相似天主）	只关注天国	效法天主，永不暂离	不知尘世欲望	不知情欲
	净化性（过渡性）	专注天国轻尘世	全心同意此生活方式	尽力放弃肉身需要	不贪生怕死接近天主
天主	典范性	神的心思	守永恒法	专心一志	固定不变

　　由表9可以看出，阿奎那将四种达德的类型先按照"尘世—天国"的两分法确定标界，而后纳入"朝向天国"的两种程度不同的类型，构成了"典范性-政治性""纯净心灵—净化性"这四种类型。在《天国篇》七行星天的对照体系中，采纳了人的社会政治性与天主的典范性之间的折中状态，作为人物类型的配置原则。阿奎那确定了四种达德的类型标准之后，对应的人物类型也就逐渐明晰了。按照"纯净心灵"也就是"爱神，爱他人"的原则，节制、正义、勇毅分别对应的是隐修士、公正贤明的君主和为圣战殉难的勇士；按照"净化性"也就是"利己兼顾利他"的原则，节制、正义、勇毅分别对应的则是多情／热情的人、追求名誉而建功立业的人[1]和被外力胁迫还俗的修女。诚然按照神学的教义观，天国中最神圣的亡灵类型应该是圣师（传道者）、殉道烈士和贞女。[2]《神曲》中七行星对照四枢德的等次划分以及对应的灵魂德

---

[1] 此处特别强调的是罗马帝国统治者在救赎人类方面立下的功德，也是但丁在《神曲》中关注的"政治问题"之要点思想之一，其来源出处见：1.《阿奎那政治著作选》（第一部分，第7章），马清槐译，商务印书馆2007年版，第61—65页；2. 但丁：《论世界帝国》（卷二），朱虹译，商务印书馆2002年版，第26—55页。

[2] 这种说法来自阿奎那有关天国赏报中的"大光圈"荣誉的归属者类型的问题讨论。详见：〔意〕多玛斯·阿奎那：《神学大全》（第17册），陈家华、周克勤译，碧岳学社／中华道明会2008年版，第409页。

性分类明确，如表 10 所示。

表 10　按等次划分的四枢德与七行星的对照 [①]

类型 A	理智性	4. 审慎 / 机智（prudence）；神学家、传教士和圣经中的智者名流		
类型 B 存在程度 区分	道德性	节制（temperance）	正义（justice）	勇毅（fortitude）
	执中	7. 节欲之隐修士	6. 公正贤明的君主	5. 为圣战殉难的勇士
	不足	3. 多情人	2. 追求荣誉而得善功者	1. 操守未坚的修女

说明：1—7 分别对应：月、水星、金星、太阳、火星、木星、土星。

　　至此，天国体系分解清楚，天国一体共呈现出上三层、下七层，下七层又以"太阳天"为中点，分为"日上、日天、日下"三层，"日上 / 下"又各分三层，构成了一种大圆套小圆，三个三层圈环套合，上、中、下界限分明，同时又井然有序地互相渗透的复合体系。这种复合式的对应和渗透关系立体剖面图见附录 6。

　　天国的"白玫瑰" [②]：在基督教的基本教义中，上帝是"三位一体"，在但丁的"喜剧"中，上帝最终呈现出来的面目是一种"父子"共在的家庭伦理秩序。尽管但丁用了 30 首歌曲来描述天国秩序分明的圈层场景，但这都是上帝为"照顾"尘世但丁的肉眼凡胎、智慧的局限而特意分解排列出来的场景。从叙述学的角度来说，但丁只能够使用一条线索的游览顺序来逐条解说天国是"一"也是"多"的圆满幸福情境。天国真正的秩序呈现在最后的 3 首诗歌中，确切来说是呈现在一个图像中，这就是"白玫瑰"体系。"白玫瑰"由所有的福灵按照前面所述的等次秩序对号入座地归入一个圆形大剧场的立体空间中，

---

① 表格中各天体的福灵类型名称，综合参考田德望和王维克的中文译本中的天国体系图 / 表，以及英文译本中的人物类型附表：Dorothy L. Sayers, Barbara Reynolds: The Comedy of Dante Alighieri the Florentine. CanticaIII: Paradise, Harmondsworth: Penguin Books, 1962, p. 401.

② 见附录 7：天府玫瑰。

组成一个“大家庭”，顶端是上帝的“三圈环”照耀着九级天使，九级天使在空中一方面仰望着上帝的光辉，一方面逐个对应地护卫着玫瑰坐席中的福灵们，形成一种友爱共享、互动交流的网络共享能源模式。天国的爱因为彼此的共享而翻倍增加，及至无限，因此可以说天国的体系模式是“福乐至境”。

最后有必要总结一下基督教神学教义的重要秩序原则是“尘世—天国”两分法，一切德性都涵盖在“向天主”或“为尘世”这两极之间作出“高／下，优／劣”的道德评价，虽然中间以“神爱”“光”“天使／福灵”作为连接的媒介，缓冲“神圣—世俗”的绝对界限，但是其道德天平压倒性地倾向于天国神性的意图是显而易见的。在“一”“二”“三”“七（多）”的数字分解过程中，向天主之德的分量从 $4/7 \rightarrow 6/10 \rightarrow 2/3$，最后是完全皈依臣属上帝。譬如天使分为三品级，第一品级对应上帝／基督，第二品级对应教权，还是归属上帝，第三品级对应尘世事务，传达神的启示和旨意，仅有 $1/3$ 天使与普通世俗人群交通信息。三个等次的天国层圈中，十、九、八构成神圣天国的界区，七、六、五是“向天主之德”中“纯净心灵”级别的亡灵类型，三、二、一是在上帝命定的德性中关注尘世德行标准的亡灵类型，算是比较贴近尘世美德的福灵，数量只占天国灵体的 $3/10$。这种德性标准正是中世纪基督教神学的最大特色，那个时代是物质匮乏、民生困苦、战祸频发的“黑暗千年”，但却因此产生了精神高扬、斗破苍穹的灵性精神，或许这正吻合了新旧约《圣经》在流浪徘徊的苦难时代寻求道义盛世王国的顽强意志。

二、圆形敞视式刑狱——《炼狱篇》和《地狱篇》体系与秩序剖析

在本章的第一节关于彼岸三界诞生的基督教文化背景中，我们就特别指出基督教的宇宙观与自然科学和古希腊哲学的不同之处，其中最为突出的一点就

是上帝一元神论的伦理学基础"善恶"同源说，恶是善的缺乏，善性才是理性灵魂的天然本性。中国古代的儒家伦理学亦倾向于"性善论"，譬如孟子主张性善论，提倡以仁政治国。孟子说："人性之善也，犹水之就下也。人无有不善，水无有不下。"[1] 又说："人之所不学而能者，其良能也；所不虑而知者，其良知也。"[2] 国学启蒙教材《三字经》开篇即是："人之初，性本善。性相近，习相远。苟不教，性乃迁。"这些观点都强调人性天然向善，表明中国的古典伦理学与基督教伦理学观念存在"异源同质"的对话根基。

在《神曲》中天国、炼狱、地狱体系的轴心纽带就是基督教伦理学的"善—恶"论，在关于"时间"观念的章节中，我们分析了这个轴心，用一个简图来表示就是一条线段两个箭头，上端点是 A，下端点是 B，中点站立着"人"，他的箭头方向是归向（conversio）天主的"善"，还是背离（aversio）天主的恶"，决定了他最后的归宿是"天堂"或"地狱"。

图6　《神曲》中的宇宙轴心

"向左走，向右走"在很多民族的词源中都包含着"对 / 错"的含义。在柏拉图的《蒂迈欧篇》中，柏拉图解析了神为人创造的灵魂构造形状，其中谈到灵魂的运作由内外两个套圈作相反的运动，"（外圈）同的运动侧面作向右旋转，（内圈）异的运动斜着作向左旋转"[3]。在古希腊语、拉丁语、意大利语和英语中，对"左""右"的解释大同小异。我们以意大利语为例，"A Sinistra"意思是向左的、不吉利的、反对的，而"A Destra"意思是直的、

①　金良年：《孟子译注》（告子上），上海古籍出版社2016年版，第239页。
②　金良年：《孟子译注》（尽心上），上海古籍出版社2016年版，第290页。
③　〔古希腊〕柏拉图：《蒂迈欧篇》，谢文郁译，上海人民出版社2005年版，第24页。

良机、好的、有方向的、得力的。我们中国的词汇里面也有这样的说法，主要依据大概是人体的构造，尤其是"左右手"功能的差异。在但丁的《神曲》中甚至认为"左右脚"也是有差异的，在开篇就说"sì che'l piè fermo sempre era'l più basso"（*Inferno* I :30），意思是最稳当的总是随后迈出位置较低（当时在爬山）的那只右脚。在地狱路线图中，通篇采用的都是"向左走"路线，表示与罪人不同道路，而在炼狱篇则通篇是"向右走"路线，表示同路修行的意思。按照现代科学对左右脑功能的解释，解开了古代文化中关于"左右手"的谜团，一般的解释是大约92%的人是左脑占优势的"右撇子"，如果按照归纳法来演绎的话，那么可以认为大多数人的左脑功能是较为优越于右脑的。"生存、图像、隐喻和音乐是艺术的本质；行动、文字、抽象思维和数字意识则是物理学的要点。艺术基本上存在于右脑，物理学主要栖居于左脑。"[1]

抽象的自然科学发展迅猛的时期是在 16 世纪以来的近现代社会，在中古和之前的古典时代，人类生活最为倚重的大脑功能还是生存技能和人文关怀情感领域。《神曲》中贯穿全篇的"左—右""向—背"都是"善—恶"轴心的形象化表征。那么我们回来继续讨论中世纪基督教文化中的"善恶"同源论观点。

善恶同源的观点旧约希伯来圣经中就已经存在了，此后新约继承和延续了这种观念，历代对善恶的论述数不胜数，我们在此仅以阿奎那《神学大全》中的归纳性词条解释为依据来说明这个概念的核心意义。在《神学大全》（第一集）（3：48、49）[2]中，论述了恶的根源和本性问题。托马斯在"论（上帝的）

---

① 〔美〕伦纳德·史莱因：《艺术与物理学——时空和光的艺术观与物理观》（第 26 章"右／左"），暴永宁、吴伯泽译，吉林人民出版社 2001 年版，第 459—474 页。

② 〔意〕托马斯·阿奎那：《神学大全·论上帝的本质》（第一集第 3 卷），段德智译，商务印书馆 2013 年版，第 331—349 页。

创造"的大议题中，指出上帝是万物的第一因，上帝以"无中生有"的"溢出"（emanationem）方式创造出各不相同的万事万物。事物的众多（multitudo）或区别（distinctio）不等同性，构成了世界的统一性。这是因为上帝的善不可能为单独一个受造物充分体现出来，祂就创造了各色各样的受造物，万事万物互相补充来显示神的大能。善在上帝身上是单纯的和统一的，在受造物身上却是多样的和分离的。宇宙整合起来比任何一个单独的受造物更能充分地体现善。

上帝创造宇宙万物的智慧本身即包含着区别和秩序，在《创世纪》中，上帝说："要有光，……就把光暗分开了。"事物的不等同性（inaequlitas rerum）是源自上帝的。上帝所创造的事物的秩序表明了世界的统一性。因为这个世界是由于秩序的统一性而被称作一的。上帝所创造的一切事物都与上帝本身存在秩序关系，事物之间也存在秩序关系，所有的事物都必然属于一个世界。

宇宙统一于上帝的"善"，那么"恶"的存在如何解释呢？恶（malum）是否是一种本性（natura）呢？阿奎那总结了诸多基督教神父的著作和观点之后，解释说一个事物是通过其对立面而被认识的。就如同黑暗是通过光明而被认识的一样。恶的事物也必定通过善的概念而被认识。"恶既不是一种存在也不是一种善"，借恶的名称所表示的必定是善的一定的缺乏。① 从匮乏的意义上来看，善的缺失就是恶。比如视力的匮乏便被称为盲人。恶的主体是善。每一种现实的存在都是一种善。同样，每一种潜在的存在本身也总是与善有关。恶是一种潜在的存在，它也潜在性地具有善，只是程度不同。

恶的根源。恶是某种事物天生具有的善的缺失。恶是在活动中产生出来的，是由某项活动原则的缺陷产生出来的，不是由活动主体产生的。恶作为一种有

① 〔意〕托马斯·阿奎那：《神学大全·论上帝的本质》（第一集第 3 卷），段德智译，商务印书馆 2013 年版，第 333 页。

缺失的存在这个事实相对于它自行适合于现实的善是偶然的。恶不存在本体性的原因，只具有一种偶然的原因。不存在一种至恶（summum malum），它是每一种恶的原因。恶是偶然性地产生于善当中的，因而不是一种本质存在，也就不存在一种至恶。

恶不会整体性地消耗／腐蚀（corrumpat）掉整个善（totum bonum）。善的减损是在量的方面，然而主体的性质并不会改变，只会因此而变弱。因而，犯罪的累加也不可能达到无限，灵魂趋于恩典的习性（habilitatis）却会因此而越来越小。如《以赛亚书》（59：2）中所说，"你们的罪孽使你们与上帝隔绝"，罪孽就相当于搁置在人类和上帝之间的障碍。然而灵魂的习性并没有整个被撤销。从这个意义上来讲，地狱中的魔鬼／堕落天使和罪大恶极的罪魂并非全然邪恶，依旧存在某些方面的善之根性。譬如在地狱第八圈第六恶囊中，维吉尔虽然被黑恶鬼所骗，却又有罪魂为他们指出正确的道路。地狱的设置虽为用罚，却也为罪魂提供了一个栖息的寓所和发泄的方式，比如"自杀者之林"的刑罚，既是惩罚的，又是纾解的。

恶的界定与"罪（culpam）与罚（poenam）"密切相关。天国是以"爱"为能量，以"光"为媒介来形成"善德者"的天国家园体系秩序网络的，而地狱和炼狱贯穿的则是"恶"的能量，在"深渊／险峰"处，以"罪与罚"的法律体系构成刑狱秩序。

恶可以划分为"罪"与"罚"两种形式。设若宇宙万物都服从上帝的天道和正义，违背的意志乃罚的真正本性。具有意志的造物取消善的运作而产生的恶具有罪的本性。人是凭借意志成为自己的主人的，所以恶是应当被看作一种罚或罪的。罪比罚更大程度上具有恶的本性。上帝是罚的作者，而不是罪的作者。罚的产生是为了罪得以避免，罪并不是为了罚才去犯的，因此罪要比罚更糟糕些。"罚与罪并不能比作目的和达到目的的秩序。因为一个人是可以在一个意义上由于罪与罚而被剥夺掉这两者的；所谓罚，就是一个人脱离了秩序和目的，而所谓罪，则是脱离适当的秩序和目标的一种行动。"① 从这个意义上来说，人的自由就是遵守秩序，服从上帝的目标。

在基督教神学教义中，恶与善相反，恶本身就可划分为"罪与罚"。在人的习性范畴中，恶习（vitium）直接相反于德性的本质，恶习是不按事物天性配备的某种缺陷或毛病。罪过（peccatum）指不正当之行动，而罪恶（malitia）则是指其后果。由此可见，恶、恶习、罪、罪过、罪恶等概念虽然在基督教的教义中内涵不同，但其中存在交错重叠的部分，在中文的词汇概念中，"罪恶"可以涵盖这些词汇的共通内涵。因此，我们在论述中使用中文词汇的惯例，只在必要时区分特定的名称。

基督教中的罪恶观念与律法精神互为表里。新约圣经是以"爱"为律法的，然而从旧约圣经以来的传统中，罪与律法精神占据着相当重要的分量。旧约时代的《圣经》中有关民族兴衰和朝代更迭的历史，基本上就是希伯来人在上帝的威势和律法辖制下不断犯罪、屡遭天罚的记载。上帝或耶稣基督都象征着超越一切的君王、公正严明的法官，并且承担着全人类灵魂终极审判的职能。中世纪的罗马教会也成为罗马"教廷"，宣称教权高于王权，君主需要教皇的加冕才具备法定的任职资格。罗马教会传承了旧约的律法精神，形成了体系完备的"教会法"，在欧洲的法律思想史当中占据着相当重要的分量。以诗歌形式写成的叙事性诗剧《神曲》同样渗透着这种法律精神，在《地狱篇》第11章和《炼狱篇》第17章中，但丁假借向导维吉尔之口，集中性地详细解说了地狱和炼狱的罪恶类型及其分类依据。当然，诗人们边看边解说，遍地开花的那些细枝末节、点点滴滴还没有算上。

古罗马是欧洲法律精神的源头，罗马法是现代律法精神的依据和起源，中

① 〔意〕托马斯·阿奎那：《神学大全·论上帝的本质》（第一集第3卷），段德智译，商务印书馆2013年版，第348页。

世纪意大利 1088 建校的博洛尼亚大学（University of Bologna）就以法律专业领航。在《神曲》中牵涉法律的领域主要体现在上帝的"永恒法"方面，次要附带提及"教会法"，因此其他类型的法律细节内容暂不列入本书讨论的范畴。关于律法体系的研究，托马斯·阿奎那是中世纪法律思想的集大成者，其法律思想主要体现在政治类著作和《神学大全》中的《论律法与恩典》，但丁的政治论文集《论世界帝国》基本上沿袭了阿奎那《论君主政治》政治论文的部分观点。

在世俗的国家政治论中，阿奎那将亚里士多德的《政治论》和《伦理学》中的学说纳入神学体系，创造出一整套的基督教神学法律体系。尽管阿奎那认为君主对臣民的管理跟上帝对万物的主宰权有相似之处。但是在教权和王权的关系方面，他明确主张王权附属于教权。按照基督教神学的基本观念，人在尘世的生活是短暂的，肉身死亡之后灵魂还有另外的永恒的命运，人的价值是在尘世间依照上帝的法则忏悔罪孽、行善修行以期盼死后回到上帝的天国，死后的天堂才是最终的归宿，永恒的幸福和快乐的寓所。人类的永生只有靠神的恩典才能够实现。神国的统治者只能是兼具人性和神性的君主，即耶稣基督。依据《圣经》的相关记载，耶稣被赋予永恒的统治权，他不仅是神父也是君王，君王的神父身份是从耶稣产生的。耶稣是基督徒王国的神父和君主。"这个王国的职务不是交托给这个世界的统治者，而是交托给神父，……特别是，这个职务是委托给祭祀长、彼得的继承者和教皇、罗马教皇的；基督教世界的一切君主都应当受他的支配，像受耶稣基督本人的支配一样。"[①]

阿奎那对"法律"的定义是："法律是行为的规定和尺度，据以使人做什么或不做什么。因为名词'法律'（lex）是从动词'约束'（ligare）转来的，

---

① 马清槐译：《阿奎那政治著作选》，商务印书馆 2007 年版，第 85 页。

具有强制行动的能力。"①阿奎那在《论律法与恩典》中将法律划分为五种类型，分别是：永恒的法律、自然法律、人为法律、旧约法律和新约法律。因为旧约和新约是一体的，因此后人习惯上将阿奎那的法律划分为四种类型，即：永恒法、自然法、人法、神法。②

所谓的永恒法（lex aeterna, the eternal law）指的是上帝理性，是上帝管理宇宙的法则。整个宇宙就像人类社会那样是由神的理性支配的，上帝就像宇宙的君王那样具有法律的性质，上帝管理宇宙的法则被称为"永恒法"。宇宙万物都在上帝的神意支配之下，因而来自上帝理性的永恒法是最高的法，涵盖宇宙万物，是其他所有法的源泉。基于上帝理性的永恒法，只有上帝知道其全部内涵，而人类凭借有限的智慧只能领悟和理解其中的部分内容，人类作为理性的动物对永恒法的参与结果就是"自然法"。

自然法（lex aturalis, the natural law）就是永恒法在人的理性上的体现，或者说是人类凭借理性所发现的永恒法。自然法就是心中的道德律令，类似于我们中国俗语所说的"内心良知"，是自然而然地存在于人类的天性中的，适用于人类的群体生活，跟上帝的永恒法一样没有文字条款。在西方文学领域内，"荷马史诗"或希腊神话时代的部族就靠着自然法按照习俗来生活。自然法是普遍适用于人类群体的，与人类天然的善性相一致，虽然不如永恒法那样完美，却是人类社会最普遍的法则，较少受到民族和地域的限制。比如在《伊利亚特》中，战争不论是非正义，战士只论荣誉和功绩，作为"战利品"年轻女子是不论操守的。

人法（lex humana, the human law）即世俗国家的法律，一般体现为"成

---

① 〔意〕多玛斯·阿奎那：《神学大全》（第6册），刘俊余译，碧岳学社／中华道明会2008年版，第2页。

② 四种类型的命名及其下文的概念解释参考来源：严存生主编：《西方法律思想史》，法律出版社2015年版，第75—79页。

文法"，比如罗马的《十二铜表法》。人法是由国家法制机构强制推行，臣民必须遵守的律法。人法的制定需要服从自然法，必须是体现公平和正义精神的。人法应以公共福利为目标。人法是从自然法发展而来的，可以分为"万民法"（ius gentium）和"市民法"（ius cicile），直接从自然法得出的结论属于万民法，而从自然法产生的作为个别应用的标准，满足城市特殊需要规定的是市民法。

神法（lex divina, the divine law）就是圣经中的律法，直接来自上帝的启示。神法是神恩的体现，是超自然的法律，可以算作对自然法的补充，神法的效力高于人法。人类虽然拥有自然法和人法，但是由于人类理性是不完满的，存在缺陷的，要获得幸福还必须仰赖神的启示和恩典，依赖神法来成全。

在阿奎那的法律分类中，上帝的永恒法是一切法律的根源，自然法和神法是第二个层次的，人法则是特别属于尘世事务的，是涵盖面最狭隘的，人为强制性最强的。在基督教的基本教义中，对"罪恶"的分类标准随着时代的推移，综合考量了各种类型的法律条款，融入到教会的法律体系当中。我们现在就来分析一下《神曲》地狱和炼狱中有关罪恶的分类和刑罚的方式界定。

罪过是违反永恒法的欲念及言行。罪过的第一原因在于意志，它指挥一切情愿的行动，而只有情愿的行动中才有罪过。神学家们主要把罪过看为冒犯天主，伦理哲学家们视之为违反人的理性。因而奥古斯丁使用了"违反永恒法律"，因为永恒法包含了自然法，自然法衍生出文明法（人法），这比用"违反理性"好，因为还存在许多超出人的理性的方面，比如关于信德的事，我们是受永恒法之管制的。罪过不是人性的本质，是偶然发生的行动，罪可以与德性并存，圣贤也存在犯罪的可能。

罪过是按照对象分类的。大体上存在三种标准：第一种是精神性和肉欲性的区分。因为人的享乐有两种方式：一种是灵魂上的精神性的享乐，比如爱慕虚荣；一种是肉体的满足，比如贪吃和邪淫。

第二种标准分为针对天主的、对自己的和对他人的。罪过是不合秩序的行动。在人类社会中应该有三种秩序。第一种是针对理性之标准（自然法）；第二种是针对天主的律法，人在一切事情上皆受永恒法的管制。亚里士多德在《政治学》中认为人天生就是社会性和政治性的动物，故此需要第三种秩序，规范人与他人生活的关系，即人法。这三种秩序中，天主的秩序包含着人的理性秩序，并且比人的理性秩序范围广。例如：行异端者、渎神者、辱骂上帝者。同样，第二种秩序比第三种秩序包含的范围广。人有冒犯自己的罪，如：贪吃、淫邪、奢侈。人在关系到他人的事上犯罪时，就是冒犯他人的罪：偷窃、杀人等。人对天主、对他人、对自己有各不相同的责任。向天主之德是关于上帝的，节制和勇敢是关于自己的，正义是关于他人的，与这些相违背的都是罪过的表现。

　　第三种标准根据违反德性的程度差异来分类，即"过分"与"不及"，"执中"则为德性。偏离正理的过与不及，来自不同的动机，所以属于不同类别。比如"昏昧—机智—狡诈"分别是智力习性的三种类型，只有中间的机智是德性，其他两种都是罪过。此外，有的人能在不同的事上，一方面奢侈，一方面吝啬。同一主体在不同的方面有相反的品质也是可能的。妄动（peccatum commissionis）与渎职／旷职（peccatum omissionis）皆为罪过。妄动也可理解为滥用职权，如贪官污吏、圣职买卖者；渎职则为执法不力，纵容恶行，譬如该亚法应对耶稣之死负责。

　　罪过存在程度的区分。在同一类型的罪过中，罪过程度并不等同。冒犯智性德性的罪行要比反对道德性德性的罪行严重，也就是说，精神层面的犯罪要比感官嗜欲方面的罪行严重。而主观恶意的恶行又比情绪冲动的罪行严重，我们现代法律区分为故意伤害和激情犯罪、过失犯罪。举例来说杀人比抢劫偷窃财物严重。反对天主的罪比反对国王严重。最大的罪过直接与最大的德性相反。爱德不是指任何世俗的爱情，而是针对天主的爱，因而直接反对爱德就是对天主之仇恨，这是极严重的罪过，地狱的撒旦和犹大就是例证。

罪过因犯罪者或冒犯之对象的身份地位高低而具有程度差别。犯罪者的身份地位越优异，则罪过越重。比如神职人员、行政长官、有财势者，地位优越者滥用其优点和特长将受到天主更严厉的惩罚。旧约圣经教导说："不可诅咒你百姓的首长。"（《出谷纪》22：28）冒犯出名的人物，会引起更多人的见怪与不安。"在他人方面，所冒犯的人愈多，罪过愈重。所以冒犯公职人物，如代表全国的国王或领袖，比冒犯一个平常人严重。"①

罪过有主动、被诱导或遭强迫三种情况。凡是降低理性之判断的原因，如愚昧、软弱、强暴或畏惧等，皆减轻其罪行。倘若行动完全不是情愿的，则没有罪可言。譬如因为暴力胁迫而导致破戒的修女自身无罪。

罪过的几种特殊情况。罪过是以意志为主体的，意志是罪过之根本。第一，在没有理性存在的情况下，不存在罪过。这种情况就是我们现代法律上所说的"精神失常"的人是免于刑责的。第二，魔鬼不是人犯罪的直接原因，但可成为诱因或有推动作用。魔鬼在人内心的作用只限于想象及感官嗜欲，通过幻想、幻象而刺激人的欲望，魔鬼不能强迫人犯罪。比如亚当和夏娃受蛇诱惑而犯罪。第三，原罪与本罪。原罪（peccatum originale）是由原祖亚当传给子孙后代的罪。现行罪或本罪（peccatum actuale）是由灵魂传到身体的罪，本罪由肢体产生，也称为人性的罪（peccatum humanum）。《厄弗所书》（2：3）中讲到"我们天生来就是义怒之子"，这种罪被称为天生的罪。本罪由灵魂主宰，因人而异。原罪因为生殖关系（精液）而传递，因亚当而出生的人皆有罪过。原罪人人平等，不分大小。从这个意义上来说，人人生而有双重罪。

以上我们归纳了阿奎那在《神学大全》第5册中对罪行的分类情况，阿奎那采用经院哲学的论证方式，细致严密地、条款明确地表述了关于罪行的准确

① 〔意〕多玛斯·阿奎那：《神学大全》（第5册），刘俊余译，碧岳学社／中华道明会2008年版，第277页。

类别，这些划分方式、动机原因、具体罪名例证都被但丁艺术化地融汇为一体，形成了《地狱篇》的罪行体系类型说。有关地狱罪行的分类情况，在历代《神曲》版本或译本中都有专门的插图、表格或附录说明。在这里我们以王维克先生的"地狱表"[①]为参照，来概要说明但丁对阿奎那罪行体系的综合运用情况。

但丁在《神曲·地狱篇》第11章中借维吉尔之口专门解说了地狱刑罚的分类体系。按照文本中的说法，地狱之罪行分类的标准首先依据古希腊哲学家亚里士多德的《伦理学》划分大类[②]。有的译本注解认为但丁对罪行的分类主要依据的是亚里士多德，附带采纳了西塞罗的见解："亚里士多德将恶习划分为三种主要的类型：一是不能节制（incontinence）；二是兽性/暴力（bestiality）；三是蓄谋为恶（malice or vice），此为人类特有的滥用理智之罪行。西塞罗认为伤害要么由暴力（violence）引起，要么由欺诈（fraud）引发。"[③]但丁综合了亚里士多德和西塞罗的分类方式，将罪行划分为三大类，即：一是不能节制，二是暴力/兽性，三是欺诈/蓄谋为恶，并将这些罪行安置在七个层圈里面。为了突出强调信奉天主的宗教信仰价值，但丁单独列出了违背基督教信仰的两个罪行层圈：一是不信基督者即"异教徒"，地狱第一圈林勃狱（Limbo），二是信仰偏误者即宗教异端者（the heretics），这样构成了地狱第九圈。此外他还在地狱前厅设置了懦弱无为的灵魂，他们一生无毁无誉、庸碌昏昧，白白虚耗了上帝赐予的生命，因此亡魂不入簿册，无处安置。

由此地狱罪行的大类按照两种标准划分为四大类。第一种标准是亚里士多德的伦理学理论，在《尼各马可伦理学》中哲学家特别指出："要避开的品质

---

① "地狱表"见王维克译：《神曲》，人民文学出版社1954年版，第13页。见附录8："地狱分析表"。

② 见附录9：亚里士多德"德性及恶习分析表"。

③ Dorothy L.Sayers：*The Comedy of Dante Alighieri the Florentine Cantica I:Hell*，Harmondsworth:Penguin Books,1949,p.139.

有三种：恶意、不能自制和兽性。恶意违反德性，不能自制与自制相违背，而低级兽性与超德神性形成两极对照。兽性在人类中是很少见的，只有在野蛮人、病人或有发展障碍的人当中才会发现。"[1] 第二种标准则是对基督教的信仰态度。非基督徒的亡魂即便没有入地狱的"大罪"，但是由于无法得到神恩，只能永远滞留地狱中。另一方面，身为基督内的亡魂所受的罪罚程度要远远超过非基督徒，这两个标准体现了上帝的正义平衡。

在三大类依照世俗哲学家分类的罪行之内，还存在更细化多层次的小类罪行。这些更细致的划分主要考虑的是罪行的程度级别，为罪魂安排上／下层的地狱位置提供依据，这些划分标准依据的是上文归纳的阿奎那的罪行学说。

我们按照大类次序进行分解。第一大类"不能节制"细分为贪色、贪食、吝啬及浪费、愤怒四小类。总体而言这四小类主要冒犯的对象是自己，体现为口腹肉体或钱财物质方面的贪欲，是基于感性冲动的，伤害的结果虽然是不可弥补的，但其社会性危害较轻。四小类内部又按照递进关系来排列：色爱是爱人，是人类的本能，亦罪亦痴情，因而惩罚较轻；贪吃或贪财是贪爱物质性的东西，层次较低，惩罚增强；愤怒容易激发冲突，引发严重的罪行，惩罚最重。上述罪行不以蓄意伤害为动机，归入上层地狱受罚，不受地狱烈火的焚烧。

维吉尔说："一切获罪于天的恶意行为，都是以伤害为目的，凡是这种目的都用暴力或者欺诈伤害别人。但因为欺诈是人类特有的罪恶，它更为上帝所憎恨；所以欺诈者在底层地狱，受更大的苦。"[2] 第二大类"兽性／暴力"和第三大类"欺诈"与宗教异端者一起纳入下层地狱受冰火两重天的极端刑罚。

---

① 详见〔古希腊〕亚里士多德：《尼各马可伦理学》，廖申白译，商务印书馆 2003 年版，第 191—192 页。

② 田德望译：《神曲·地狱篇》，人民文学出版社 2002 年版，第 69 页。

第二大类"兽性／暴力"又分为残杀同类、自杀和侮辱上帝及自然（渎神者、鸡奸者和高利贷者）三小类，总体上是既伤害自己又危害他人或社会的，这类行为的亡魂丧伦败德、野蛮低级。

第三大类"欺诈"，这是人类特有的，滥用上帝赐予的智慧来危害他人和社会，是对人类最高德性"智德"的反对，后果最为严重。按照其蓄谋欺诈的对象来划分又分为两大类，即针对普通陌生人的和针对信赖自己的人们的。针对普通人群的罪行按照社会危害的范围、广度和深度来逐层推进，依次有：淫媒及诱奸者、阿谀逢迎者、圣职买卖者、术士巫师、贪官污吏、伪君子、窃贼（特指偷盗圣物者）、教唆者、离间者、伪造者（作假证、制伪币）。按照一般的人伦亲疏而论，有血缘关系、臣属关系、宾主关系和宗教师徒关系者都属于特别信赖的关系，因而在亲密关系内部的背叛和欺诈是最冷血的犯罪，是对德性中最高的"爱德"的直接反对，即为至罪恶行。又按照所出卖和背叛者的身份来划分，背叛上帝的撒旦和出卖耶稣的犹大为至罪之人，他们按照时间顺序位列地狱之极点——冰湖中心，在所有罪魂的脚底下。

但丁在《地狱篇》中罗列出来的罪行条款清楚、分类明确，抓住了那个时代最突出的社会矛盾，尤其是关于普通人性方面的罪行类别，既是中世纪法律体系的真实体现，又对后世法律具有指导价值。但丁《神曲》的法律价值在后世的法律专业领域多有研究者，比如美国当代犯罪心理学著作《邪恶的二十二个等级》[1]。现代文学中，由但丁《神曲》而获得灵感的悬疑侦探小说层出不穷。比如当代小说《马赛克镶嵌壁画》[2]，丹·布朗的《地狱》[3] 等。在绘画领域内，但丁的《地狱篇》历来是宗教类画家们的首选和挚爱。在中国的美术专业教材

① 〔美〕迈克尔·郝·斯通：《邪恶的二十二个等级》，晏向阳译，译林出版社 2013 年版。
② 〔意〕朱利欧·莱奥尼：《马赛克镶嵌壁画》，罗妙红译，人民文学出版社 2008 年版。
③ 〔美〕丹·布朗：《地狱》，路旦俊、王晓东译，人民文学出版社 2013 年版。

中，就有关于但丁《地狱篇》硬笔插图绘画技法的专门课程，足见其艺术影响力之广泛。

设若再深入分析文本就会发现，但丁在《地狱篇》设置刑罚层圈和为罪魂定罪时存在宽容量刑的慈悲心肠。譬如色欲圈中的阿喀琉斯，众所周知在《荷马史诗》中阿喀琉斯是暴如烈火的第一勇士，为了报复自己荣誉被损，怒而罢战并且恳请母亲请求主神宙斯降下灾难，毁灭希腊阵营里的将士们。无论对敌对友，他都会因为愤激之情而残忍嗜杀。但丁却将他纳入处罚最轻的色欲层受罚，依据是他在迎娶特洛伊公主的时候，受到敌人帕里斯的暗算身亡，战神殒命是为了爱情。但丁在为罪魂定罪时，从不采用数罪并罚的方式，只选择其中一种最突出的罪行来作为惩戒。尤其是对归入"欺诈"行列的罪魂们，定罪的依据往往使用阿奎那关于罪行划分的全部标准，也就是说，进入地狱第八、九圈层的罪魂们无论以哪个标准来衡量，都是罪行叠加、无从狡辩的。譬如罪大恶极者撒旦，它在受造 20 秒内就带领接近 1/10 的天使天军背叛上帝，被打入地狱后，撒旦率领众魔鬼不时介入人间引诱人类犯罪。撒旦成功诱惑了人类始祖亚当和夏娃，导致人类成为有死的罪人。撒旦的部下还不断与上帝的天使抢夺人类的亡魂，扩充地狱的数量，它的罪行一直在不断延续状态中。

简而言之，但丁诗篇中出现的地狱罪魂没有一个是无辜受罚。历来最为人所同情的弗朗西斯卡和保罗也是先犯了背叛至亲的罪过，同时又共同被"淫媒者"骑士传奇中的婚外私情故事书所诱导，最终导致双双被杀的毁灭性后果，因奸被杀之后，他们的至亲——丈夫／哥哥将来还会因罪而入第九层地狱。但丁地狱中的定罪和人物选择都经过了充分的考量，体现了基督教教义的基本精神，有罪之人依旧存在善性的根基，罪行是偶然发生的，惩罚是为了警戒他人不再重犯，惩罚也是基于上帝的爱德的。

罪恶与罪宗的界定以及罪过之间的等次关系。前面我们已经分析了恶与善相反，恶本身就可划分为"罪与罚"。在人的习性范畴中，恶习（vitium）

是一种毛病缺陷，直接与德性的本质相反。恶习付诸行动导致罪过或罪恶。从性质上来说，人的习性或者说品性居于能力和行动之间，按《形而上学》（9：9）："无论是善是恶，行动显然甚于机能，因为行善比能够行善好；同样，做恶也比能够做恶更可耻。"[1] 罪恶是恶习付诸行动产生的，恶习的存在即是上面有关"罪行的分类"中提到的特殊的罪，原罪（peccatum originale）和现行罪/本罪（peccatum actuale），本罪是由人的灵魂传递到肢体上的，因而称为人性的罪（peccatum humanum）。以下简称为原罪和本罪。人天生分有上帝的善性，然而由于人拥有意志，具有自主选择性地付诸行动的能力，因而人性中天然就具有本罪的潜能，再者自始祖亚当以来，人类都平等地分有"原罪"。

从恶习与恶行的角度来区分，地狱中的罪行是恶习（即"罪"sins）的具体表现，而炼狱中的罪（sins）是"恶习"本身，按宗教文化惯用的比喻来说，地狱和炼狱好比一棵劣质的果树，炼狱的罪是枝干，而地狱的罪行则是苦涩的果实，它们的树根扎在上帝的土壤中。因而地狱和炼狱的关系就是罪行的两种层面的展现方式，地狱的罪行呈现为实际事件和外在行为，而炼狱的罪则是体现在心灵上的污染和缺陷，炼狱的罪是一切罪行的"根基"，因而基督教教义命之为"罪宗"（peccatum capitale）。所谓罪宗："是指能引生其他罪过的恶习，特别是根据目的性原因之理。"[2] 即具有推动嗜欲的基本理由。罪宗与罪行的分类命名是一致的，只是特别选取其中最具代表性的，基督教基本教义选取了七种罪行作为其他全部罪行的罪宗。这与四枢德的选择和命名方式是类似的。比如，"骄傲"作为罪宗可以包含虚荣、傲慢自大等罪行，并且由此导致忌妒、怨恨、暴力伤害等罪行，既具有包含性，又具有枢纽连接性。因而

---

① 〔意〕多玛斯·阿奎那：《神学大全》（第5册），刘俊余译，碧岳学社/中华道明会2008年版，第235页。

② 〔意〕多玛斯·阿奎那：《神学大全》（第5册），刘俊余译，碧岳学社/中华道明会2008年版，第388页。

是罪宗之首。基督教的七罪宗是炼狱体系的内在依据，在分析这七种罪宗之前，我们先来分析一下包括七罪宗在内的恶习／罪（sin）产生的总体性根源。

在《神曲·炼狱篇》第17章中，与《地狱篇》类似地，但丁借助向导维吉尔的介绍，明确指出了炼狱亡灵受罚的根源是"爱善不足"。并将"善"划分为"首善"（il Primo ben）和"次善"（i secondi beni）两类，所谓首善就是爱上帝，上帝本身就是爱，上帝是独一无二的，因此是单数。次善是爱自己和爱尘世的物质世界，次善是多样的，因此为复数。"爱德"是七德性中最高级别的习性，不当的爱德构成恶习或罪的根源。这就吻合了基督教的"善恶同源"思想，恶的根基是善的缺乏，罪的根基是不正确的爱德行为。

那么不正确的爱德行为是怎样表现的呢？维吉尔解释说："因为爱决不会使眼光离开其主体的幸福，所以万物都不会憎恨自己。"[1] 这句话的意思是人人都爱自己的幸福，没有人会憎恨自己。并由此继续推导说，既然万物都不会憎恨自己，那么不正确的爱就只能是爱他的邻人之不幸，或者以怠惰懒散的热情拖延向善的行动，再者就是追求不能使人幸福的尘世物欲之次善。这三种层次构成了炼狱七罪宗的大类框架体系，即第一大类是"爱的反常"，第二大类是"爱的欠缺"，第三大类是"爱尘世物欲太过"。这三种层次中，中间的一种对应的是懒惰罪，处于炼狱第四平台，是中间过渡状态的中转站。"爱的反常"和"爱尘世物欲太过"这两大类分列下阶炼狱和上阶炼狱，各自又划分为三个小类，对应三个平台。按照从低到高的次序七罪宗和七平台的对应关系为：第一大类"爱的反常"包括：平台一骄傲，平台二忌妒，平台三愤怒；第二大类"爱的欠缺"对应平台四懒惰；第三大类"爱尘世物欲太过"包括：平台五贪婪（吝啬和挥霍），平台六贪食，平台七贪色。炼狱的罪行程度随着阶梯的上升，呈递减趋势，直到纯净为止。

---

[1] 田德望译：《神曲·炼狱篇》，人民文学出版社2002年版，第426页。

炼狱山的内在体系概要来说就是按照七种罪宗的罪行程度高低来进行安排的，这七个平台是炼狱山的修行主体，头尾分别安置了"炼狱外围"和"伊甸园"两个部分，其中伊甸园代表着炼狱山的最终目标，就是人类回到了亚当犯罪之前的纯洁状态，可以具备飞升天国的资质了。伊甸园也与地狱中的撒旦地心形成了两极对照。炼狱外围则与地狱中的林勃（Limbo）形成了对照，针对的是忏悔太晚的基督徒们，还有一个与林勃中的"高贵的城堡"（un nobile castello）形成对应关系的"鲜花帝王谷"，特别为那些忙于俗事政务而疏于修炼向天主之德的"疏懒"的帝王们配置，这种配置依旧符合圣经中对"明君圣主"的期待和渴盼之情。

炼狱中的体系较地狱简单，七罪宗对应七平台，各层次内部的细化分类不甚显著，大致都细分为两个相关或对应的层次，试简单归纳如下[①]：

表 11　七罪宗（每种罪又细分为两类）与七平台的对应关系

平台 1	平台 2	平台 3	平台 4	平台 5	平台 6	平台 7
骄傲	忌妒[②]	愤怒	懒惰	贪婪	贪食	贪色
傲慢自大 / 虚荣自负	忌恨他人 / 红眼病	爱生气 / 易发怒	疏懒 / 淡漠	贪财吝啬 / 挥霍败家	饕餮盛宴 / 好吃嘴	性欲旺的 / 好色的

从表 11 可以看出，七罪宗内部细化出来的分层除了"贪婪"罪是两种对立行为之外，其他的六种罪过内部的程度区分不明显，可以从略。但丁《神曲·炼狱篇》中的体系构造及其在诗篇中的自我阐释与基督教神学教义是一致的。阿奎那在《神学大全》中认为"爱己之情是一切罪过之根源"[③]，罪过的本然原

---

① 此处表格参考：Dorothy L.Sayers:*The Comedy of Dante Alighieri the Florentine. Cantica II: Purgatory*, Harmondsworth:Penguin Books, 1955, p.202.

② "忌妒"也称"妒忌"专指为妇者言。妒为"女""石"，言女心如石，不可转也；忌为"己""心"，言唯知有己，不容物也。词条见李昌龄：《太上感应篇》，学林出版社 2004 年版，第 1055 页。

③ 〔意〕多玛斯·阿奎那：《神学大全》（第 5 册），刘俊余译，碧岳学社／中华道明会 2008 年版，第 322 页。

因在于对可朽之物的归向方面。爱自己或为了满足自己的嗜欲而追求物欲，这两者都是错误地追求可朽之物，是造成一切罪过的根源。正当地爱自己是归向天主之德。不正当地爱自己是一切罪过的原因。爱关乎"情"，"情"属于感官嗜欲，物质或善是其对象。"情欲"又可分为两种：一种是单纯的善，这是欲情的对象；一种是带有困难的善，这是愤情的对象。即可分别对应为贪婪物欲和骄傲、忌妒、愤怒等类型。

七罪宗的界定问题。在基督教的罪观里面，罪有着共同的起源，罪过之间彼此关联，并且层次分明。一般认为灵魂／精神上追求的不正当的优越感就是"骄傲／虚荣"；在身体方面的不正当追求则是贪吃、贪色和贪财三种罪；而一个人为了逃避追求善或快乐需要付出的辛苦努力，则产生了针对自己和他人的厌憎情绪，即表现为怠惰、忌妒，甚至是愤怒（打击报复他人的冲动）这三种罪行。由此构成了七种涵盖面最为广泛的罪行归类系列。其他一切个别罪行都可划归这七大类中，或者是直接由这七种罪行诱发而产生。比如说，撒旦由于骄傲而背离上帝，造成背叛／欺诈重罪，又因为妒忌而引诱夏娃偷吃禁果，导致亚当和人类的原罪。贪婪的动物象征符号是"母狼"，它是地狱中的魔鬼因为妒忌人类而释放到人间的，由此形成了一个环环相因的罪行因果链条。在这个链条中，骄傲是一切罪行的起源，是起始点；而贪婪则是一切罪过行动的根源。骄傲是建立在精神层面的，是灵魂上的污点，而贪婪针对的对象是尘世的一切物质性的嗜欲，是关乎行动的，因此在但丁的《炼狱篇》中，分别以"骄傲"和"贪婪"来作为下阶、上阶炼狱的基座，中间则由"怠惰"作为分水岭。

阿奎那特别指出："贪婪（cupiditas）是一切罪过的根源。就像树根从土中吸收营养，因为一切罪过皆是源自对现世事物之爱。"[1]新约圣经说："贪

① 〔意〕多玛斯·阿奎那：《神学大全》（第5册），刘俊余译，碧岳学社／中华道明会2008年版，第383页。

爱钱财乃万恶的根源。"（《弟茂德前书》6：10）骄傲则是一切罪过之开端。旧约圣经说："骄傲的开端，始于人背离上主，始于人心远离自己的创造者，因为骄傲是一切罪恶的起源。"（《德训篇》10：14-15）骄傲是从背离上主的诫命开始的，之所以被称为罪的开端和起源，就是因为恶之理从背离天主开始。

阿奎那在基督教伦理学的罪行分析中，将亚里士多德的伦理学融会贯通，有关罪行的分类和命名也多采纳亚里士多德的成果，唯独关于"骄傲"之罪，存在较大的定性区别。在古希腊古罗马时代，泛神论流行的时期，推崇个人"英雄主义"，视荣誉为生命，"骄傲／自豪"是一种良好的德性，而非一种"罪宗"。在人文主义思潮和基督教精神之间，"骄傲"成为一种具有冲突性的品质，这种冲突在但丁的《神曲》中得到了充分的体现。但丁在《地狱篇》中采用古希腊古罗马人文主义的价值观，高扬荷马、维吉尔、奥维德和他自己，称自己是古往今来名垂青史的"第六位诗人"。而到了《地狱篇》中，则又服从基督教的教义精神，跟随在第一层修行的罪魂队伍边上，忏悔自己的"骄傲"之罪，并继而长篇大论地批判尘世功名荣誉就像草地上的"露珠"那样不持久。最终将尘世的价值观调试到基督教的教义之下，归向谦卑之德。

至此，炼狱界的罪行体系类别和分层已经十分明确，为了更明了地把握地狱和炼狱的罪行体系关系，我们采用一个三方对照表来做个总结，如表 12 所示。

表 12 "德性—恶习—罪恶"对照

		由轻到重，递进上升						
归向天主	七善德／德性	节制	勇毅	正义	机智	信	望	爱
爱善不足	七恶习／罪宗	贪色	贪食	贪财	懒惰	愤怒	忌妒	骄傲
背离天主	七罪行／罪恶	贪色	贪食	贪财	愤怒	邪教徒	残暴	欺诈

地狱／炼狱之刑罚体系。上文我们在总论"恶"的界定时，提到基督教的教义观点是：恶本身可划分为"罪"与"罚"，并分析说"罪"比"罚"要更坏。

诚如我们在现实生活中，"罚"只针对个别的重罪，只能施加在那些被发现的罪犯身上那样，还有更多的罪和犯罪的人一般不会受到惩罚，因而可以说，犯罪不等同于受惩罚，犯罪要远远高于被罚的概率。一般的"人法"只惩罚远远低于道德水准的罪行，小罪或灵魂的恶习之罪是不会受到世俗法律的监控的，因此我们才需要上帝的永恒道德律令来补充"人法"的不足。

具体来说，地狱和炼狱界依据罪行类别来确定秩序即构成了"罚"的功能，这类似于我们现代法庭上宣判罪名成立即是构成了实际意义的"惩罚"一样。但丁关于地狱和炼狱之罚的原则和方式当然也是依据基督教的法则的，并且在此后的法律观念中，"量罪等刑"或"报复刑"（Contrapasso）被纳入后世的监狱体系中，成为一种常规的监管方式。简单来说，量罪等刑在《地狱篇》和《炼狱篇》中最为突出的表现形式就是将同类型的犯人纳入隔离或半隔离的特定区域内，由专门的狱卒监管，使用特别针对这种罪行的处罚方式来矫正他们的恶习。被监管的同类型罪犯全部都不具备隐私权，始终暴露在狱卒的目光下。地狱和炼狱的罪行采用的是同类标准，刑罚的方式也大致相通。

依照基督教的教义，罪与罚都是上帝正义的体现，也是上帝爱德的表现，因为如果不惩罚恶，就无法成全和肯定善德，设若地狱不存在的话，天堂就成了谎言。有罪当罚也是人性之善和追求正义之心的要求，即便是罪大恶极的人，也通常会在内心流露出忏悔服罪的正义倾向。阿奎那在详细分析有关罪的表现、分类和根源之后，分析了罪过应受之惩罚的原则和方式。其大致观点如下[①]。

（一）罪过的效果就是处罚本身。人与自然界的规则是相同的，违反正常秩序的罪行必定会身受其害，诚如中国俗语所说的"害人终害己""未伤人、先伤己"这类意思。罪过是违反秩序的行动，因而必受到秩序的压制，这压制

① 〔意〕多玛斯·阿奎那：《神学大全》（第 5 册），刘俊余译，碧岳学社／中华道明会 2008 年版，第 408—418 页。

就是处罚。罪过破坏三重秩序：违反理性，违反人的法律，违反天主的法律。因而犯罪的人受到三种惩罚：第一种由自己而来，即良心内疚不安；第二种是受他人的处罚；第三种是受天主的处罚。罪过本身即是其自身的处罚。天主处罚人是为了善，使人有警惕作用。犯罪所付出的劳力和所受的损失，自然使人避免犯罪。

（二）"量罪等刑"：处罚与罪过相等同。罪过有两个等次，一是永罚之罪，即背离上帝，此亦为"大罪"。二是暂罚之罪，即不当地归向于可朽之善，此亦称"小罪"。前者受损失之处罚简称"失苦"（poena damni），即永远不得享见上帝。后者受感受之处罚简称"觉苦"（poena sensus），且是有期限的。处罚与罪过在时间上和在严重性方面相符。永罚的罪过是由于与天主的正义之秩序相反且无法补救。

（三）特别情况说明：1. 非基督徒或宗教异端者不得救赎，因原罪或小罪受永罚之刑；2. 犯罪行为停止后，灵魂的污点依旧存在，仍应受罚；3. 主动归向上帝并积极补偿罪过者，可以解除意志方面的创伤，但灵魂的污染依旧存在，要以相反者加以治疗，直至涤净罪过为止。

上述原则是但丁地狱和炼狱中的刑罚之依据。归纳来讲就是"量罪等刑"（Contrapasso）的法则，按时间区分为永罚与暂罚，分别对应"罪恶"（大罪）和"恶习"（小罪），然后对应地狱和炼狱处所。需要特别说明的是非基督徒或宗教异端者一律入地狱；普通人的亡魂一律入地狱或炼狱受永罚或暂罚补赎今生之罪。受罚的方式是以"相反者"（contra）加以矫正治疗。但丁将这些原则以及上述的罪行／罪宗的体系分类原则统一纳入到地狱和炼狱的时空秩序中，以立体空间的方式和时间恒久或绵延的方式来形象化地展现"罪与罚"。因此，接下来我们就来分析地狱、炼狱的刑狱环境，并结合天国的秩序体系对比分析彼岸三界的时空体系，并探索时空体系既是形式又是目的／意义的双重性价值。

第三节 彼岸三界的居住环境
——托勒密宇宙论"四元素"说

按照基督教的教义，人的灵魂是由尘世有形世界中不可朽坏的特殊材料形成构成的。灵魂在离开可朽坏的肉体之后，即回到上帝指定的寓所。灵魂的归宿依据生前的德性来划分界域，并在不同的界域内按照各自生前的品性等级来安排位置。前面我们已经分析了品性等级的内在秩序和体系，这里我们要分析的是灵魂的质料状态区别，以及以此为依据设置的灵魂寓所的天文地理环境状态。

阿奎那在《神学大全》"论肉身复活的问题"中详细归纳论述了人的亡灵在来世的处境。他在开篇处采用亚里士多德的主张，认为："分离实体（substantia separata）的等级依据游动实体（substantia mobilis）的等级。"[1]（《形而上学》11：8）虽然人死后的灵魂并没有肉身的形式（forma），或者固定的动力（motor）；可是，却有按照灵魂尊贵等级的舒适度而配置的物体位置，就像是一种地方，按非物质空间的方式，让无形物（incorporale）寓居。越适居于高级空间者，越接近第一实体（substantia prima），即是天主，圣经宣称天为神的宝座（《依撒意亚》66：1，《宗徒大事录》7：49）。因此，我们主张那些完美地分享天主性（divinitas）的灵魂，住在天堂上；那些没有分享天主性的灵魂，住在与天堂相反的地方。

死亡之后灵魂立刻到达指定位置，不得擅离。正如物体有轻重，灵魂也有功过，使得灵魂得到赏罚，那就是灵魂立刻达到的目的地。灵魂如果没有受阻，

---

① 〔意〕多玛斯·阿奎那：《神学大全》（第17册），陈家华等译，碧岳学社／中华道明会2008年版，第3页。

一旦脱离肉体立刻到达自己的目的地。但是小罪有时候阻碍灵魂受赏，先应该加以净化，因此就势必延期飞升天堂。没有灵魂可以离开天堂或者地狱，他们暂时离开是上帝的意志使然，是一种"奇迹"，或者可以说是带有神圣目的的"显灵"。根据自然律（lex naturae）而言，上帝安排的就是最合适的。离开肉身的灵魂，都有天主指定的收容所，完全不与生者相互往来。因为按照自然程序（cursus naturalis）而言，那些活着的灵魂，他们的一切认知都来自感官，不能直接地与分离实体——亡魂交接。只有在上帝许可的偶然情况下，已离世的灵魂才能奇迹般地显灵给生者。肉身的光荣完全在于灵魂中，如同灵魂是肉身的根源一样。苍天（caelum empyreum）应该归于肉身已死的圣洁灵魂（anima sancta）。

灵魂离开肉体之后的能力，属于肉身欲望的一些能力，如觉魂（anima sensitiva，肢体触觉）和生魂（anima vegetative，营养性的，生长性的）会消失，而属于灵魂自身的理性思考和感受能力、感情倾向等继续保存。离开身体的灵魂保有智力部分的全部能力，不会减少。然而感觉能力的行为不再保存，人类靠肉身机能来感知的行为，绝不会留在亡魂上，或许以远根源（radix ramota）的方式留存在灵魂上。

在基督教的观念中，灵魂寓所有着特殊的空间位置。阿奎那运用亚里士多德的哲学来解释灵魂寓所的空间位置。在古希腊的词源中，关于空间处所之类的名词都是从"位移运动"（motus localis）转用而来的。正如位移运动指向特定的目的地那样，来自欲望和意志的灵魂运动行为各自到达的目标不同，这种不同的目标就是各自的住处。从对象方面来看，住处包括目的地的概念，所以赏报／刑罚的观念就是目的地。虽然天国或地狱只有一个，可是灵魂各自的品性级别和程度都不相同，因此有不同的住处。阿奎那打比方说："正如我们观察自然物，一切轻的物体上升向高处，可是愈轻的愈高，因而它们也有不同的住处，因为它们的轻重并不相同。"① 天堂的福灵越纯净的越轻盈，离上帝越近。反之，地狱的罪魂，罪孽越重者越下坠，直至地心。他又特别指出："那些在炼狱中，或者在灵薄（林勃）狱中的人，还没有到达自己的目的地。所以，在炼狱中，或者在灵薄（林勃）狱中，并没有不同的住处。唯有在天堂上和在地狱中，才有不同的住处，因为天堂与地狱是善人与恶人的目的地。"② 可见，灵魂的轻重是他们飞升或下坠的依据。

基督教的灵魂说是在借鉴和融汇异教灵魂说的基础上建立起来的。灵魂有重量的说法在古埃及神话中历史悠久。在古埃及神话中有对死者的判决和玛特女神称量灵魂重量的传说③，玛特女神是真理和正义的象征，又是法律的象征。传说审判的地方是一个叫作"双重正义之堂"的地方，中间放着一座巨大的天平，有两个一模一样的玛特侍立两侧。天平的一端站立着玛特或者玛特的象征一支鸵鸟的羽毛，另一端则放置死者的心脏。验证的内容是死者之心是否诚实，如果诚实则天平保持平衡，若是失衡则判决有罪，心脏被投入野兽口中，灵魂则下地狱受苦。

上述的神学教义构成了但丁《神曲》中构思和设置彼岸三界的居住环境之依据。打从旧约开始，《圣经》中的宇宙观都与上帝观保持一致，宇宙是上帝所创的，是实现上帝计划的一个场所。地狱的诞生是为了安置背叛的天使们，地狱是魔鬼们的流放之地。上帝先创造了亚当，然后专门为他安置了适宜的处所"伊甸园"，由此可以推论，先有目标或灵魂体的存在，后有对应的处所来安置这些生命，无论是天国还是地狱都是神恩的体现。地球是特别为亚当的后

① 〔意〕多玛斯·阿奎那：《神学大全》（第17册），陈家华、周克勤译，碧岳学社／中华道明会2008年版，第353页。

② 〔意〕多玛斯·阿奎那：《神学大全》（第17册），陈家华、周克勤译，碧岳学社／中华道明会2008年版，第354页。

③ 李永东编著：《埃及神话故事》，宗教文化出版社1998年版，第115—117页。

代人类所创造的，人类在尘世的作为决定着他们在来世的归宿。耶稣的诞生开启了炼狱之门，为尘世的罪魂提供了第二次修炼的机会。地狱、炼狱和天国的居住环境是上帝按照灵魂的质料差异来特别设计的，从这个意义上来说，人既是上帝的创造物，又是自己永恒命运的创造者。

从具体的天文地理和气候学方面来看，中世纪的宗教文化广泛采纳了当时与神学观念不冲突的自然科学和哲学的成果。阿奎那的《神学大全》中十分明显地采纳了各种学科的知识。有关"天国来世"的物候环境和地理位置的问题，阿奎那主要运用了"亚里士多德—托勒密宇宙论"（简称为"托勒密宇宙论"），其中最核心的内容是古希腊宇宙哲学中的"土、水、火、气"四元素说。

托勒密宇宙论认为整个宇宙是完美的、有限的空间，做秩序和谐的循环运动。地球处于宇宙的中心，固定不动，外围有数重透明的天，分别包裹着地球和绕地球运行的七颗行星和恒星，每一重天体都有特定的轨道和运行周期，这是有形宇宙。根据古希腊的宗教信仰，哲学家们相信在有形宇宙之外还有"神"的存在，这又构成了概念宇宙。中世纪的诗人们将古希腊古罗马哲学、神话和英雄传说等文化因素融合进了托勒密的宇宙论，而基督教神学家们（如奥古斯丁、阿奎那等）又给宇宙体系论添加了基督教神学教义，从而使托勒密的宇宙论变成基督化了的宇宙观。

基督化的宇宙观突出尘世与天国的对立。尘世是被创造的，是流动、可朽坏的、不持久不稳定的；天国则是本原的，是永恒与秩序的表征。亚里士多德从物理学角度论证宇宙是永恒存在的，这与基督教的教义相抵触，因而柏拉图的理念宇宙观被引入。柏拉图在《蒂迈欧篇》中描述了一个由"神"创造的完美永恒的圆球形的宇宙。神学家和基督诗人在地球的中心添加了基督教观念中的地狱。根据希腊传统，在宇宙生成之前存在混沌和无序的物质状态，而基督教中的宇宙是上帝从虚空混沌中创造出来的。这两种传统存在着某种张力。

中世纪宗教化的宇宙观以月亮为分界线，称为月上世界和月下世界。月上世界有七颗行星和恒星，恒星天外是神的寓所。月下世界是人类居住的地球，属尘世范畴。

七颗行星围绕地球旋转，它们又被恒星天的运动带动。恒星天的运动方向与七颗行星的方向相反。在恒星天外是神和天使掌控着的原动天，原动天是诸天运转的动力来源。

原动天始终由东向西旋转，旋转一周需 24 小时，其他各重天都由西向东旋转，旋转的周期各不相同。根据 16 世纪的一幅宇宙图，月亮需 28 天，水星 1 年，金星 1 年，太阳 1 年，火星 2 年，木星 12 年，土星 30 年，恒星天 1000 年，水晶天 49000 年。[①]

月亮天到地球之间的区域是有形宇宙的底层区域，被认为是晦涩沉滞的"尘世"。尘世万物由"土、水、气、火"四种元素构成。四元素说在古代欧洲源远流长，被历代哲学家沿用。在文学领域内，古罗马诗人奥维德在《变形记》的开篇讲述了天地开辟的神话传说，诗中描述道："属火的轻元素上升而为天穹，在最高的所在觅到了自己的安身之处。其次，就其轻重和位置而言，轮到空气。大地比这些都重，它的元素粗大，因此它自身的分量就使它落到底下。回转游动的水在最低的地方，把坚实的陆地包围住。"[②] 按照托勒密的天文学，地球是土，外围是大气层，气的外围是火焰层。

奥维德认为最早提出四种元素说的是毕达哥拉斯，诗中以毕达哥拉斯的口吻讲述宇宙不断轮转变化的方式。他说永恒的宇宙由四种元素构成，其中土和水因为有重量就沉落到下面，气和火升到上面。这些元素彼此相互作用，不断

① 胡家峦：《历史的星空：文艺复兴时期英国诗歌与西方传统宇宙论》，北京大学出版社 2001 年版，第 29 页。

② 〔古罗马〕奥维德、贺拉斯：《变形记诗艺》，杨周翰译，上海人民出版社 2016 年版，第 22 页。

转化。"土若溶解，就会稀薄，变成水；再稀薄，便由水变成风、气。气已经是很稀薄，若再失去它的重量，便跃而为火，升到最高的地方。反之亦然，火若凝聚即成浊气，浊气变为水，水若紧缩，就化硬土了。"①

　　毕达哥拉斯的门徒恩培多克勒（约公元前 495—前 435）继承和发展了毕达哥拉斯的学说，后世多认为他是第一个在宇宙论方面明确提出"四种元素学说"的哲学家。恩培多克勒认为宇宙是由"土、火、水、气"四种基本元素构成的，它们以不同比例混合起来，构成了世界上形形色色的不断变化着的复杂物质。四种元素的转化关系取决于原初的"爱"与"斗争"（也被译为"恨"），在希腊神话中多以"爱神"阿芙洛狄忒（Aphrodite）和"战神"阿瑞斯（Ares）来表征，前者催情繁衍，后者嗜杀成性，他们却是情侣关系。物质是暂时性合成的实体，被爱结合起来，又被斗争分离开来，唯独爱与斗争和四种元素是同一级别的永恒性的原始物质。恩培多克勒认为物质的世界是一个球，"曾经有过一个黄金时代，那时爱是完全胜利的。在那个黄金时代，人们只崇拜塞浦路斯的爱神"②。恩培多克勒抛弃了宇宙一元论，认为世界上的一切变化并非受某种目的所支配，而是被"机遇"与"必然"支配着，世界在一种循环当中存在着："当各种元素被爱彻底混合之后，斗争便逐渐又把它们分开；当斗争把它们分开之后，爱又逐渐地把它们结合在一起。"③ 这种学说被基督教变形之后运用到宗教宇宙论中，"爱神"的世俗爱欲被上帝／耶稣的精神之爱所取代，"战神"的嗜杀摧毁性力量由反叛的憎恨之情取代。

　　古希腊宇宙论一般认为四种元素分为四质层，土最重居于底部，水在土上流淌，气、火在空中。亚里士多德改进了前人的学说，他认为四种元素是由宇

---

① 〔古罗马〕奥维德、贺拉斯：《变形记诗艺》，杨周翰译，上海人民出版社 2016 年版，第
　 412 页。
② 〔英〕罗素：《西方哲学史》（上卷），何兆武、李约瑟译，商务印书馆 2006 年版，第 86 页。
③ 〔英〕罗素：《西方哲学史》（上卷），何兆武、李约瑟译，商务印书馆 2006 年版，第 86 页。

宙间的冷、热、干、湿四种素质构成的。四种元素的生成根据是四种素质的四种可能的组合：干热、湿热、干冷、湿冷。如此一来形成了两种类别的对立关系：四种素质中热—冷、干—湿是对立物，在四元素中，水—火、土—气是对立物。对立物既互相排斥又互相联系，在四素质的推动作用下，四元素发生互相转化的现象。如图 7 所示。

图 7　四元素与四素质的内在关系[①]

古希腊的柏拉图和亚里士多德都认为月下世界是变化多端的，而月上的宇宙天体则是永恒不变的。柏拉图认为月上世界的四种元素分布得十分均匀，而月下世界则不然。因而还有人认为月下世界的气是混浊而浓重的，离地球越远，大气就越明亮纯净。亚里士多德提出月上世界的天体是由以太（Ether）构成的，与四种元素本质不同，是第五种元素[②]，这种说法更为普遍。总而言之，古典时代的宇宙论都认为月上世界是恒定的、超自然的、神秘的、不会产生变化。地球本身是污浊的，越到中心就越混浊，因而地狱设置在地球内核深处。

① 胡家峦：《历史的星空：文艺复兴时期 英国诗歌与西方传统宇宙论》，北京大学出版社 2001 年版，第 41 页。
② "第五元素"来自〔古希腊〕亚里士多德：《天象论宇宙论》，吴寿彭译，商务印书馆 1999 年版，第 36 页。

根据古希腊的宇宙论和四元素（或五元素）说，中世纪的基督教对宇宙星球制定出等次分明的秩序体系，以此安置不同级别的灵魂。"首先是七颗行星，其中太阳居中，犹如君王，统辖其他六颗行星。太阳上方的火星、木星和土星称为优等行星；太阳下方的金星、水星和月亮称为劣等行星。其次，最远的是恒星天，有人称之为太空。最后，在恒星天外面是'原动天'，是由坚硬物质构成的'宇宙的外壳'。"[①] 中世纪神学家在恒星天和原动天之间又加上一重水晶天（意思是澄澈透明、晶莹剔透），构成了十重天的圆满数目。在《神曲》中，水晶天等同于原动天，而第十重天是上帝的寓所。在《天国篇》第27章中描述水晶天每一个天使都渴望轮流接触上帝的光辉，因此产生出眩晕的动感，这种运动带动了诸天，因而水晶天又名"原动天"，是旋转速度最快的一重天。

　　综上所述，中世纪的基督教宇宙论将宇宙大致分为月下世界，即由土、水、气、火四元素构成的基本世界；天界，包括七颗行星天、恒星天、水晶天／原动天和上帝寓所。天界中的有形宇宙区域，即排除上帝和原动天天使层圈之外的八个天体层，是由第五元素构成的。"第五元素充塞于宇宙间的外圈，为造成诸星体（恒星与行星）的材料。这一外圈的底层为月球运行的一个层天（轮天）。最外层为恒星天，日行的黄道轨迹，在月层与恒星层之间。"[②]

　　《神曲》中三界的位置和天文地理居所环境的依据就在于阿奎那的神学教义和托勒密宇宙论的"四元素"质料说和"高下清浊"宇宙天体等级秩序说。下面我们结合《神曲》中的具体描写来分析人类灵魂离开肉体之后的居住环境。《神曲》采用通俗易懂的白描手法，使用最凝练浓缩的词句绘声绘

---

① 胡家峦：《历史的星空：文艺复兴时期英国诗歌与西方传统宇宙论》，北京大学出版社2001年版，第46页。

② 〔古希腊〕亚里士多德：《天象论宇宙论》，吴寿彭译，商务印书馆1999年版，第36页。

色地描述了三个灵魂世界的鲜活场景。但丁使用了"移步换景"和"蒙太奇"①的艺术手法，大量运用互文手法和典故，创造出蕴含天地万物的"小宇宙诗学"（amicrocosmic poetics）②，其诗歌内蕴无限丰富，场景目不暇接。因此我们无法逐一介绍所有场景，只选取三界中最具代表性的环境特征进行分析，即地狱谷的地质环境、炼狱山的气候特征和上帝的天体交响乐模式。

一、地狱谷的地质环境及其文化内涵

地狱的概念是从旧约时代的"阴间"和古希腊古罗马神话传说中的哈得斯（Hades）或普鲁托（Pluto）的冥府发展而来的。《旧约·创世纪》中有关于平面宇宙模型的生动描述③，以色列人的阴间是在陆地中央的地底下，形似一个封闭的谷地，再靠下则是深不可测的"深渊"，是无生命区，靠"地柱"支撑着大陆架。而在古希腊传说中，哈得斯与宙斯、波塞冬三天神兄弟三分天下，宙斯掌管天界、波塞冬掌管海洋、哈得斯则掌管地府。地府在阴森黑暗的地底下，是阴魂们的归宿。在希腊传说中还有宙斯将反对他的提坦巨神打入地狱最深处塔尔塔路斯（Tartarus）的传说，塔尔塔路斯是一个由铜墙铁壁包围着的环形

① "蒙太奇"：法语 montage 的音译。原义为构成、装配，用于电影方面，有剪辑和组合之意，是电影艺术的重要表现手段。在电影创作中将内容分为不同的镜头分别拍摄，再按照原定构思剪辑组合分散的镜头，使之产生连贯、呼应、悬念、对比、暗示、联想等作用，从而形成有组织的片段、场面，构成一部完整的影片。详见：胡钟才、李文方编著：《简明摄影辞典》，黑龙江人民出版社 1984 年版，第 342 页。

② "小宇宙诗学"来自《时间与水晶——但丁的石头诗韵律研究》，见：Robert M.Durling and Ronald L.Martinez：*Time and the Crystal：Studies in Dante's Rime Petrose*，Berkeley Los Angeles Oxford,University of California Press,1990,p.3.

③ 以色列人的平面宇宙图见附录 10：旧约时代的宇宙观——"阴府"位置图。

井状的监狱，没有任何通往外界的出口，是一个死寂的囚室。古希腊古罗马的传说经过维吉尔的《埃涅阿斯纪》加工之后，形成了一个比较系统生动的地狱地形地貌图景，但丁的"地狱"将维吉尔的说法都移植进来，并且将旧约的阴府概念从基督教教义中的"林勃狱"（Limbo）界定中采纳进来，综合在一起，形成了但丁的综合"地狱"。

在基督教教义中，地狱是真实存在的，位置在地底下。刑罚方式是"失苦"（永远不得享见天主）和"觉苦"（灵魂的感触能力），使用的刑具是"大火"和虫子。阿奎那论述"恶人在公审判后所受的刑罚"这个问题的结论是但丁地狱的设置依据。但丁将审判之后的刑罚提前在地狱中执行。阿奎那认为火是最难以忍受的，主动力又强。所以，火指一切非常剧烈的痛苦。地狱和炼狱都使用火刑，但是炼狱的刑罚主要不是为了处罚人，而是为炼净人，因而炼狱大火是暂时的。而地狱则不同，地狱受罚的人将经由酷热到严寒，丝毫没有喘息的余地。因为外力带来的痛苦，并不因为肉体的自然转变而受影响，"属神的作用将使感觉之物影响感觉，如同被感受一样；并不是这些形象的物质之物，而是这些形象的精神之物使器官感受"[1]。未来世界在审判之后焕然一新，不再有生生（generatio）息息（corruptio），所以那些使恶人受苦的虫子不是物质的，而是属神的，即是良心不安（remorsius conscientiae）成为虫子。因为虫子是生自罪的腐化，也使灵魂受苦，如同腐烂的身体所生的虫子，啮噬人产生痛苦一样。

《圣经》文学、古希腊古罗马神话传说和文学、基督教神学的教义这三者融合在一起，汇聚出关于"地狱"景象的丰富材料。但丁的价值就是将这些丰富多彩的内容纳入一个严密的形式体系中，以严谨科学的方式将"传说"幻化

---

① 〔意〕多玛斯·阿奎那：《神学大全》（第17册），陈家华、周克勤译，碧岳学社／中华道明会2008年版，第416页。

为"真实不虚"的"地狱变相图"。[1] 但丁是写景塑影的圣手，就像拍摄电影一样综合运用各种"聚焦"方式来描写景物。一般规律是按照时间和行程轨迹次序，依次采用先从远处／外部轮廓概观，继而近处"声、香、色、味、触"感官印象，再次是局部细节写真，接着回顾对比相似或相反的场景，最后是渐进式扩大对比范围。在《天国篇》中将前面的地狱、炼狱场景尽收囊中，形成环环相扣、层圈延展的方式来归并所有的场景。这种方式既保证了整体的对应性，也构成了自身的意义，对比描述本身就是《神曲》隐含的一层特殊文本意义，从对比中更能呈现人类旅途方向的重要性。

地狱就是在这些背景中诞生出来的。具体来说，但丁的地狱是从丰富多彩的古代文化和中世纪宗教文化中脱胎出来的一个史为形象鲜明的"独立体"，以至于后世不少基督徒都将但丁《神曲》中的地狱当作基督教教义中真实的地狱，但丁成了显现地狱实景的艺术家。按照《神曲》的描述，"囊括全宇宙罪恶的地狱"是个"宇宙级别"[2] 的刑狱处所。但丁时代的全球地理知识受时代局限，普遍认为北半球是漂浮在水面上的陆地，南半球是浩瀚的海洋。他依照旧约时代的地理观念将地狱设置在北半球的中心圣城耶路撒冷的地底下，是一个巨大无比的深渊，从地面直达地心，大致轮廓形似古罗马圆形剧场，也似一个漏斗的形状。

但丁是个建筑造型的专家，非常注重构图的对称性和宇宙空间的平衡性。地狱的设置通过撒旦的典故与炼狱构成对极，并且串联为一个有着隔离地带的整体。如图 8 所示，整个地球分为南北两个区域，南半球为"水半球"，矗立着一座孤峰"炼狱山"，是洁净的地带，正面朝向上帝的天国。北半球是陆地，

---

① "地狱变相图"一词借鉴中国佛教文化中的"地狱变相图"，两者有共通之处。
② "宇宙级别"的说法是由于但丁地狱中幽禁的阴魂不仅仅是古往今来的所有人类，刑狱核心人物是第一个反叛上帝的大天使，此外还包括异教的各色神灵或鬼怪，比如反叛宙斯的提坦巨神族。

地上部分是尘世活人的领域，也是上帝放逐亚当的子孙们的流放地，地下部分是"地狱深渊"，是永恒囚禁罪魂和反叛天使 / 众魔鬼们的场所。北半球正上方背对着上帝的方向。地球内部约 1/6 的区域为地狱领地，地心朝下 / 上曲线盘旋的路径与炼狱相连。这是地狱在宇宙空间中的坐标位置。

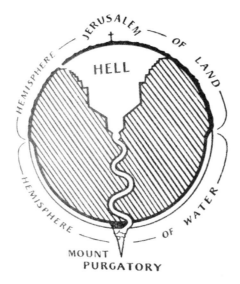

图 8 　《神曲》中的地球水陆区域、地狱—炼狱剖面 [①]

　　地狱内部概观。首先来看光影效果：依据《圣经·创世纪》的说法，上帝创造了光，把光与暗分开；又创造了日、月，分别负责白昼和黑夜的照明。也就是说，地球上不存在绝对无光的黑暗之处。地狱是罪魂的刑狱之所，应该是"光线暗哑、晦暗阴沉"的地方，却并非无法识别的黑暗混沌状态。地狱使用类似"月亮"的光影效果，并且随着地狱层级的延伸，黑暗和浓雾程度加深，以至于角色但丁出了地狱之后，满脸污浊的尘灰，需要用露水净化。地狱的这

---

① 图片来源：Dorothy L. Sayers：*The Comedy of Dante Alighieri the Florentine Cantica I:Hell*，Harmondsworth:Penguin Books,1949,p.70.

种阴霾状态神似如今工业污染造成的"雾霾"气象环境。

《神曲》中的这种光影效果也有明确的经书依据，阿奎那曾明确指出地狱的情况极符合恶人的不幸。地狱的光明与黑暗，与恶人的不幸有关。视觉是最令人愉快的。正如哲学家（亚里士多德）在《形而上学》（1：1）所说："视觉是极为值得爱惜的，因为我们因视觉而认识种种事物。"[1] 可是，视觉也会使人产生痛苦，因为我们可以看见那些让我们受害的景象。地狱应该是可以看见光明与黑暗的地方，不能清晰地而只是在阴影[2]下，可以看见使人心痛的一切。地狱是黑暗的地方。天主安排地狱有光线，足以使恶人彼此看见灵魂痛苦之情景。地狱的自然位置能满足这种要求，因为据说地狱位于地球的中心，那里有灼热、污浊、浓烟和烈火。有些人也主张，恶人的身体堆积如山是形成黑暗的原因，如此众多的恶人填满地狱，让地狱毫无立锥之地。

其次是地狱的空间范围数据，即地球的半径就是地狱的深度，前面我们曾提到过这个数据。但丁在《神曲》中用具体的数字来标识地狱第八圈的第九恶囊，一圈有 22 英里，第十恶囊是 11 英里。据此意大利学者推算出《神曲》中的地球半径为 3245.4545 千步[3]，约等于 5223.126 千米，跟现代测算出来的半径 6371.004 千米虽然有数据出入，但也算得上是个精确的数字。这是一个重要的参照数据，按照对比的方式来看，地狱之门敞开，进口是非常宽阔的，越往下越狭窄，因而罪魂们的空间就越拥挤。旅人但丁入地狱的时候，下层地狱已经人满为患了，可是人类死亡的亡灵人数还在不断攀升，下地狱是从"宽

---

① 〔意〕多玛斯·阿奎那：《神学大全》（第 17 册），陈家华、周克勤译，碧岳学社／中华道明会 2008 年版，第 419 页。

② "阴影"一词既是地狱的光影效果，也是但丁指代地狱灵魂的专用名词。原文"Umbra"，英文为"Shadow"（阴影／影子），中文译为"灵魂"或"阴魂"。

③ 数据来源自《神曲》插图：Antonio Manetti di Tuccio Manetti（1423—1497）：*The Chamber of Hell*, 1506. Current location: Ithaca, New York.

阔大门"进入"立锥之地"。这正好也跟阿奎那的说法形成了对照关系。

最后是地形概貌，这个方面历来是《神曲》译本必备的一部分插图，由于这类插图或绘画材料太多，我们这里仅选取一幅由意大利现代艺术家托西·马西莫（Massimo Tosi）设计的彩色插图"地狱图"[①]来展示地狱的地形和地质概貌。托西·马西莫的插图使用现代工艺，用不同的颜色来标识不同的地质层圈，譬如地狱冰湖使用冰块的颜色，而其他部分用岩石土色，一眼即可区分不同的地质特征，侧重自然科学的立体质感。地狱篇的地形概貌研究者众多，中文译本中也有具体的说明，暂时分析到这里。下面我们进入另一个层次来分析地狱的地质地形构造，即从"土、火、水、气"四元素说和"冷、热、干、湿"四素质说来概要性整体分析地狱内部的自然环境布局。

地狱虽然是专为"灵魂体"设置的非地表自然环境的处所，但是因为灵魂乃是"人类"的灵魂，保留着尘世人类的各种记忆和感知系统功能，且位置是在以耶路撒冷城为中心的地底下，那么自然环境必然也需要依照灵魂生前的认知系统来设置。地狱并未离开地球，依然使用地球的元素来构造，然而又因为地狱在地底下，地表的物候环境消失了，只剩下纯粹的"四元素与四素质"依据高低位置的不同互相组合而成的地理环境，又因为地狱乃是上帝刑罚之所，必然要加入特殊的元素即"地狱大火"。

依照基督教的基本教义，罪恶应该被烈火焚烧以彻底根除。阿奎那认为：地狱的烈火是上帝安排的，尽管按照火的天然性质，火焰不应该在自己应有的次序[②]之外。地狱的烈火却有最大的热度，因为它的热度是从各方面汇集起来

---

① 插图见附录 11：地狱构造地形图。来自 University of Virginia "但丁的世界"：http://www.worldofdante.org/maps.

② 中世纪的宇宙论沿用了亚里士多德《天象论》中的月下世界圈层划分方式，地球为土和水圈，向上是气圈（风圈），再向上是火焰圈，火焰圈上则是月层天。来自〔古希腊〕亚里士多德：《天象论宇宙论》，吴寿彭译，商务印书馆 1999 年版，第 37 页。

的，地的冷度从各方面包围着它，就像是一个天然的大熔炉一样。地狱的烈火应该是有形的，但是阴魂受苦与火的本体无关而与效果有关。神的功能使烈火成为惩罚恶人灵魂的工具。这工具的能力却不能伤害无罪的人，这是天主正义的安排。正如同火窑中的烈火，合乎工匠设计的效果一样。根据这些元素安排，但丁的地狱呈现出规律的地形地貌，以固体元素土和水为根基，火居中充塞大部分空间，阴风"轻气"和雾霭浓烟"浊气"上下分层笼罩着不同高低位置的层圈，各圈层的地貌依次根据干冷、湿冷、湿热、干热／灼热、湿冷、干冷／酷寒的性质形成对应的水土地貌。

先来分析"水"和"土"的关系，这是地狱构造的物质基础。土地是人类生存的根基，而水则象征着生命之源，有水的地方才有文明。在古代历史上，人类文明的起源都与河流有关，比如"黄河文明""长江文明"这一类的说法。因而，水在土地上所起到的作用附带有划分"疆界／区域"的作用，"水土"一词也指代某个特定的乡土区域，这是一种世代传承的民俗文化。只是到了现代，大自然的山水分界法被人为的行政分区法取代。地狱中的土和水是有形物质元素，土是一个整体固态结构，而水则分为三条界河，第三条界河向下流淌时还形成一个瀑布，一个地狱冰湖，共四个部分。但丁曾在论文《论水与土》中论述过天下水源也是一个整体，有着共同的源头，呈发散型向四周流淌，最后归入大海。但丁《神曲》中的"水土"问题，有学者①进行过详细的论证解析，有关"水"的问题，其文章是以"克里特老人"（见图9）的典故为核心进行论述的，这是对但丁在《神曲·地狱篇》第14章中使用的自我解答的延伸和阐释。

在地狱第14章中，维吉尔解释地狱四条河来自克里特岛的一个"流泪的山中老人巨型塑像"，它是人类历史分期的图像象征。三条界河和一个冰湖形

① 朱振宇：《〈神曲〉中"水"与"土"》，《海南大学学报（人文社会科学版）》，2015（3）。

成了地狱分层分区的特殊地标，同时它们各自本身都是不同类型罪魂的刑罚工具。撒旦背叛导致北半球地底土地流失，造成了地狱的空洞，并且因为耶稣基督的震怒而产生了岩层断裂，形成了极端险峻的峭壁悬崖地形地貌。

The Old Man of Crete, Inferno 14. Invenzioni di Giovanni Flaxman sulla Divina commedia, illustrated by John Flaxman and Beniamino del Vecchio, Rome, 1826. Giamatti Collection: Courtesy of the Mount Holyoke College Archives and Special Collections.

图 9　克里特岛的山中老人 [1]

　　地狱水土结构定型之后，地狱大火的位置就确定了下来，根据前面的介绍，地狱大火依据基督教教义由上帝设立在地狱中间地带，这样可以形成一种类似"熔炉／火窑"的效果，剩下来的具体分区就层次分明了。按照从上到下的次序，依次是地狱第一层圈林勃狱，这是一个特殊的"候判所"，根据基督教教义的解释只受"悬置"不得享见天主的惩罚，不受"觉苦"，因而是一片"光明特别区"，不列入严格意义上的地狱范畴。第二色欲层圈，使用"干冷"飓风和岩石地质结构，灵魂们卷裹在狂风中不断冲击悬崖峭壁，以此来涤荡他们在尘世狂热的爱欲之火。第三贪吃层圈，使用"湿冷"天象和地貌特征，天空中雨雪冰雹永无止境地倾泻而下，地面上泥泞污秽，散发出恶臭气息，贪吃的罪魂们浸泡在污泥浊水中。第四贪婪／贪财层圈，这里的刑罚独立于自然环境，

① Richard Lansing: *The Dante Encyclopedia*, New York: Routledge, 2010, p.659.

使用了强迫性质的活动原则，就是"胸推巨石"，吝啬和挥霍钱财的人分为两个环形队列，面对面循环推动大石头，相遇时就互相指责攻击，周而复始。第五愤怒层圈，使用"湿热"或"黏滞"的地貌特征，是一个过渡地带。由于接近第六层圈的地狱大火区，地狱的第二条河斯提克斯逐渐变成了沼泽地，愤怒者的罪魂在沼泽中互相残忍厮杀。第六层圈使用"干热"烈火原则，这是无可争议的宗教异端法定刑罚方式。第六层圈以下的地界，属于暴力和欺诈层圈，情况变得越来越复杂，地形地貌则越来越险恶可怖，并且从第七层圈开始，所有的罪魂们在天然的刑狱地貌特征之外，增加了鬼卒们的监管，并被鬼卒们施加不同种类的残酷私刑。

地狱第七层圈划分为三个小层次，使用"湿热"渐趋"灼热"的原理，斯提克斯河从沼泽状态汇流进入七层第一环时变成了沸腾的血湖，生前嗜杀同类的罪魂们在血污中受着蒸煮之刑。第二环同第四层圈一样使用了特殊的配置原则，让自杀者化身为黑色的荆棘灌木。第三环则是"灼热"地带，天空降下火焰雨，地上是滚烫的沙地。地狱第八层圈开始出现渐趋变冷的状态，呈现出第五层圈的泥沼地貌特征，按照罪的类型划分为十恶囊。由于地狱的总体构造是随着位置的下降，层圈的半径直线锐减，呈圆锥形，因而第八层圈由于上层地狱层层堆积下来的泥污和罪魂们的污浊气息，变成了如同人体"肠道"一般的污秽环境，越向下就越肮脏，越接近直肠部位。关于地狱第八层圈十恶囊的具体情况不再一一罗列，十恶囊的具体刑罚方式参见本书附录8"地狱分析表"。最后是地狱第九层圈——寒冰地狱，这里是河流的尽头，是背叛恩主、谋害血亲、叛卖宾客者的集结地，他们的灵魂丧失了最为基本的人伦温情，寒冰地狱正吻合了他们的亡魂性质。至此也完全吻合了阿奎那的地狱"觉苦"说，即前面我们提到的，阿奎那认为地狱的觉苦应该经历从烈火到极寒的过程，呈现出人类触觉对外界感知的极限痛感范畴。

上面我们大致归纳了但丁《地狱篇》中的地形地貌设置原理及其对应的层

圈实体情况，从整体而言，但丁所使用的原则从各种角度来看，都有明确的宗教神学依据。除了我们上述分析的层面之外，在《旧约》中，有大量的描绘以色列人因罪触犯上帝，上帝震怒降下天灾战祸惩罚他们的神话或历史故事，"智慧果""诺亚方舟""索多玛城的覆灭"这些典故都是以"自然惩罚"的方式来惩戒人间罪恶。这是上帝"永恒法"的一种表现方式，除去那些地狱魔鬼和炼狱山的天使之外；但就刑狱自身来看，《神曲》贯穿着自然天罚的律法特征，这是人为监狱体制形成之前所普遍存在的宗教文化和民俗文化观念。中国有学者对比了儒家"天谴"道义历史观和基督教的"降天灾"上帝审判手段的共通之处①，对中古时代中西不同文化背景下的类同价值观进行了有意义的剖析，其研究成果有助于我们拉近与基督教异质文化的距离。

在种类繁多的《神曲·地狱篇》导读性绘本当中，艺术家们以各式各样的技法将地狱的阴森可怖绘形绘色地传达出来，以至于读者普遍认为地狱是一个惨烈的酷刑场，但丁导演了一部"惊悚恐怖"的电影。美国学者艾莉森·摩根在《但丁与中世纪来世》一书中展示了很多幅中世纪关于地狱刑罚的教堂壁画或手绘本宗教插图②，但丁的诗篇不以宣扬恐怖和暴力为目的，相比较而言但丁在《神曲》中所沿用的刑罚并未超越当时已有的社会流行说法。在后世的一些资料记载中，中世纪的刑罚跟中国古代的酷刑种类不相上下，极尽肉体摧残之能事。就宗教文化而言，中国的佛教有著名的"地狱变相图"这类绘画艺术作品，民间流传的佛教地狱有十八层，是《神曲》中的两倍，十八层地狱中的刑罚更是古代肉刑酷刑的大荟萃，惨不忍睹，但丁的"地狱变相图"远远逊色于佛教的"地狱变相图"。总的来说，地狱的刑罚，因为天主的正义与仁

① 乔飞：《"灾异遣告"与"上帝审判"：儒耶比较视野中的权力超验制约》，《河南财经政法大学学报》，2016（4）：127—145。

② Alison Morgan：*Dante and the Medieval Other World*，Cambridge University Press，1990，pp.11-45。

慈，在强度上不可能是无限的，因为受造物不可能承受无限的性质（qualitas infinita），但是这种刑罚至少应该是无限持久（duratio）的，是时间性和空间性合二为一的刑罚。

二、炼狱山的气候特征及其文化内涵

炼狱的存在问题。"炼狱说"的教义在基督教历史中存在着长期的争端，东罗马帝国的"东正教"教义中并不存在炼狱教义，炼狱说只属于西欧天主教范围内，并与教会人员贩卖"赎罪券"交易联系在一起，以至最终成为新教宗教改革的导火索，这些历史问题都是但丁的身后事。天堂、地狱在古代地中海文化圈，或者再更宽泛一些，中西方不同民族国家在古代文化中都出现过类似天堂、地狱的说法，原始的宗教信仰中存在着共通的想象母题。相应地，"炼狱"也并非中世纪基督教父们创造出来的一个全新概念，早在古希腊神话传说时代，古希腊哲学的"前苏格拉底哲学"时期有关灵魂轮回的宗教观念中就产生了"纯洁"灵魂的奥尔弗斯教[①]，后经过毕达哥拉斯派的改造发展成为希腊宗教哲学的重要成分，又经过苏格拉底和柏拉图的发展成为希腊哲学的一个基本研究命题。柏拉图在灵魂说中明确指出人死之后灵魂的命运："善者升天，恶者入地狱，中间的则入炼狱。"[②]有学者分析考证："西方人的这种灵魂观念（奥尔弗斯教灵魂观），后来在晚期希腊罗马世界，经过斯多噶派和新柏拉图主义的发展，与基督教从犹太教分离出来的运动相结合，成为基督教教义的基本内容。圣父、圣子、圣灵同人的灵魂相联系，拯救人类主要指的就是拯救人的灵

---

① "奥尔弗斯教"的相关教义和灵魂轮回"净化"教义详见〔英〕罗素：《西方哲学史》（上卷），何兆武、李约瑟译，商务印书馆 2006 年版，第 40—49 页。

② 〔英〕罗素：《西方哲学史》（上卷），何兆武、李约瑟译，商务印书馆 2006 年版，第 188 页。

魂。"① 这就是基督教灵魂观的基本思想。

阿奎那的《神学大全》对长期以来存在的"炼狱说"争端问题进行了专门的厘清，在最后一卷的"附录一：论炼狱"② 中，专门补编了炼狱存在的各种知识。他解释说一个在基督内的人，如果在今生没有洗净自己的罪过，则能在死后，借着炼狱的烈火净罪。为亡者献祭，是为叫他们获得罪赦，这是整个圣教会的道理。此处所指的对象无疑是炼狱的人，凡反对教会权威的，都陷入异端。

炼狱的位置之争。阿奎那认为根据基督下降到地狱的说法，炼狱与地狱是在相同的地方，或者就在地狱附近。圣经并没有明确提到炼狱所在之处，不过圣师的教导和许多人受到的启示却非常一致，炼狱的地方共有两处。一是根据普通法（lex communis），炼狱在地狱中地势较低的地方。所以相同的烈火惩罚地狱的恶人，也炼净善人。虽然按理说，恶人应该住在地势低的地方。二是根据个人的功过在各自配置的地方，就是在不同的地方受罚。也有人认为，根据普通法，炼狱就是人犯罪的地方。这似乎不可靠，因为人可能在很多地方犯罪，却不可能同时为这些罪受炼净。还有主张，根据普通法，炼狱灵魂高于我们所在之地，因为炼狱灵魂的状态介于我们与天主之间，可这也不可能。炼狱存在的根据是因为罪过，这不应该成为亡魂的优越性。

炼狱的刑罚。炼狱的刑罚有两种：一是失苦（paena domni），使灵魂迟于享见天主；二是觉苦（paena sensus），使灵魂受有形之火的苦。因此，炼狱最小的刑罚也超越现世的最大刑罚。因为在今生之后，神圣的灵魂盼望至善的爱情最为炽烈，因此迟见天主是最为痛苦的刑罚。灵魂的痛苦不是身体触

① 陈鹤鸣：《但丁〈神曲〉宗教灵魂观念探源》，《外国文学研究》，1998（3）：22。

② 〔意〕多玛斯·阿奎那：《神学大全》（第17册），陈家华、周克勤译，碧岳学社／中华道明会2008年版，第459—474页。

觉的伤害，而是心意识层面的痛苦煎熬。炼狱烈火的本体是永恒的，但是炼狱烈火的惩罚是暂时的。炼狱之刑的主要目的，却是炼净余剩的罪过，并非惩罚。唯有火刑才可归于炼狱，因为烈火有炼净和焚毁的功能。炼狱大火的高度，以洪水^①所能达到的最高处为标准，这就是说炼狱大火的位置是群山之巅的高度。烈火只可以焚毁那些来自混合元素的不洁物质，而不能净化元素，使之从可朽坏中得到净化。混合元素的不洁区域主要位于地球的四周，直到空气的中间点，因此，世界的烈火将净化这部分空间。这也是洪水所能达到的高处。

炼狱的刑罚是出自自愿的。人在现世立下的善行功绩，可以使他获得在炼狱消弭罪过的机会。现世之后，人不可能立基本赏报（praemium essentiale）的功劳，但可能立偶然赏报（praemium accidentale）的功劳，只要人的处境仍在过程中，犹如旅人的状态，人就可能有得以赦免小罪的功劳行为。凡欠债的人，一旦偿清债务，就获得自由。炼狱中的罚能够净化罪过。炼狱中的灵魂，有些受更长时间的苦，是因为他们更乐于沉溺在他们尘世的小罪中。刑罚的苦涩程度取决于罪过的严重程度，可是刑罚的时间长短，却是取决于犯罪者陷入罪过的程度，所以，受苦少的灵魂可能受更长时间的苦，反之亦然。

大罪入地狱，爱德上天堂。在现世之后，人的去向已成定局，不会更改。在天堂和地狱中，所有人的时间全部等同，但是在炼狱中的灵魂则不然。"炼狱的刑罚弥补肉身还没有做完的补赎。毫无疑问，生者为亡者奉献的救助，有益于炼狱灵魂。"^②葬礼对于生者更有益处，对亡者有间接的好处，因为陵墓

---

① 此处"洪水"指的是旧约中"诺亚方舟"的典故，大洪水盖过群山毁灭一切生灵，洪水高度成为炼狱大火在半空中的高度参照。

② 〔意〕阿奎那：《神学大全》（第 17 册），陈家华、周克勤译，碧岳学社／中华道明会 2008 年版，第 55 页。

可以引发生者为亡者祈祷，安葬亡者也是一种哀矜。炼狱中的灵魂不会受到魔鬼的干扰，但是魔鬼依旧会是威胁。天使可能会接引炼狱的灵魂将他们领到受罚净罪的地方。

综上所述，阿奎那解决了有关炼狱说的基本问题，但是还存在着一些含混不清的疑点，比如炼狱的位置和内部的构造问题，他并未给出前后一致的肯定性说法。阿奎那证实了炼狱的客观存在性，炼狱的刑罚方式和基本法律规则，而在炼狱的具体构造问题上，阿奎那未曾解决彻底的问题，由但丁在《神曲》中出色地完成了。

可以说，但丁是炼狱真实体系的创立者[①]。他将过去各种关于炼狱的多样性、多元化的枝节横生的混乱状态归入一个条理清晰、秩序井然的"炼狱山修道院"中，旧知识转化为新体系。但丁在设置炼狱的时候，充分体现出他博学多闻、严谨中庸的一面，他把基督教的经典神圣意象"高山通神"[②]借鉴到炼狱的地形设置中，并且将"纯净"灵魂的字面含义与空间地点的"纯净"概念结合起来，将炼狱安置在南半球大海环抱的"无人区"，是远离北半球污浊尘世的地方，这样的设置虽然与基督教教义中的地理位置存在冲突，但是却没有教理方面的异端观点，反而很妥善地解决了地点方面与地狱混同一处的缺陷。但丁将炼狱大火设置在炼狱山接近顶峰的位置，那里正好是空气的中心点。

由于炼狱的刑罚原则和依据除了时间方面的性质之外，其他部分跟地狱界并无实质性的区别，为了能够将炼狱的性质跟地狱截然对照，但丁就在气候环境方面作出了特殊的配置。这是炼狱山最能够与尘世和地狱相区别的标志性特

[①] 炼狱山在宇宙中的设置模型图见附录 12：但丁的宇宙模型。

[②] 在《圣经》中，与上帝／耶稣相关的神圣活动大都与山存在特定的关系，从西奈山到橄榄山，圣地圣殿和神迹多发生在耶路撒冷的某个山上，中国也存在类似的文化现象，佛寺多坐落在名山之上。

征。炼狱山的独特气候也还是有基督教教义作为依据的，根据阿奎那有关"伊甸园"设置的气候推测，人的身体可能出于内部或外部的原因而朽坏，内部原因比如疾病、衰老等；而外部原因中首要的似乎是气温不平和的大气，然而在伊甸园中，这两种状态都可以补救。如大马士革的约翰在《论正统信仰》（2：11）所说："伊甸园充满了一种弥漫一切的适度的纯净的赏心悦目的大气的光明，并且装饰有永远开放着鲜花的植物。"[1] 所以，伊甸园显然是最适合人类的住所，而且同人类灵魂不朽的原初状态也是保持一致的。

但丁综合按照这些神学教义的依据重组了炼狱和"伊甸园"的位置，将这两个存在地点争议的重要场所连接为一体，组成了"炼狱山修道院"这个灵魂修行的圣地。

"伊甸园"的物候环境是人类幻想中最完美的大自然环境，在旧约圣经时代，也称伊甸园为"天堂乐园"，这里终年保持着最适合人类居住的气温环境，亚当和夏娃被造之初都不曾穿衣服遮蔽寒暑。这里是不需要劳作的地方，亚当和夏娃的责任是看守园子，或者也修剪果树园林，这也只是上帝为他们安排的一种活动方式，伊甸园中没有繁重的体力劳动，无须操劳谋生。伊甸园的物候环境是炼狱山的终点参照物，但并非炼狱山主体的气候特征。

炼狱山是一座修道院，只分得伊甸园的部分气候特征，就是始终保持着春分时节的自然气候，没有阴晴雨雪风的变化，每天太阳都在早六点升起、晚六点落下，恒定不变。炼狱山的各层都有着特定的配置，却并不具备伊甸园的园林物候生态群的优美自然环境，是一个相当险峻足以醒神的所在[2]。炼狱的险峻醒神的特征有精确数据为证。但丁在《炼狱篇》里面多次描述这座耸立云霄的高山向上攀登的磴道坡度超过45°，每一个层次只有一个入口处可堪攀登，

---

① 〔意〕托马斯·阿奎那：《神学大全》（第一集第 6 卷），段德智译，商务印书馆 2013 年版，第 461 页。

② 炼狱山修行场所概貌见附录 13：炼狱山地形构造图。

其他地方都是刀砍斧削一般的飞檐绝壁。

有的译本将炼狱的七"平台"（terrace）界定为七"飞檐"（cornice）[①]，这种说法更直观生动。按照角色但丁自己的目测，炼狱山每个修行平台的宽度都在 6 米以内，有诗句为证："misurrebbe in tre volte un corpo umano."（*Purgatorio* Ⅹ:24）意思是每个平台的宽度都在三倍于人的长度以内。炼狱山修行的场地就是围绕高耸入云的悬崖峭壁边沿的七个环山"飞檐"，里侧是山体，外侧就是悬空的峭壁，就像摩天大楼上向外伸出的没有防护栏杆的狭窄阳台。

总的来说，炼狱山不存在变化的气候环境，灵魂不需要"睡眠"，每天昼夜 24 小时做着各平台规定好的行动和事项，围绕着飞檐绝壁循环运动。炼狱山的灵魂体不具有固定的修行位置，一直在某种类型的队列中簇拥前进，昼夜不息。从这个意义上来讲，炼狱山也存在着某种"恒定运行"的状态，与地狱和天堂的恒定性形成对称关系。

三、上帝的天体交响乐团及其文化内涵

《天国篇》的自然环境从本质上来说是不存在的，但丁在诗篇中借着仙女向导贝雅特丽齐之口，多次解释了这种特性。她反复叮嘱"但丁"说，他看到的天国景象和天国福灵们在各层天分类出现的场景都是上帝为了照顾尘世但丁

---

① "飞檐"是来自建筑领域的一个词语，相当逼真地突出了炼狱修行地点的地貌特征。cornice（飞檐）是《神曲》原文中的词语，英文词语与之相同，但丁诗歌中经常变换各种说法，也使用"terrace"（平台）或"la ripa intorno"（峭壁的环圈）等表示炼狱山的平台。中文译本多采用"平台"一词，因为炼狱的七个环山道相对峭壁而言是相当平坦的。

的有限智慧和理解认知能力而分解排列出来的图像，并非天国的固定形态。自月亮天向上的所有天层都是天国的势力范围，自恒星天之外，就是上帝的特别辖区，是人类的智慧和好奇心停止脚步的地方。上帝的最高天府是在所有有形宇宙之外的极高处，人类的智慧不可参悟。在有关天国体系和秩序的部分，我们详细分析了天国的内在德性体系，也就是其内在的文本结构。天国是形质合一的处所，是空间和时间归为一体的超时空范畴，也是心意识和行动同步吻合的神性空间，这里的一切都在上帝的心中。

如果天国可以存在"自然环境"的话，那么这种自然环境就像是当今的数字化多媒体网络数据库，上帝的手指所指就是光标所在，可以任意选取指定的人事声像资源。若从《神曲》字面描述的场景来看，更形似一个大型的诗、乐、舞一体的交响乐，上帝的意念化为一个个光点音符，由众福灵和天使们呈现出具体的音像曲调效果，组合成为一首天籁之音。后世诸多钢琴演奏家都从《神曲》中寻找崇高的灵感。这也是但丁《神曲》的另一个研究课题，就是《神曲》和音乐艺术的互文性关系。

在《但丁百科》一书中，专门搜集整理了跟《神曲》相关的音乐条目，包括"按照谱曲年份排列的《神曲》诗篇与乐曲对照谱"和"已刻录的《神曲》配乐榜单"两个部分[1]，记录在册的各类型乐曲词条有 120 条左右，足见其在音乐领域的影响力。在文艺评论领域内，凡论述《神曲》韵律的部分都会牵涉音乐性的问题，这与音韵学紧密相关。比如意大利当代学者沃拉西斯·蒂博尔论述《神曲》的韵律和拟声词的运用问题时得出结论说："Anche questo è, a suo modo, un 'accompagnamento musicale. È una musica in sordina…"[2] 意思是《神

① 详见 Richard Lansing: *The Dante Encyclopedia*, New York: Routledge, 2010, pp. 905-914.

② Tibor Wlassics: "Sulla Rima e Sull' Onomatopeia Nella Commedia", *A Journal of Italian Studies*, 1971:5(3), pp. 400-415.

曲·天国篇》的诗律形式，就像一个盛大的音乐会，或者说是音乐的盛宴，同时也是一首婉转低回的抒情曲。

早在古希腊时代，毕达哥拉斯就提出了"天体音乐"的概念，这种概念经过不断发展之后，被纳入托勒密的宇宙论学说中，是中世纪普遍流行的一种观念。毕达哥拉斯派认为数先于事物而存在，是构成事物的基本单元，因而也是万物的原则。数字与几何结构相对应：一是点，二是线，三是面，四是体。数字也是音乐的基础，因为不同的数的比例构成不同的音调，最后，把数字与形状的研究运用于形体的运行就构成了天文学。宇宙中每一个天体都发出一个音调，各个音调汇合在一起便产生了和谐的音乐，即天体音乐。

柏拉图继承了毕达哥拉斯的这种理论，在《理想国》中描述了坐在八个天体上的塞壬们（Sirens）的合唱。尽管亚里士多德反对这种观念，基督教神学家却将柏拉图的理论与亚里士多德的"不动的推动者"或主宰诸天的神灵们糅合在一起。柏拉图的塞壬歌妖后来换成了九位缪斯女神，继而又转换为九级天使。这三个不同的意象都在《神曲》中依次出现过。天使的合唱既与毕达哥拉斯和柏拉图的天体音乐相联系，又与亚里士多德的神灵相匹配。波埃修斯[1]在《论音乐的体制》中阐述了天体音乐和尘世音乐之间的对应关系。天体音乐是凡人听不见的，但这种和谐的韵律既适用于人类的和谐生活，又可用尘世乐器来弹奏应和。人们还常用天体音乐来说明国家和社会中的等级和秩序。

天体音乐的概念传达出宇宙体系的一种等级关系。在月下世界里，尘世音乐是不完美的。有形宇宙和神界概念宇宙被想象为一系列从最低级到最高级的音阶系列，呈现出逐步上升的趋势，像一条隐形的天梯结构。如图10所示。

现代意义上的音乐体系就是按照毕达哥拉斯的数字法则来运行的。音乐是

---

[1] 波埃修斯（Boethius，480—524），中世纪著名神学教父，最具权威的音乐理论家。

一种时空复合体结构，有高低长短的不同变化。音符既表征时间也表征空间性，音符用数字来标识虽然是近代以来才出现的[①]，却更能直观地体现音乐与数字的关系。从某种程度上来说，除了"光"兼具波粒二象性之外，"声音"是次等程度上的时空一体性存在物，因而哲学家们都倾向于音乐最接近真理，最能够纯净人的心灵，音乐也是与天神交通的最佳方式。古代的诗歌都是"吟唱"出来的，是一种歌谣性质的文学作品。中世纪普遍的看法是人的肉体和灵魂与物质和神灵相对应，人是物质与精神两重性的生物。人的两重性使其成为有形宇宙和神界的链接环。亚里士多德认为人的灵魂有三重，即植物性、动物性和理性灵魂，因而人在宇宙中的存在具备宗教伦理学的灵性意义。人是不完美的、倾向于尘世的，但同时宇宙是为了人而创造出来的，只要人类合理地运用自己的天赋品质，就有望达到天国永恒的完美归宿。

图 10　音乐天阶

在《神曲》中，有七个行星天球，恒星天则是有形宇宙与上帝天府之间的分水岭，上帝在宇宙之外，以"心意识"的形式来呈现祂的神意，原动天是紧密结合在上帝周围的九重天使按照各自的律动形成的原始推动力，其他诸天都

---

① 数字谱（Numbered musical notation）即"简谱"，早期是由 17 世纪法国神父在教授音乐时提出来的改良方式，后来经由 18 世纪启蒙思想家卢梭的大力倡导引起重视，19 世纪经由专家的整理最终确定下来。

在九重天使节律的推动下运行。有形宇宙的七个星体各自有运动的轨迹和速率，就相当于七重和声或协奏曲。

一般的音乐常识是基本音级有七个，即 CDEFGAB，用阿拉伯数字符号表示就是 3456712，另外还有一个休止符用 0 表示，这八个符号组成一个完整的结构。乐谱的基本单元可划分为"音阶"或"调式"，音阶是按照一定关系组合在一起的几个音，一般是七个左右，组成一个有主音／中心音的音列体系，构成一个调式。最常见的调式是大调式，也叫作"自然大调式"，音阶结构为 1 2 3 4 5 6 7 1，表示欢乐愉快的情绪。天国的七个行星和恒星天都是人类"福灵"显形的场所，构成一个完整的"自然大调式"。月亮天的节奏最舒缓，太阳天是核心也是中心音，到恒星天则是"基督的凯旋"到达高潮，最后的天国星河玫瑰则是最盛大的音乐盛会，全部福灵和众天使天军齐聚一堂，而音乐声则戛然而止。

按照阿奎那的论证，天主的本质特征是以光的形式呈现的，光也是以理性思维为本体的。"末日审判"过后"复活"的圣灵们跟天使们一起，更接近于上帝的本质，圣人们复活后的灵体情况是拥有类似神的："神健（impassibilitas），神透（subtitas），神速（agilitas）和神光（claritas）。"[①] 灵体复活后的情况是但丁描述天国福灵的依据。如果说宇宙中的七颗行星就像一个天体大音阶一样，那么众天使和众福灵则像上帝指尖一个个跳动的小音符逗点，随着上帝的心意识演奏天国合奏曲。

天国中的幸福状态就是以"光"和"音"的形式达到形质合一。《天国篇》的音乐结构被后世诸多诗人所传承，比如欧美现代诗人艾略特、叶芝、庞德等。在当代文论批评中也存在对应的概念，比如交响乐结构 Symphonic

---

① 〔意〕多玛斯·阿奎那著，陈家华、周克勤译：《神学大全》（第 17 册），碧岳学社／中华道明会 2008 年版，第 190 页。

Structure[①]，交响乐／四重奏 Symphony[②] 等。

天国的空间范畴统摄全宇宙。以最高天的一个圆点"上帝"为核心，诸天依照对上帝的关照和反映程度呈现出各自"大圆"半径距离，再依照既定的速率沿着"小圆"环形轨迹无限旋转[③]。诸天呈现出平面视角中的"轮转"轨迹，同时也是立体空间中的弧形"直线"[④]轨道。诸天是完美、和谐之范本。地球是诸天中离上帝核心最远的星球，也是势能和动能[⑤]最弱的星球。

地狱和炼狱则是地球的一部分圆锥形的区域，处于下界。地狱深渊的形状与炼狱山的孤峰凸起结构是互为表里的。设若制造出地狱和炼狱的缩微模型，则炼狱山倒置正好插入地狱深谷中，"伊甸园"的平台与"撒旦湖心"恰好吻合。由此可大胆推测，耶稣在末日审判之后，或许上帝会将地球复原如初，炼狱山插入地狱中心，人间的一切罪恶都归于寂灭，回复到原初完美的状态中。

按照空间结构来说，地狱无疑是最凶险的处境。地狱中的自然物质"土、火、水、气"与"干、湿、冷、热"的状态相结合就构成了最残酷的大自然刑场，集地球最恶劣的地质环境于一体，上有飓风、下有寒冰、中间是熊熊烈火，上演着风、火、冰三重奏，外围是固若金汤的坚硬岩壁，层层都有恶魔鬼卒看守，绝无逃遁之机。地狱整体布局营造出来的恐怖氛围在法国插画家多雷的作品中得到淋漓尽致的呈现，地狱之行尽管只有 24 小时，然而分分秒秒都是令人惊骇的场面，时间的脚步被各种片段场景截断拉缓。多雷的《神曲》插图是现代各语

----

① 尹建民主编：《比较文学术语汇释》，北京师范大学出版社 2011 年版，第 161 页。
② 唐达成：《文艺赏析辞典》，四川人民出版社 1989 年版，第 754 页。
③ "大圆"和"小圆"借用天文学概念，在这里分别对应托勒密的"本轮"和"均轮"说，即是星球运转的两种方式。参看附录 14：托勒密天文体系模拟图。
④ 按照自然科学中立体几何的距离概念，球形表面从 A 到 B 点最近的路径呈现出圆形轨迹。比如飞机航线是球面上的直线，但在地平线上观察则呈现出曲线形状。
⑤ 势能和动能是现代物理学中的概念，在此表示地球在"天国"宇宙体系中处于最低点，且处于静止状态，因而能量最弱。

种译本中采用频率最高的，多雷为《地狱篇》配置76幅插图，《炼狱篇》是42幅，《天堂篇》18幅，从场景的丰富性来看，《地狱篇》明显占据更重要的分量。

炼狱山虽然暴露在阳光明媚的天空下，却是孤峰突起、巍峨入云，修炼的平台则是刀砍斧削一般的飞檐绝壁，各层平台之间的隘口坡度超过45度角，飞檐的宽度在6米以内。6米的道路看似可用，却是供给漫长年月中数以万计的灵魂们公用的，况且在7层不足7米宽的凌空平台上，唯一的实体岩壁那端还向平台路面上喷射大火，拥挤的灵魂们处在大火焚身和绝壁深渊的夹裹中，人满为患，无片刻喘息机会，更没有方寸歇脚处，非得刻苦修炼以求快速飞升不可。

鲁迅曾提到青年时代读《神曲》的感受，说虽然敬佩但丁，却无法爱《神曲》，读到《炼狱》就止步了。因为"那《神曲》的《炼狱》里，就有我所爱的异端在；有些鬼魂还在把很重的石头，推上峻峭的岩壁去。这是极吃力的工作，但一松手，可就立刻压烂了自己。不知怎地，自己也好像很是疲乏了。于是我就在这地方停住，没有能够走到天国去"[1]。这显然是鲁迅比较谦逊的说法，有不少研究鲁迅的学者对比《野草》和《故事新编》等作品，发现其中受到《神曲》影响的一些痕迹，比如在《野草》中就有我们熟知的句子："有我所不乐意的在天堂里，我不愿去；有我所不乐意的在地狱里，我不愿去。"[2]鲁迅在不同时期对《神曲》的接受情况和理解程度是矛盾复杂的，他更倾向于接受《神曲》中具有反叛精神的人物形象。但丁之后，在英国17世纪清教徒的领袖人物弥尔顿的《失乐园》中，专门为撒旦的反叛精神正名，反抗天神的专制统治，这与当时的革命大潮相对应。鲁迅时代需要的精神与弥尔顿的时代

① 鲁迅：《鲁迅著译编年全集》（1935乙 第19卷），王世家、止庵编，人民出版社2009年版，第465页。

② 鲁迅：《鲁迅著译编年全集》（1923—1924 第5卷），王世家、止庵编，人民出版社2009年版，第281页。

更为合拍。

但丁在设计地狱、炼狱和天堂的模型结构时，将阿奎那《神学大全》中"末日审判"之后的灵魂处境提前移植到三界之中，演绎出一个真实不虚、形神毕肖的"末日世界浮生图"。相比较而言，天国是最宽敞、最自在的处所，也是唯一神魂安宁的家园。天国子民头顶周身有天使层层护卫，身旁都是与自己德性类似的善人，前后是不同德性类型的福灵们，行如光点（类似光标），视如闪电，补充能量的方式是充"光源"。而这光源是源源不断、取之不竭的。

第三章 《神曲》中的灵魂观

但丁《神曲》中的三个"界域"寓居的子民以人类亡灵的"灵魂体"为主，同时按照特定的区域配置了"黑天使／魔鬼"和"天使"辅助管理三界的秩序。"灵魂体"是诗篇的人物角色，"尘世活人"都是背景人物或者说都是舞台下的观众。角色但丁虽然是"活人"身份，不过他是在梦中幻游三界的。角色但丁本质上跟灵魂们一样，是一个抽象出来的精神意识体。C.S. 刘易斯在《被弃的意象》① 中论述了中世纪文化中几种类型化的生命形态，其中长生不老的天使或精灵与尘世的凡人形成了界限分明的对照关系。人物形象是空间叙事研究的重要层面，"灵魂体"这种特殊的角色形象与普通的叙事文本人物形象塑造存在一定的差异性。在《神曲》中灵魂体的生存状态最显著的特征是以"心意识"为本质，淡化形貌服饰等物质特征。

佐伦在论述叙事空间模型中的"地形学"空间结构层面时提出这一层面类似于一种地图。这幅地图建立在一系列的相对关系上，比如：典型与一般，平

① C.S.Lewis: *The Discard Image*(Ⅵ,Ⅶ), Cambridge University Press, 1964.

面与立体，外部与内部，远与近等。这幅地图与真实的地图是不同性质的，具备独特的存在价值，比如空间形式可以是梦境或幻境，描述的人物类型可以是"天界神明"（the world of the gods-up）与"下界凡人"（the world of man-down）等。并且"只有一种地形学的空间类型与文本逻辑密切相关，就是人物形象的独特性存在。人物的形貌特征跟外界的自然环境特征存在很大的差异性"[1]。也就是说，在佐伦的空间叙事理论中，叙事文本中塑造的人物形象是一种特殊的立体化空间存在物，不能将故事场景的结构分析方式直接应用到人物形象的分析方面，人物塑造的时空性结构更多地与叙事文本的故事情节和语言表述相关联，更多地体现在具体事件中，在行动中展示出来。因此，我们对灵魂体的分析着重"灵魂说"和灵魂的"行动"两个层面。

第一节　《神曲》中的"居民"——灵魂体 / 心意识

中世纪基督教的宇宙观继承和发展了《圣经》中的上帝创世说，认为宇宙是在上帝的意志中以"圣言"的形式从上帝的至善之中"溢出"（emanationem）的，受造物的宇宙（universitas creaturarum）不是始终存在的。除上帝之外没有什么事物能够永恒地存在。宇宙时间从上帝创世之时开始绵延，到耶稣基督重临人间进行公审判时即为终结。宇宙是上帝为了安置灵性生命而创造的寓所，有形宇宙是特为理性灵魂即人类的修行而安排的。有形宇宙是人类的放逐之地也是修行之所，是为了实现上帝的计划。上帝的计划在《神曲》中有明

[1] Gabriel Zoran: "Towards a Theory of Space in Narrative", *Poetics Today* 5: 2:(1984), pp. 316-317.

确的表述，就是天国福灵的数目冲抵了打入地狱的撒旦等反叛天使的数量（当初受造天使的约 1/10 的数量）之时，就是末日审判的时刻。在基督教教义中，宇宙中受造的灵性生命包括三种类型：天使、魔鬼和人类。古希腊古罗马泛神论时代的诸多神灵早在公元 2、3 世纪时就被教父神学一律判定为"魔鬼"，神只有一个就是上帝。上帝在宇宙之外，祂不直接与宇宙发生接触，因而不是人类理性可以探知的奥秘与知识。

在《神曲》中地狱魔鬼与天使同出一源，魔鬼又名"黑天使"，因而可以说基督教的宇宙灵性灵魂形态只有两大类型：天使和人类。天使又划分为上帝的天使天军和地狱的恶魔鬼卒两类，人类分为生者和亡灵两种，一共有四小类灵性灵魂形态存在。《神曲》中所指的"居民"特指人类的亡灵，因为天使和魔鬼是先于有形世界诞生之前就存在的"不朽"造物，是永恒存在的造物，不纳入流动世界的范畴。地狱魔鬼尽管寄居在地球内部，但它们跟地狱一同诞生，是地狱自身。炼狱中虽有天使天军的护卫，但天使是上帝的使者，奉命下凡执行公务，却并非炼狱居民。

基督教终结了古希腊奥尔弗斯（Orpheus）灵魂转世说，所有人类的灵魂都从上帝而来，死后直接回归上帝安排好的寓所——地狱、天堂或炼狱，不存在第四种可能。基督教的灵魂说与上帝的创始论是一脉相承的。从宗教文化对比的角度来看，佛教的宇宙观认为这个世界是由"时间"、"空间"和"心意识"交织而成的，是集体共同的业力所形成的。佛祖、神仙也从属于宇宙的一部分，并不超离在外。

在现代的科学里，用"能"、"量"、"质"或者"熵"的概念来涵盖空间存现的本质，"能"产生"量"，"量"达到一定的程度形成"质"，也就是说宇宙先从无形的能量幻化出有形的物质实体，并且有形质的世界只占宇宙空间的极小部分。"熵"的概念大致是说宇宙星球的能量和地球上的物质形态都是从有秩序的高能耗散下去的，直至化为无序的散沙粒子状态。佛法关于

"心意识"与时空关系的解释跟现代科学的哲思逻辑是类似的，"佛法则是用'心''时间''空间'的相继体来涵盖整个宇宙。在这三个要素之中，又以'心'为主体。如果心转成觉，觉悟之后，时间就自由了，空间也自由了，不再轮回流转，而是完全的自由，时间、空间都可以自由创造、自由出入，不再受制于时间和空间"①。

佛教将这个世界的生命划分为十种形态，即"十法界"，分为"四圣六凡"。所谓"四圣"是佛法界、菩萨法界、缘觉法界和声闻法界；六凡是天法界、人法界、修罗法界、恶鬼法界、畜生法界和地狱法界，亦称为"六道"。中国古典名著《西游记》对形形色色的佛法宇宙世界进行了生动的演绎，算得上是中国的佛法"神曲"。尽管佛法在宇宙时空和生命形态方面的划分更为细致、多样化，但其主导精神在于"心意识"学说，所有的生命形态都是在"心意识"即"灵魂意志"的作用下发生转化的，时空宇宙随着这些"业力"共感而生，先有意识／欲念，后有形态或处所。这与基督教的灵魂观存在共通之处。基督教的灵魂说根本的依据就是人的亡灵最终的归宿取决于他在尘世的作为，更准确来说就是他在尘世的德性品性。定义亡灵性质的核心依据是精神层面的道德品行，而非尘世的钱财、名利、地位等社会因素。地狱的诞生是由于罪行的出现，炼狱则是特别恩赐给亡灵第二次重生的机会，是继续修炼的处所。

一、但丁"灵"的文学

在上一章有关地狱篇的分析中，我们提到《荷马史诗》和《埃涅阿斯纪》中有关地狱灵魂的描写，奥维德的《变形记》以"灵魂流转"为线索重新演绎

① 洪启嵩：《佛教的宇宙观》，全佛文化事业有限公司2006年版，第22页。

了古希腊古罗马时代的神话传说。在这些作品中，纯粹关于人的"亡魂"世界的描述甚少。在古希腊古罗马时代，普遍认为尘世的时光是甜蜜美好的，而亡魂的世界则是阴森可悲的去处。《奥德赛》中奥德修斯游地府时遇见希腊联军最勇猛的武士阿喀琉斯的亡魂，他生为人杰，死为鬼雄。可他却说："我宁愿做个帮仆，耕作在别人的农野，没有自己的份地，只有刚够糊口的收入，也不愿当一位王者，统管所有的死人。"① 在《埃涅阿斯纪》中，埃涅阿斯游历地府时，众多生前为善的灵魂们等待着重新投胎转世为人的机会。《变形记》中，虽然灵魂是可以随着境遇在不同的动植物、星辰石头之间转化，不过奥尔弗斯（Orpheus）入冥府救亡妻灵魂回归阳世的故事特别肯定了尘世生命的美好。冥府之王哈得斯是不死的神明，与宙斯是亲兄弟，而他抢来的妻子是农神德墨忒尔（Demeter）的掌上明珠、独生女——珀耳塞福涅（Persephone）。冥后虽然也是不死的神明，但她依旧渴望回归大地农神母亲的怀抱，因此才出现了宙斯调解纠纷，允许她周期性地陪伴丈夫或母亲，使得大地上出现了万物生长的春天和草木凋零的严冬，因而她也同时兼具了种子女神和丰产女神的身份，这些神话典故都说明古希腊古罗马时代对尘世生命的热爱和对死亡冥界的忌讳。

真正以亡灵的世界为舞台背景的史诗性作品要数但丁的贡献了。"在但丁的作品中，我们第一次看到了人类灵魂的旅行。这位西方诗人用第一人称叙述了他到罪恶深渊的游历，他在地球的中心遇见撒旦，随后迂回穿过炼狱飞升到上帝那里。探求的诗人循着以罪恶为中心的轨道，经过撒旦——亦即堕落的原型人物——的身旁，下落到地狱的中心，但其目的却是为了重新获得天堂。"② 中国著名作家老舍先生也曾评价《神曲》是属灵的文学。但丁的《神曲》从文

① 〔希腊〕荷马：《伊利亚特奥德赛》，陈中梅译，上海译文出版社1998年版，第910页。
② 〔美〕杰拉德·吉列斯比：《欧洲小说的演化》，胡家峦、冯国忠译，三联书店1987年版，第58页。

学史的角度来说的确是中世纪独有的文化现象，是一部将人从尘世肉体中剥离提取出"灵魂／精神"部分来探索人生道路的文学作品，是一部宗教性质的"灵魂"史诗。

二、基督教教义中的灵魂论

《旧约·创世纪》说上帝是照着自己的肖像造人的，创造了一男一女，他们都是青壮年的年纪。"上主天主用地上的灰土形成了人，在他鼻孔内吹了一口生气，人就成了一个有灵的生物。上主天主在伊甸东部种植了一个乐园，就将他形成的人安置在里面。"（《创世纪》2：7-8）上帝降福人类繁衍生息、充满大地，并且授权人类管理大地以及地上的飞禽走兽，土地上出产的各类果蔬全都可以作为食物。上帝特别为人类安置了最适合居住的伊甸园，那里果实累累、气候宜人。亚当是上帝用泥土所造，而夏娃则是从亚当的身体而出，夫妇本为一体、互相扶持。上帝最初造人本是纯洁正直的。上帝为人类安置好了一切，并制定了第一个律法："乐园中各树上的果子，你都可吃，只有知善恶树上的果子你不可吃，因为那一天你吃了，必定要死。"（《创世纪》2：16-17）

在基督教文化观念中，人类的身体最初形成是直接来自上帝的。人类的身体包含着四种宇宙基本元素。火和气是比较高级的元素，以力量的形式在人体占主导地位。生命诞生于有热和湿气的地方，热来自火，湿气则属于气。低级元素在人的身体上则是以实体形式大量存在，以此平衡各种元素。人的身体被说成是由地上的泥土形成的，是土和水的混合，人也因此被称作"一个小世界"，因为宇宙基本元素都可以在人体上得到表现。

上帝创造人体是为了达到特定的目的。上帝造人体的目标在于适合理性灵魂的运作，上帝是以最佳的安排制造人的身体的，人体的构造与理性灵魂搭配得宜。我们可以用比较的方式来证明这一点。人有强大的大脑、敏锐的触觉和直立行走的功能。人的身体秩序相对于植物和动物而言是安排得最为美满的。人的高级部分头部在最上端，对应宇宙的高级部分，而他的低级部分对应着宇宙的低级部分。植物的高级部分朝向低级的世界，根部相当于嘴巴，而它们的低级部分却朝向上面的世界。无理性灵魂的动物则得到了中间性的安排。

上帝由一人造出万族的人。在人类中，男人和女人为了生活居住在一起，而其他动物则不同。联姻关系不通过自然的生育产生出来，生育关系（直系血缘关系）是夫妻关系的一种障碍。夏娃不是通过自然生育出现的，而是单独借上帝的力量产生出来的，夏娃并不是亚当的女儿。上帝最初创造了一男一女两个人。《圣经》说女人由男人造成，是为了给第一个人一定的尊严，以确定男女之间的秩序关系。正如上帝是整个宇宙的原则一样，第一个人，由于类似于上帝，也就同样是整个人类的原则／秩序。在《神曲》中，但丁借向导贝雅特丽齐之口说上帝只创造过两个人：亚当和耶稣。这种说法是为了区分德性关系，耶稣被视为"第二个亚当"，但是他与初民亚当完全不同，是一个谨守上帝律法的圣子，从未出现过任何违逆的意志。夏娃则与玛利亚形成了对照关系，在定义"原罪"主体的问题上，基督教的教义认为"原罪"（peccatum originale）是由原祖传给子孙后代的罪。原罪因为生殖关系（精液）而传递，通过身体而传播。原罪是出于男人的意志，不是女人的罪过。①

人的灵魂是受造（sit facta）的，不是上帝的实体（substantia Dei）。《创世纪》中说上帝向泥土坯吹了一口生气，人就具有了生命，这是一种隐喻性的

① 〔意〕多玛斯·阿奎那：《神学大全》（第 5 册），刘俊余译，碧岳学社／中华道明会 2008 年版，第 358 页。

说法。呼吸（inspriare）与制造一个精神（spiritum facere）是不同性质的。理性灵魂是上帝直接创造出来的受造物，不是从任何质料中变化出来的，灵魂不是四元素中的"气"。人的灵魂与身体是同时被创造出来的，不存在没有身体的先在灵魂体。第一个身体和灵魂是上帝创世纪的六天工作中造出来的，灵魂在身体朽坏之后依然存在，这一点应当归因于身体的缺陷，亦即死亡。

灵魂的本质具有特定的性质。灵魂（anima）不是一个形体（corpus）。奥古斯丁在《论三位一体》（6：6）中说过，灵魂"同形体相比是单纯的，因为它是不可能借它的体积而占据任何空间的"①。阿奎那认为灵魂不是一个形体："作为生命第一原则的灵魂，并不是一种形体，而是一种形体的现实（actus）；正如作为生热原则的热，便不是一种形体，而是一种形体的现实一样。"②灵魂是一种理性运作的原则，既是无形的，又是独立存在的。我们称之为心灵（mens）或理智（intellectus）的理智原则（intellectuale principium），离开了身体也是能够自行运作的。而只有独立存在的东西才能够自行运作。只有人才拥有独立存在的灵魂，动物的灵魂并不是独立存在的。

灵魂只是人类属性的一部分，灵魂不等同于一个人。人是某种由灵魂和身体组合而成的事物。灵魂不具有任何有形质料，使灵魂转化为一种现实存在的那种质料可以称为"原初生命"（primum animatum）。人的灵魂是理智灵魂，本身即是一个绝对的形式，而不是由质料和形式组合而成的东西。我们称之为理智原则的人的灵魂是不可朽坏的。天使和人的灵魂是不可能属于同一种相的。

理智原则是作为身体的形式同身体结合在一起的。作为理性活动原则的理智是人的身体的形式。健康是身体的一种形式，而知识则是灵魂的一种形式。

---

① 〔意〕托马斯·阿奎那：《神学大全》（第一集第 6 卷），段德智译，商务印书馆 2013 年版，第 5 页。

② 〔意〕托马斯·阿奎那：《神学大全》（第一集第 6 卷），段德智译，商务印书馆 2013 年版，第 6 页。

在人身上，感觉灵魂、理智灵魂和营养灵魂从数值方面看是一个灵魂。理智灵魂实际上就包含那些属于禽兽的感觉灵魂和植物的营养灵魂的所有东西。在人身上，除了理智灵魂外并不存在任何别的实体形式。在自然秩序中，在所有的理智实体中，理智灵魂占有最低的位置。它不具备天使那样的能力，天使不需要习得，就能够自然地获得真理知识。理智灵魂与之相结合的身体应当是一种混合功能的身体，超出别的动植物而臻于一种最佳平衡状态。运动、触觉、感觉功能灵敏的人在心灵方面的气质也更为高雅。人的灵魂充满身体的每一个部分，在不同的器官部位表现为不同的功能。

阿奎那诠释说[①]：肖像（persona）[②] 这个名称是一个位格名称。人不能够简单地称作肖像，而是应当被称作"趋向肖像"（ad imaginem），圣子是作为道运行的，圣子是圣父的完满的肖像（perfecta Patris imago）；又说圣灵（Spiritus Sanctus）的名称就是爱，格列高利在《福音书布道集》（2：30）中说："圣灵自身即是爱。"从人类的诞生及其名位来说，起初就包含了上帝预定好的角色身份，应当按照上帝的编排演出人生的戏剧。人的灵是从上帝而来，分有神圣之"爱"（amor），《神曲》最初的名称"La Comedia"就蕴含着这个基本主题。

"创造只能是独一上帝特有的活动。"[③] 阿奎那将希腊哲学家亚里士多德的理论[④] 应用到上帝创造论中，分析说上帝是万物的动力因，原初质料是由上

---

① 详见〔意〕托马斯·阿奎那：《神学大全》（第一集第 2 卷），段德智译，商务印书馆 2013 年版，第 121、142 页。

② "persona"，拉丁词，即英文的 "person"：原指戏剧角色中的面具，含有角色、性格、人格等含义，引申为在社会中承担角色的人。

③ 〔意〕托马斯·阿奎那：《神学大全·论创造》（第一集第 3 卷），段德智译，商务印书馆 2013 年版，第 289 页。

④ 亚里士多德的"四因说"，他认为事物的发展变化是出于四种原因：形式、质料、动力、目的。

帝创造的，上帝是存在物的原型因，上帝的善是事物的目的因。所谓创造就是从"无中生有"，宇宙万物都源自上帝的溢出（emanationem）活动，我们称之为创造。万物都是由上帝创造出来的，上帝是全部存在的普遍原因。所有的受造物都带有三位一体的印记：它是一个受造的实体，体现了圣父的位格；其形式／理念和种相体现了道，就像事物的形式／理念来自工匠心中的概念；就它具有的秩序而言，体现了圣灵，因为圣灵即是爱，其他事物的秩序是来自造物主的意志。每一个受造物都是独立存在的，具有形式，并且与其他一些事物具有相应的秩序。在受造物中，创造的含义是指与造物主的关系，即在被推动的运动中，保持与上帝同运动的关系。也可以说，受造物唯一的创造性活动就是归向上帝。

灵魂同身体的结合是为了给灵魂一个安置的居所。灵魂与身体相结合时，需要借助心像来理解外界，因此难于反观自身，除非通过从心像抽象出来的观念进行再分析。当它脱离身体时，它就借自己来理解自身。亡灵可以像天使一样，借上帝之光的流射获得知识，但是因其本性低于天使，因而接受的知识是一般的和模糊的，而天使则是完满的。亡灵对别的独立的灵魂具有完满的知识，但是不具备完全理解天使和上帝的能力和知识。亡灵可以认识一些个别事物，但并不认识所有现存的个别事物。

总之，人的灵魂认知方式有两种：一种是心像的抽象，被理智所认识。另一种是上帝之光的传输，亡灵因为分有上帝之光，因而能够认识一些事物。灵魂在今生获得的知识习性可以部分保存在亡灵中。知识存在于理智之中，今生获得的知识的习性一部分存在于感觉能力中，一部分存在于理智能力当中。感觉能力部分属于肉体性的低级能力，不会继续存在于亡灵之中，理性知识能力部分却必定依然存在于亡灵中。

亡灵在来世的知识习性活动方式与尘世的身体并不相同。亡灵是借着上帝之光来认识和理解的，不会受到空间距离的限制。天使和享受永福的灵魂是最完满地同上帝的正义结合在一起的，他们既不受苦，也不干预尘世间的事情，除非是遵照上帝指令产生的正义活动。死人的灵魂可能关心尘世的事情，正如我们关心祭奠死者的灵魂为他们祈祷一样。死人可以预知尘世人的命运是通过天使和精灵甚至是通过神启而知道的。死者可以通过多种方式向生者显现，例如借着上帝的特许，死者的灵魂可以介入生者的事情，这可以说是超自然的神迹，譬如梦境或是启示。

第二节　自由意志说——灵魂行动的哲学

　　理性的本体是灵魂，理性是灵魂运作的原则，人因为理性灵魂而区别于地球上的其他动植物种相。理性与意志是直接相关联的。假设理智必然地坚持第一原则，那么意志也就必然地坚持最后的目的（ultimo fini），即至福（beatitudo）。人必然具有自由意志（liberi arbitrii）。自由意志无非就是意志。自由意志是一种能力也是一种习性。自由意志的固有活动在于选择。在理智和欲望方面，我们同时具有意志和自由意志，而自由意志无非就是那种选择能力。意志和自由意志是同一种能力，而非两种能力。也可以说，"意志"与"自由意志"是同义词。

　　自由意志是一种习性。"习性"（habitus）即具有或持有的意思，也包含着对其他事物的配合关系。人的习性是天生具备的品质，包含着对其他人或事物的配合或秩序。

　　习性是指向行动的，习性是针对天性或行动之配偶。针对行动的习性，主要是在灵魂上。因为灵魂不是限于一种行动，而是指向许多行动，习性在灵魂上就表现为不同的机能。行动属于谁，习性也属于谁。用以思想的习性，严格来说，是属于智能的。

在意志中存在习性，习性是人愿意时用以行动的能力。

在《神曲》中，天堂、地狱和炼狱的灵魂都是生前依据其意志而获得对应的习性的，生前的德性、罪或恶习成为他们死后亡魂的性质。依照基督教关于灵魂性质的教义，存在于人的灵魂上的德性或恶习在人的肉体腐朽之后，依旧保留在灵魂上，给灵魂带来福德或者污染。上一章我们说明了生前有善德的灵魂死后升入天国，福德越深厚，则灵魂越轻盈，越接近上帝；罪人正好相反，罪恶越严重则灵魂的污染越重，亡魂下沉到最深的所在。

就亡灵的境遇而言，天堂和地狱的灵魂是清浊对立、浮沉有序的；而尘世或炼狱的灵魂则处于"旅途中"，他们可以使用自由意志来塑造灵魂的"轻""重"命运。在《神曲》"炼狱篇"和"天堂篇"有多个诗章专门讨论人的"自由意志"，单从人这个方面来说，自由意志是一种自由选择的主动行为，而从整体上来讲，自由意志的本质是理性灵魂的本质，即至善。那么人类拥有的多种多样的自由行动的能力归根到底就是按照上帝的律法，沿着德性的道路，遵守既定的秩序。所谓"自由"就是遵守上帝的"秩序"。用我们现代人的话来说就是遵守法律，勤奋进取。罪或罪恶本身就是反对秩序，地狱的体系和秩序就是对罪恶本身最严厉的惩罚。

前面我们已经说明了人类的身体和灵魂是受造物，上帝是独一的"创造"者。人类可以称为创造的活动是保持与上帝同运动的关系。灵魂唯一的创造活动就是归向上帝。在基督教的宇宙论中，上帝对于宇宙的关系有三种：创造论、神佑论和神迹论。科学家的兴趣是研究宇宙起源的历程，而基督教的创造论则清楚地表明：宇宙是上帝所创的，也是为完成上帝的目标而造成的。基督教的信仰是发现这种目标，就是产生像良善上帝一样的人物，借着圣洁之爱组成和谐的人类社会。我们的世界不是一成不变的，包含着罪恶的今世，是基督之十字架所变化的宇宙，凭着信仰我们认定这宇宙无异于神国的训练学校。①

　　神佑论表示宇宙依靠上帝的管理和眷顾。整个宇宙都是由基督所启示的圣、智、仁的上帝所支配和管理。上帝管理宇宙的法则也可称为律法，包含多层原则，上帝的律法原则是永恒的、进步的、包含着冲突的，并且是有惩罚和需要牺牲的。上帝需要以挫折和阻碍来锻炼人类灵魂的意志力，催发人类灵魂的进步上升。"牺牲"也是奉献的意思，人要克己和臣服，朝着德性的方向，在社会中发展一种利他奉献的精神。因为一个人的造诣可以成为很多人获得进步的工具，一个人牺牲可以成为使一切人类蒙福的阶梯。神迹是自然界或人类生活的特异事件，蕴含着神圣的启示和目标，显示出上帝对世人的眷顾和特别的恩惠。

　　综上所述，人／灵魂的自由意志也就是归向上帝的行动，人／灵魂的行动的原则或道路是上帝律法规定好的，在时间方面由星辰来规定指引，在空间方面则表现为灵魂最终的"家园"——天国或地狱。人／灵魂的自由意志在时间和空间中形成的轨迹就是我们所谓的"人生道路"。但丁自述《神曲》创作的目的，是寻找自己和人类的道路。

一、但丁的道路：朝圣者、修行者、传道者

　　从诗篇的字面意义来看，但丁的道路就是他"梦游"三界的行程和见闻。在分析"时间"的章节中，我们已经分析了但丁的"行程表／路线图"。总体来说，整个《神曲》外部时间是一个梦境的长度，按照现代脑神经科学的观测结果，人的梦境发生在"快动眼睡眠"时期，每个"快动眼"时段不超过20秒钟，

---

① 详见〔美〕蒲朗：《基督教神学大纲》，邹秉彝译，广学会1938年版，第158页。

每个梦境在七八秒的时间内。人类的行为状态："肌电图，清醒时最高，非快动眼睡眠其次，快动眼睡眠最低；脑电图和眼动电图都是清醒和快动眼睡眠时激活而非快动眼睡眠时静止。每个图例持续约 20 秒。"[1] 现代脑科学的监测仪器证明了大脑在"梦"中形成的意识世界以"身心合一"的时速运行，也在某种程度上证实了佛法所说的"人的一念之间，就会产生八万四千烦恼"。但丁《神曲》的外部时间就在一念轮转之中。这种观念与上帝创世纪的意念模式形成时间是相互吻合的。

《神曲》内部故事上演的时间是从 1300 年 4 月 8 日（北半球时间）夜晚开始到 4 月 13 日（南半球时间）下午 6 点钟结束。角色但丁游历地狱 24 小时，攀登炼狱三天三夜，伊甸园和天国分别为 6 个小时，在此期间所见所闻都是朝圣者但丁所走过的、经历过的道路。在这个整体过程中，但丁的道路还可以划分为两个不同层面的小层次。

第一个最小层次是但丁个人的生平和历史。但丁将自己的"灵魂"抽取出来一部分赋予角色但丁去完成自己尘世的使命，那也是但丁创作《神曲》的私人动机。从 1302 年遭到放逐之后，但丁就流浪在全部说意大利语的地方，四海飘零、无处依托。但丁前半生尚未成名就背负了"叛国"之罪，以"流亡犯"的身份苟活于世，他背负着审判自我、洗刷罪名的使命。他将自己的生平和心愿编织进了《神曲》中，在诗篇中获得永恒的精神家园和艺术生命。后世有关但丁传的内容除了薄伽丘的著作之外，其他各类传记大都是从但丁的《神曲》中溯源出来的，譬如但丁的族谱[2] 一般都作为插图附在译本中。但丁在《神曲》的地狱篇中忏悔了罪孽，并预定了自己在尘世诗人中"第六位"伟大诗人的文学史地位，在炼狱中参与了基督教的涤罪修行，提前完成了来世净罪的工作；

① 〔美〕艾伦·霍布森：《梦的新解》，韩芳译，外语教学与研究出版社 2015 年版，第 53 页。
② 见附录 15：但丁的家族谱。

在天国中先是在"高祖"卡洽圭达的慈爱目光中"认祖归宗"，最后则在众福灵的"恒星天"层回归到"双子星座"，回到了自己生辰的命星中，也就是他灵魂来源之地和回归之所。但丁个人的行程路线图就是他为自己预设的永恒灵魂"家园"，存在于上帝的天国之中，在双子星宫里，也在他自己的梦境脑海中，在他的诗篇中。关于但丁的个人生平和创作动因，不同时期的各类"但丁传"和各类型各语种的"译本序"中都有着明确、详细的解说，可以肯定其创作的动因就是自我救赎的心路之旅。从比较的角度来看，但丁"梦游"之旅的个人动机跟《西游记》中的唐僧也有着类似之处，唐僧小名"江流儿"，出身显贵却命运多舛，父母和自己在尘世清白无辜却多灾多难的人生经历是他弃绝尘世、求取真经的最强精神动力。

第二层是个人朝圣之旅，角色但丁的师徒三人行。这里主要讲述的是但丁与两个向导的关系。关于《神曲》的两个向导贝雅特丽齐和维吉尔之功用和象征意义，历来都是评论的热点话题，其成果多不胜数。就实际效应来看，最突出的要数贝雅特丽齐的身后名声。贝雅特丽齐本来是一个名不见经传的普通女子，生平未有任何异于常人的功德事迹，她唯一特殊的价值就在于但丁的"爱"，但丁的爱恋是她永恒的纪念碑。现在佛罗伦萨城贝雅特丽齐的纪念地成为见证情侣爱情的游览"圣地"，人们因为但丁《神曲》的缘故而将一个凡俗女子提升为"新爱神"。我们这里使用中西对比分析的方式来介绍但丁的师徒三人行，主要与《西游记》的朝圣团队进行比照，以突出各自内在宗教价值观即"真理"的独特之处。中国经典名著《西游记》的取经团队跟《神曲》的朝圣组团有着相通之处。在《大唐西域记》[①]中，玄奘游历是现实主义的留学经历，并不存在灵异世界的高能徒弟们和天界神佛们的助佑。而在《西游记》中玄奘则化身为四个半角色：法身唐僧、"心猿"孙悟空、人性猪八戒、忠仆沙悟净，最后

---

① 玄奘、辩机：《大唐西域记校注》，季羡林等校注，中华书局 2000 年版。

还有一个脚力"意马"小白龙作为半个陪衬角色。其中组成故事冲突的主要是三个人：孙悟空、唐僧和猪八戒。另外的角色都是扁平陪衬角色，较少独立的意识思维活动。

《神曲》的个人朝圣之旅虽然出自但丁的个人行为，但是依旧有确凿的《圣经》依据和基督教神学教义的依据。在新旧约圣经中，都存在来自民间基层的受上帝启示而传授诫命的"先知"或者宗教领袖。基督教的创始人耶稣即是来自民间的，在上一章有关"三界起源"的基督教背景方面我们也介绍了耶稣之后对"神国"的三种不同教义解释，即千禧年的、教会的和个人的神国。个人的神国其要义是[①]：凡是以上帝与个人的关系去表示上帝对于世界之目标的见解，都是属于个人的解释。这种见解或许会因人而异，但基本原则是相同的，认为生命的意义就在于与上帝的关系，宇宙是上帝对于个人实施计划的场所。这种主张以个人为出发点，反对教会作为中保的必要，认定宗教的精神在于人的灵魂皈依上帝；注重宗教的伦理和属灵的元素；坚决主张《圣经》是真理的唯一标准。这种见解在实际上的影响是产生独立不倚的强健人格。

但丁个人化的朝圣之旅不仅有宗教教义的依据，还有上帝的特殊恩赐。在《神曲》开篇处就点明了这一点，并且随着角色但丁在地狱和炼狱中的进展，他几乎是逢问必答：以肉身游历冥界是上帝的安排。这一点跟唐僧的社交辞令完全相同，"贫僧是东土大唐和尚，奉圣旨，上雷音寺拜佛求经。适至宝方天晚"[②]，借宿云云。上帝和佛祖都是凡夫俗子不可轻易接近的，至尊宝地非靠神力不能抵达，因此配置优质的"向导"或"高徒"是必不可少的。除此之外，朝圣旅途中遭逢危难时必须还有"天神／天使"立刻现身前来营救，这样才可确保最终完成神圣的使命。

①详见〔美〕蒲朗：《基督教神学大纲》，邹秉彝译，广学会1938年版，第139页。
②吴承恩：《西游记》，人民文学出版社1980年版，第239页。

角色但丁朝圣之旅有诸多护卫者也都是依据基督教的教义来决定的。没有灵魂可以离开天堂或者地狱，他们暂时离开是上帝的意志使然，是一种奇迹。只有在上帝许可的偶然情况下，已离世的灵魂才能奇迹般地显现给生者。按照狄奥尼修《上天（天使）阶级论》（第 5 章）的话："天主对万物所规定的秩序，是最后物应该借着中间物而到达天主台前。"[1] 天堂的圣人是天主最知己的朋友，所以天主的法律秩序，需要还活在肉身内的我们，借着中间的圣人而达祂台前，如同中保一样。生魂不能与阴灵接触，也不能够直接得见天主的圣颜。但丁得见天主先通过眼睛的保护神卢奇亚转达给圣母，圣母恳请上帝，然后再委派贝雅特丽齐到地狱中请求维吉尔救助。卢奇亚不仅为但丁祈祷还亲临凡间抱沉睡中的但丁进入炼狱大门。

单就但丁的师徒三人行而言，诗人但丁将自己分身为三——角色但丁、智德导师维吉尔和爱德导师贝雅特丽齐，由此形成了层层推进的心路历程。角色但丁最初在地狱中的表现就像是唐僧在猪八戒身上的精神投射，遇到凶险之处就显示出凡人的怯懦、退缩、惊惧恐怖的精神状态，立刻需要"斗战胜佛"孙悟空的呵护和救助。孙悟空名为徒弟，实则是唐僧肉身的保护神，神行万里、具有通天入地之大能。《神曲》中的维吉尔虽然没有夸张的魔幻异能，却在三界中拥有"特异"的地位，他上可接收上帝天国的使命，下可入撒旦之城带出阴魂，并且还能穿梭在地狱和炼狱通道之间，可谓是三界皆通的地狱奇人。他在旅程中以"智者""导师""父亲"等多重身份护卫但丁，更为有趣的是他的年龄特征和精神面貌始终保持在英俊潇洒的古罗马青年才俊的最佳状态中。在多雷的插画中，维吉尔显然比"但丁"年轻、英俊貌美，且服饰典雅、风流倜傥。这一特点与孙悟空的不老年岁和不改容颜形成了有趣的对比。或许从某

---

[1]〔意〕多玛斯·阿奎那：《神学大全》（第 17 册），陈家华、周克勤译，碧岳学社／中华道明会 2008 年版，第 79 页。

种意义上来讲，智慧或战斗精神是可以永葆青春的。

角色但丁的第一个向导是个尘世全能大德的人杰维吉尔，这与唐僧的孙悟空形成了对应关系。维吉尔和孙悟空所拥有的才华是凡夫俗子望尘莫及的高峰，但是两个人都屈尊在但丁／唐僧这两个朝圣者之下，其根源在于"心意识"层面的核心问题，即信仰问题。肉身唐僧和凡人但丁都有各种弱点和缺陷，但他们最精华的本质在于坚定的信仰，他们是神命定的朝圣者，带着神圣的使命前行，他们是核心人物，最终一定会超越所有的导师或徒弟，修成正果，取得真理并传播后世。在《西游记》的后半部中，猪八戒逐渐改进贪财好色和懒惰的恶习，向着神圣化的方向发展，而唐僧则在进入西天净土地界之后，经过"凌云渡口"，接引佛祖撑着无底破船迎接唐僧，唐僧被推入水中之后，肉身尸体随水流去，脱离凡胎成为真佛，"脱却胞胎骨肉身，相亲相爱是元神。今朝行满方成佛，洗净当年六六尘"[①]。唐僧以色身通过取经的旅程达成了"心神合一"的圣果，他的道就是他的果，也是他的真理和知识。

角色但丁在《神曲》的三界旅程中也有着相似的道路。在炼狱山的顶峰即尘世的伊甸园或者是"灵山"，灵山上不仅有炼罪的烈火，烈火之后还有脱胎换骨的"忘川"和"忆涧"，两条河同源而出，性质却不同。忘川是忘掉一切负面的罪，而忆涧则是记忆所有的善性德性或知识。当他在仙女天使的协助下完成了这个洗礼之后，已经脱胎换骨，超脱了凡尘肉身的境界，可以与天人福灵比肩了。至此，在炼狱之巅但丁已经完成了成圣的旅程。

在《神曲》的旅行团队中有一个贯穿全程的天仙圣女——贝雅特丽齐，她在《天堂篇》中既是爱德的化身，也是哲学、神学智慧的化身，也许可以这样来推断，当贝雅特丽齐回归玫瑰坐席之后，角色但丁的学问已经到了止境，剩下的就是领受和沉思她赐予的知识。在但丁身后，"玫瑰"和"女神"成为诗

---

① 吴承恩：《西游记》，人民文学出版社 1980 年版，第 1169 页。

人们永恒的爱情主题，永恒的感情母题或者是意象。但丁的女神是兼具最美色身和最佳才华的，既是宗教的又是爱情的，这一角色的设置是《神曲》与《西游记》价值观差异最大的部分。

诚然在《西游记》中不乏"杏仙""女儿国国王""印度公主"等各色美貌女子，还有"观音菩萨"随时待命，不过这些形象的设置是一律不带任何凡俗之情爱的。色戒或许是唐僧修行中的第一戒律。而在《神曲》中，爱德是上帝的本质，天堂最高天使是"炽爱天使"，圣灵的名字就是"爱"；地狱中最轻的罪是色欲圈，炼狱中最轻的罪是贪色层，天国中金星天特为"有情人"而设定。爱情只要合乎尘世的法则，不违背上帝的戒律即是一种美德，尽管上帝奖励贞女和修士，但是合乎法度的爱情并非罪过，更不是阻挡修行的障碍物。在《神曲》最后的幻象中，呈现出的是一个"父子一体""子母一体"的核心家庭关系图，象征着"父—子—母"永恒相守相爱的稳定家园状态，这是真理也是至福。这一点与《西游记》的价值观有所不同，唐僧最大的荣誉是完成国王的使命、佛祖的使命，以此成全自身的使命。个人是完全纳入集体之中的。朝圣者但丁是先完成了个人的使命之后，兼完成了上帝的使命，在解救自己的旅程中，也给尘世其他的困顿者提供了参考的路径。

朝圣者但丁在旅程中不仅有向导，还有广泛的群众关系。这一点跟唐僧也比较类似。唐僧在旅途中不断为黎民百姓扫除各种苦难，其功德被人们广为称颂。唯一的一处无心之失就是忘记帮一个千年灵龟卜问佛祖，这一事件还成为九九八十一难最后一难的导火索。而在《神曲》中，群众关系尤其体现在炼狱山上，炼狱山是唯一一个鼓励生者与死者加深交流的界域。地狱的亡魂自知无颜面对尘世的评价，因此众鬼魂对但丁的反应都是诧异他作为活人降入地狱这一新闻事件。而在炼狱山上，大批意大利的灵魂得知但丁是活人时都嘱托他回去告诉亲人为他们多多祈祷，以便缩短他们的炼狱刑期。但丁在炼狱山上是一个"福星信使"，给修行的众灵魂带来曙光和福音，以至于在天国中高祖卡洽圭达还嘱咐但丁为他的一个在炼狱山修行的先祖祈祷。

　　但丁在天国火星天认祖归宗，上帝暂停了天国音乐的琴弦，容他们面见会谈。诗篇描绘道：高祖看见但丁到来，就像"安奇赛斯的幽魂在乐土中看见自己的儿子时，就怀着同样的感情向他探身迎上去"[①]此情此景、此时此刻的角色但丁一边是高祖慈爱的亲情，一边是挚爱贝雅特丽齐解语花一般的微笑。但丁失去的尘世幸福在这一刻通过眼睛就已经得到了圆满的补偿。

　　朝圣者但丁作为个人朝圣者需要取回的真经跟唐僧有所不同。唐僧旅途充满了魔幻色彩，结果却是现实主义的佛经书卷，是实实在在的书籍资料。而朝圣者但丁的旅程是用脚步丈量的，虽有数据的夸张，却是基于现实主义精神的，他取得的结果是一部靠启示和"回忆"录制下来的诗篇，是自我创造的艺术结晶。角色但丁的旅程分为两个界限分明的阶段，象征性地体现在炼狱山的"第三梦"情境中。他在炼狱山通往伊甸园的最后一个磴道上梦见旧约中的"利亚和拉结"，在伊甸园中遇到了利亚的化身玛蒂尔德，利亚采摘鲜花装饰自己的容貌，而拉结则终日端坐在镜子前，利亚象征着行动的生活。告别了玛蒂尔德之后即迎来了真正的女神贝雅特丽齐，即以色列真正的挚爱拉结，她象征着沉思的生活，哲思的智慧。《天国篇》充满了哲思精神，而身体行动弱化为意念一闪。但丁在贝雅特丽齐的引领下的求知话题可大致划分为以下几类：

表13　《天国篇》中角色但丁的求知之旅 [②]

天层	月亮	水星	金星	太阳	火星	木星	土星	恒星	水晶	上帝
基本论题	月球阴影	罗马帝国	星辰之作用	创造与智慧	但丁生平	正义	沉思的生活	神学的美德	天使	天堂

① 安奇赛斯是《埃涅阿斯纪》中埃涅阿斯游历冥府时遇见的父亲的亡灵，他在冥府担任判官，查考和安排灵魂投胎转世。引文见田德望译：《神曲·天国篇》，人民文学出版社2002年版，第750页。

② 参考〔英〕G. 霍尔姆斯：《但丁》，裴珊萍译，中国社会科学出版社1989年版，第157页。

角色但丁作为个人的朝圣之旅是界线分明的四个阶段：忏悔、补赎和求知，最终以回忆创作的方式收取果实。在《神曲》或《西游记》中，贯穿旅程的不仅仅是取经人，还有形形色色的圣灵，他们尽管是作为群众演员出现的，其中也不乏星光璀璨的人物角色。不论群众角色是否善良耀眼，他们的存在构成了朝圣旅途中真实的风景线，他们的故事即是普通大众的修行之道。

二、灵魂 / 人类的道路：炼狱即尘世

但丁彼岸世界的三个世界中，地狱和天堂的居民们都有确定性的居所，他们的位置和状态保持着稳定的形态，若非上帝的特殊使命，众居民不能擅离各自的居所或轨道，唯独炼狱山处于独特的"居间之境"。在有关时间的章节中，我们已经详细分析了炼狱山的时间规则、多样化的时间表达方式及其特定的文化渊源和文本内涵。按照灵魂们的行动原则，炼狱山的灵魂们是最能够象征人生道路的一个境界。

图 11　人 / 灵魂与四个世界的关系

炼狱山最显著的特征是时间相对论和灵魂界的"人际关系"对比原则。这两种原则是融为一体的。人 / 灵魂与四个世界的关系图如图11所示，"尘世"和"炼狱"好像人 / 灵魂的左右脚，它们之间的贯通关系在普通基督徒的信仰中是一种常识。圣经说："凡活着而信从我的人，必永远不死。"（《若望福

音》11：26）炼狱的诞生是与耶稣基督的十字架殉难和复活时间同为一体的，炼狱之门从耶稣下降地狱并复活的那一刻开始正式开启，人类从亚当而遗传下来的"有死"之原罪得到特殊的恩典，即信仰基督者可以在教会中获得灵魂重生的机会。炼狱山是亡灵从死亡中再生的机会，可以说是从母胎出生之后的第二次生命，这与地狱的"第二次死亡"形成了鲜明对照。

炼狱的刑罚是出于一种管教和规训，是为了补赎尘世欠下的债。炼狱的修行是在人际对比的原则下开展的，并且使用的是弹性化的相对论时间刑罚。还有在炼狱山上，依旧是在旅途中，炼狱山的处所归所有的灵魂共有，大家没有固定的位置。这是炼狱山在空间秩序上与地狱和天堂不相同之处。

炼狱山的人际对比原则第一个层面是与地狱和天堂的比较。亡灵世界是不受空间和距离的限制的，这在前文中已经提到过，因而三界的亡灵们尽管存在居所的分界，在心意识领域却可以互相接收信号。只不过地狱的罪魂主动发出的信号不被炼狱山或天国所采纳，因为天国的规则是不同情恶人，炼狱山的规则是恶人的祈祷是无效的。地狱是信号被隔离和永恒流放的处所。炼狱山的亡灵通过"俯视"来自地狱的反面信号和"仰视"来自天国的正面激励，会催生出更加强大的修行欲望和能量。第二层人际对比原则是体现在"祈祷"中。炼狱山的刑罚方式跟地狱是雷同的，都有两种基本形态：时间的和空间的。炼狱山的空间归所有灵魂共有，则这个空间原则就不那么突出了。时间的原则却是灵活多变的。比如角色但丁，他因为奉神圣的使命而来，进入炼狱山只用了三天三夜的时间就完成了涤掉七个"P"（Peccatum，罪）的全部过程，而普通的灵魂洗涤一个类型的罪过至少都需要500年，亚当等待了5000多年才得以洗涤原罪重回上帝的怀抱。炼狱山修炼的时间律法凸显出宗教信仰和教会礼仪的最大功效，这也使炼狱山成为人际关系最复杂的区域。

按照圣经的观念，尘世好比战场，人的灵魂是住在战斗的地方，受魔鬼折磨如同受敌人折磨一样。（《约伯传》1：12）不仅如此，人也受天使的折磨，正如雅各所说的："天使打了一下，大腿窝脱了节。"（《创世纪》32：26）炼狱中的灵魂已经战胜了魔鬼，但却依旧受魔鬼的骚扰，比如在"鲜花帝王谷"，黄昏降临时守卫天使就出现击退魔鬼的骚扰。炼狱山各层次都有不同职责的天使护佑，但是同时天使也是他们的教练员和监管者，有时候还是他们的"马鞭子"，因此炼狱更加类似尘世的状态。

炼狱的刑罚是出于自愿的。借着恩宠的德能，能够获得补偿任何与德性相悖的小罪的能力。人在现世立下的善行功绩，可以使他获得在炼狱消弭罪过的机会。现世之后，人不可能立基本赏报（praemium essentiale）的功劳，但可能立偶然赏报（praemium accidentale）的功劳，只要人的处境仍在过程中，犹如旅人的状态。所以在炼狱中还可以建立功业来获得赦免小罪刑期的报偿。炼狱的刑期是很有弹性的，刑罚的苦涩取决于罪过的严重程度，可是刑期的长短却是取决于犯罪者陷入罪过的程度，所以，受苦少的灵魂可能受更长时间的苦，反之亦然。由于这些特殊的法则，会产生年龄最轻的灵魂凭借功德提前进入天国的得道行为，届时群山震动，众灵魂一齐欢呼，同时又在他人的激励下更刺激了奋发的欲望。

在个人化的行为原则之外，还存在着另外一个特殊的恩典，就是通过尘世亲友故交的宗教祈祷仪式，凡是心灵纯洁的生者，其真诚的祈祷都可以直达天界，为炼狱山的罪魂减免刑期。天堂福灵们的恩典和祈祷也具有同等的功效。在《炼狱篇》的第六章，维吉尔给但丁解释祈祷对于炼狱山灵魂的功效时说："在这里居住的人需要满足的要求，爱的火焰一瞬间就能实现，这一事实并不意味着正义的顶峰的高度降低。"又说："在我下那一短语的地方，罪是不可能通过祈祷来补救的，因为那种祈祷是和上帝隔离的。"[①]众灵魂看到但丁到来之后都兴奋地祈求但丁向他们尘世的亲友们转达消息，期待亲友的真诚祈祷

---

① 田德望译：《神曲·炼狱篇》，人民文学出版社 2002 年版，第 307 页。

可以缩短他们的刑期。而那些无人可托付的孤单灵魂则显得格外落寞。这使得炼狱山充满了浓厚的人情味儿，爱的温暖气息激发了但丁向凌云高峰攀登的力量和热情，使得他首次产生了催促维吉尔加快步伐的主动愿望。

在亲情友爱的环境中，炼狱山的运行速度越来越快，灵魂运转的能量越来越强大。炼狱山的行动原则十分突出，众灵魂所背负的行动任务也是多层次的。相比较而言，地狱的罪人每一个都在指定的位置上被动承受固定的刑罚方式，不轻易改变。而炼狱山的众居民在进入山门之前就已经历尽艰辛了。进入之后，需要完成全部的层级修炼步骤，这已经构成了八重通关修炼等级。在每一层次又根据罪行的性质，设置复合型多层次的修炼法则，让灵魂们更加忙碌。譬如，在炼狱山的第一层级，灵魂们背上扛着巨石，眼睛盯着脚下或者侧壁观看这样两种不同类型的浮雕，同时嘴里还要不断念诵圣人的事迹，眼睛、嘴巴、耳朵和身体全部行动起来投入修行中。而在炼狱的第四层级，生前怠惰的灵魂们昼夜奔跑，忙得顾不上看但丁这个"新鲜"人物，连回答问话的片刻时间都嫌浪费，边跑步边回答，匆匆而去。有关炼狱山的复合式修炼方案参看表14：

表14 炼狱山复合式修行模式

飞檐	刑罚	马鞭子／马嚼子／事例类型	守护天使	天使祝福
1.骄傲	背负巨石	岩壁和地上的浮雕：谦卑／骄傲	谦卑天使	虚心的人有福了
2.忌妒	铁丝缝眼	空中的声音：恩典慈悲／忌妒	慈心天使	怜恤的人有福了
3.愤怒	黑色浓烟	意识中的幻象：温顺柔和／暴力	和平天使	和睦的人有福了
4.怠惰	昼夜奔跑	忏悔者自述：热情／怠惰	热情天使	温柔的人有福了
5.贪婪	贴地躺卧	忏悔者自述：慷慨／贪婪	慷慨天使	慕义的人有福了
6.贪食	果树倒悬	果树中的声音：节食／贪吃	节欲天使	饥渴的人有福了
7.贪色	烈火焚身	忏悔者自述：贞洁／贪色	贞洁天使	清心的人有福了

炼狱山的行动法则是不仅强调个体昼夜不息、六感并用、身体力行，同时提倡人际互助，生者与死者互相亲爱，尘世的亲友要常常依照教会礼法为亡灵

祈祷祝福。炼狱山的道路象征着尘世教会修道院的规则。炼狱山和地狱从社会关系角度来看是完全不同的，但在刑狱角度而言存在相同之处。从刑狱角度来看，炼狱和地狱的监管模式或许启发了边沁[①]的全景式监狱设计灵感，后来这种模式又被福柯引入文学批评领域，创造出"全景敞视主义"[②]（Panopticism）的概念，这个概念后来又被纳入"空间叙事理论"的范畴中。所谓的"全景敞视主义"或者说"全景敞视建筑"就体现在现代人日常生活的各类型建筑中、大街上甚至是各类电子产品中，譬如手机的 GPS 定位功能等。福柯在《规训与惩罚》中详细分析并批判的"全景敞视主义"以不可阻挡的趋势普及全球，成为一种常规管理法则。福柯认为："这是一种重要的机制，因为它使权力自动化和非个性化，权力不再体现在某个人身上，而是体现在对于肉体、表面、光线、目光的某种统一分配上，体现在一种安排上。这种安排的内在机制能够产生制约每个人的关系。""一种虚构的关系自动地产生出一种真实的征服。"[③]边沁的全景敞视机制产生的胜利效果是不需要铁链、大锁、栅栏等旧式厚重的治安所或城堡式建筑的，简单经济的几何造型"明辨所"（house of certainty）取代了一切设备。

从身体行为的暴露程度来看，程度不同的罪魂裸露在周围的罪魂之中，裸露在无所不在的鬼卒或天使的目光中，裸露在天国众福灵和众天使的目光下，更是裸露在上帝无所不在的注视中，无处遁形。这种刑罚方式有些类似

① 边沁（Jeremy Bentham，1748—1832）：英国哲学家、经济学家、法学家，监狱改革的提倡者。Panopticon，一般译为全景式监狱或敞视监狱，边沁认为这种建筑可广泛应用，也可称为全景敞视建筑。现代的监控技术设备使这一原则得到普及应用。
② 〔法〕米歇尔·福柯：《规训与惩罚》，刘北成、杨远婴译，三联书店 1999 年版，第 224—235 页。
③ 〔法〕米歇尔·福柯：《规训与惩罚》，刘北成、杨远婴译，三联书店 1999 年版，第 226—227 页。

于现代网络社会中的"新闻曝光"或"人肉搜索"而产生的大众曝光效果。无法计算的目光时刻审视着他们的灵魂，因此而形成的精神压力超越了一切肉刑可感的疼痛刑罚[1]。或许从这个角度来说，上帝赐予他们的刑罚弥补了他们心灵的虚脱状态，迫使他们以忙碌的行动状态来冲抵这种心灵冲击造成的创伤。

单从时间之维来看，地狱和炼狱所启示的共同法则是：人在尘世时可能用极短的时间犯下重罪，以至于堕入地狱进入永死的时间刑罚；人在尘世也可能用数十年的生命沉溺于"小罪"，在炼狱中则需要以"百年"为单位且以昼夜不息的行动来补赎。尘世的生命时光在对比之下更显得弥足珍贵，诚如中国谚语所云：一失足成千古恨，再回头已百年身。在歌德的《浮士德》中，浮士德年逾60开始重新求道，经过五重历练终于达到了满意的境界，那时他已经是百岁老者。浮士德将尘世生命的每一分钟都化为求道行动的时间，因而"浮士德精神"被誉为资产阶级的"新圣经"精神。而在20世纪中叶萨特的存在主义哲理剧《禁闭》中，抽象出"地狱"的两种本质特征，其一是"他人即地狱"，其二是地狱没有酷刑，地狱的刑罚是永不熄灭的灯光，即永不更改的"现在时刻"。

在《炼狱篇》中有个关于灵魂的著名比喻：蝴蝶与幼虫。关于灵魂体的状态，在地狱中用"ombra"表示，即阴影、影子的意思，就像是人在阳光下的暗影，是形质可见的。并且越到深渊谷底，影子越沉重有质量，以至于在冰湖中但丁遇到了一个憎恶的仇敌时，竟然可以亲自抓住他的头发折磨他。在炼狱开篇则介绍说来到炼狱的灵魂们，还有一层生前的罪孽包裹着，如同一层皮似的，这层茧非得经过辛苦的磨炼方可脱去，实现灵魂飞升的潜能。炼狱的灵魂则开始用"spirito"，意思是心灵、精神，好似空气中透明的气泡，外面有形状界限，

---

[1] 地狱造成触觉痛苦的凄惨刑罚参看附录16：地狱的结构剖面图，各色鬼怪狱卒配置图。

但是内部则是透明的状态。在炼狱第一层里，朝圣者但丁感叹道："啊，骄傲的基督徒们，悲惨可怜的人们，你们的心失明，对于后退的脚步满怀信心，你们没有意识到我们是幼虫，生下来是要成为天使般的蝴蝶，毫无防护地飞去受审判的吗？"[1] 那么最后到天国中的灵魂是什么形态呢？我们最后来分析人类灵魂本真的形态，即天国花园的福灵们的存在状态。

三、上帝的道：神国居民的网络空间

在《天国篇》中诗人用"questi corpi levi"（*Paradiso* Ⅰ:99）、"beati motor"（*Paradiso* Ⅱ:129）这类的词汇来描述天国中的居民们，意思分别是"那些发光体"和"受祝福的运动体"。上帝的爱在有形宇宙中以"光"的形式溢出传播，上帝运行的本质与光类似。在基督徒的认识中，上帝就像太阳的光线一样无处不在，充满了整个宇宙。但丁所描绘的天国福灵众生图是依据中世纪基督教文化的想象，也有明确的经卷来源，即阿奎那《神学大全》中"论圣人们复活后的情况"。

基督教教义认为"千禧年"所说的一千年并非确定的数字，而是一种更为广阔的数字时间观念。一千是一百乘十，而一百是十自乘，十在基督教的数字象征符号里面表示圆满和复多，一千则表示无限多的岁月。人类肉身的复活并非在"千禧年"而是延至世界末日，届时天体的运行将停止。肉体复活后将获得类似基督不死不减灭的生命。肉身复活的确切时间是秘而不宣的，诚如人所经历的时间和寿命，只是偶然如同其他时代一样。人除非借由天主的启示，否则仅凭借人自身的理性，不可能知道未来的确切时辰。肉身复活的时间不是确

---

[1] 田德望译：《神曲·炼狱篇》，人民文学出版社 2002 年版，第 353 页。

定的时辰。最佳的时间应该在中午，因为日正当中。但是也可能是在夜间。也有人主张，未来的肉身复活极可能是在黎明——明月西下，旭日东升时，因为人们相信天主在这种情况下造了日月，当日月回到同一个原点（punctum），就是完成了它们的循环。所以，据说耶稣在这样的时辰复活了。这也是但丁在《神曲》中所采纳的耶稣复活时间，即复活节的黎明时分。

人类复活是确定无疑的信条，复活后的人类也有各自确定的年龄特征。阿奎那推论说 [①]：未来复活的人，丝毫没有人性的缺点。人性的缺点有两个方面：一是人性还没有获得最后的完美；二是人性丧失了最后的完美。儿童们与老年人分别对应两者。所以，复活的人们都回归到他们青春健壮的最完美境界，即茁壮走势的终点以及衰老走势的起点，大约是 35 岁。亚当受造的年纪也是青春年纪。《厄弗所书》（4：13）说："直到我们众人都成为成年人，达到基督圆满年龄的程度。"基督却在青春年纪复活，因为青春年纪在 30 岁左右开始，正如奥古斯丁在《上帝之城》（22：15）所说，因此其他人也应该在青春年纪复活。

义人复活后将获得最美好的体貌特征，恰如上帝赏赐的永恒的"衣裳"。生前有德性的福灵在天国还将获得天主赏赐的"妆奁"，即享见、爱慕和享有天主。升天获得永福的光荣的灵魂就像一个个新娘子，应该得到来自新郎父亲赐予的妆奁作为装饰。天国福灵或圣贤们复活后的身体除了上述的恩典之外，还有上帝赐予的特殊荣耀，即神健（impassibilitas）、神透（subtitas）、神速（agilitas）、神光（claritas）这四种灵体运行异能，类似于天使或天主。所谓神健就是如同神明一般永不损毁、不老不死的身体。拥有神健的灵体触觉和精神感觉功能更为敏锐，不受距离的限制。神透（精微性）取意"穿透的能

① 〔意〕多玛斯·阿奎那：《神学大全》（第 17 册），陈家华、周克勤译，碧岳学社／中华道明会 2008 年版，第 183 页。

力"（virtus penetrandi），诚如气体可以充盈全身，阳光可以透射水面那样，神透性就是体积精微、密度小、可随境变形。神速，光荣身体的位移不经过中间物，如同意念的转换。光荣身体的运动与意念一体，即时即刻。神光就是灵体的亮度超越星辰。

在《天国篇》中，角色但丁游历天国时，最大的挑战是眼睛的视觉，因为天体和福灵的亮度随着天层上升而逐渐增强。众福灵就像是璀璨星空中更为明亮的光点一样，每个福灵都带有特定的"光圈"。"光圈"分为两种基本类型：[①]"Aureola"，即分布全身的光圈，代表天堂的荣耀；"Aurea, halo, nimbus"，即头上的光环，代表福灵的神圣性。所有的福灵都有"小光圈"，这象征着人的灵魂得到的基本赏报，就是得享天主。旧约圣经说："人生在世，岂不像服兵役？"（《约伯传》7：1）人由战争而立功劳，在基本赏报上增加的偶然赏报是属于少数者的，称为"大光圈"。大光圈应该归属的对象是爱德最显著的人们，即圣师、殉道烈士和贞女，他们最完美地似神。在《神曲·天国篇》中但丁的高祖卡洽圭达就享有象征荣冠的"大光圈"，而但丁三界之行的援助者来自三位圣洁的女神：卢奇亚、玛利亚和贝雅特丽齐。

但丁天国中福灵的灵体状态在《天国篇》第12章的"双环玫瑰圈"[②]图像中得到展示。诗篇中第一次出现环形旋转花环是单圈的，共由12个福灵组合而成，出现在之前的第十章，两者共为日星天的场景。日星天福灵运转的形态代表了天国福灵的普遍形式，也呈现出天国旋律的演绎方式："那些永恒的玫瑰花组成的那两个花环围绕着我们转动，同样，外面的那个花环的动作和歌声与里面的那个花环相协调。"[③]里外两个花环舞蹈和歌声就像是一场盛大的

① 〔意〕多玛斯·阿奎那：《神学大全》（第17册），陈家华、周克勤译，碧岳学社/中华道明会2008年版，第379页。
② 参看附录17：双环玫瑰圈。
③ 田德望译：《神曲·天国篇》，人民文学出版社2002年版，第732页。

欢庆舞会，充满了幸福和爱的发光体交相辉映，彼此的行动就像两只眼睛同时开阖那样协调一致。天国的福灵彼此之间以光速运行，心意识直接相通，光芒交相辉映，个体的存在同时也增添他人的荣耀和光辉。

天国的福灵不仅是个体的荣耀，同伴的荣耀，也能够荣耀天使，荣耀上帝。从上帝永恒法的角度来说，天使们一直凝视上帝，运行在上帝的周围，不曾暂离。因而天使是不存在"记忆"的，人类"记忆"的产生根源在于思维的间断性和善变性，因为人的意志不专一，才会产生中断和回忆。天使由于从不离开上帝的周围，保持着类似上帝的永恒性，因而一般是不会增添荣耀的。末日审判之时，天使不列入赏报的行列。但是也或许存在例外，例外的情况就是天使因为人类福灵的关系而获得偶然赏报。

人类的福灵在宇宙中具有独特的价值。地狱中的罪魂可以增添魔鬼的罪孽深度，而天使护佑人类的功劳可以成为获得赏报的依据："天使并不是圣人基本赏报（praemium essentiale）的原因，因为圣人直接由天主得到赏报。可是天使却是人类偶然赏报（praemium accidentale）的原因，因为高级天使（angelus superior）以某种并不属于本体真福的天主奥秘，而光照低级天使（angelus inferior）和人类。"[1] 某些人因为功绩彪炳而大受高举，竟然可以超越天使的本性与赏报。譬如圣子耶稣和圣母玛利亚，由于耶稣的诞生和功绩，人类才获得了"死里复生"的机会，重新获得回归上帝天国的恩宠。而圣母玛利亚的贞洁创造出恒星天那朵"纯白的玫瑰花"，正是福灵最终的天国栖息地。

上帝是爱，是光，也是以理性思维为本体的。天国福灵的形态即是上帝最初创造出的人类灵魂本体应有的属性。在《圣经·旧约》中上帝曾为初民亚当

① 〔意〕多玛斯·阿奎那：《神学大全》（第17册），陈家华、周克勤译，碧岳学社／中华道明会2008年版，第282页。

和夏娃安置了"伊甸园"作为人类最初的寓所。新约时代发展而来的"神国"或"天国"概念是基督教宇宙观的进一步发展,《神曲》时代的"天国"境界远远超越了旧约的"伊甸园""迦南之地""耶路撒冷",以及《启示录》中珠光宝气、金碧辉煌的天宫圣殿。在《神曲》的炼狱山顶对"伊甸园"的自然环境作了如诗如画、人间仙境般的想象和描绘,勾画出一幅最适宜人体感官的"人造自然"生态环境,或许现代化的大楼恒定温湿度设计灵感的来源最早就在《神曲》中出现过。

伊甸园是神学教义中的一个重要概念。《旧约·创世纪》中详细描绘了伊甸园的安逸美好,四季如春、风景如画、果实丰硕,人类只需要看管园子、修剪树枝作为活动的方式,绝无耕作的辛劳。然而根据《神曲》第28章中的描写,人类始祖亚当和夏娃只在乐园中待了6小时就触犯了上帝的诫命,偷食了禁果,被逐出乐园。此后流散在地上的万民,他们的居住环境每况愈下。同在炼狱山,乐园之下的各层平台上的自然状态就象征着人为改造之后的居住环境,虽然是平坦的,却毫无生机和大自然之美趣。伊甸园自亚当被逐之后就被上帝收回,当炼狱山门对人类开放之后,伊甸园重新被启用,但只是作为天国的中转站,并不是人类栖居的处所。《神曲》中的伊甸园常住居民也许只有一个美丽的女子玛蒂尔德(Matelda)在那里采集鲜花,她象征着希腊神话中的春神/冥后珀耳塞福涅,她也负责将炼狱净罪之后的灵魂浸泡在两条河流中,完成最后的"洗礼"净化规仪。

耶稣在《马太福音》第六章中训导信徒要以遵守上帝的律法为重,不要为吃喝穿戴的俗事浪费太多的精力和时间。他以野花野草打比喻,说朝生暮死的花草上帝也是眷顾的,给它们以美丽的外表。打比方说:"你们看那天上的飞鸟,也不种、也不收、也不积蓄在仓里,你们的天父尚且养活他。你们不比飞鸟贵重得多么?你们那一个能用思虑,使寿数多加一刻呢?何必为衣裳忧虑呢?你想野地里的百合花怎么长起来,他也不劳苦,也不纺线。然而我告诉你们,就是所罗门极荣华的时候，他所穿戴的，还不如这花一朵呢。"（马太福音6：26—29）耶稣所训导的这些话也正是基督教的物质观和宇宙观，圣经认为上帝是宇宙万物尤其是人类的看顾者，特为人类准备了最佳的寓所。如果不是人类因罪被上帝放逐，则可永远享受上帝的"乐园"，后来则是"应许之地"或者就是"神国"。

基督教对伊甸园的阐释突出了上帝的恩典和安排，如果人类服从和依赖上帝的法则，就会永享一切福德。基督教将伊甸园中的生命树解释为耶稣基督的象征物，生命树的果子具有保存生命的力量，具有精神的意义，代表着基督耶稣。分辨善恶的知识之树也是一棵有形的树，因为在吃过了它的果子之后，人就由于体验到后来的惩罚而懂得了服从的善与反叛的恶的区别了。亚当所拥有的第一个知识就是不遵守诫命的惩罚。伊甸园显然是最适合人类居住的住所，自然状态同人的不朽的原初状态是保持一致的，只是因为先祖的背叛而遭到流放，失去了这个乐园。

耶稣复活之后上帝为人类福灵设置的寓所"天国"是超越伊甸园的至福之境。《神曲》中借贝雅特丽齐的介绍说月层天之上所有的地方都是天国，福灵在天国不存在特定的层圈限制，整个天国属于全体福灵共有。他们之间依照福报的等次以"远原则"和"近原则"两种方式来取得对上帝的关照和秩序。天国围绕着地球层层扩延、无限广大，这与地狱的地形环境形成了鲜明的比照[①]。天国处于最高天，在有形宇宙变化范围之外，具有最高等级的稳定性，适宜天使和福灵们的幸福状态，是他们最合适的寓所。

但丁的天国福灵们最后集体呈现出的状态是一个"星河花滩"："一条形状像河一般的光，在由神奇的、仿佛春季盛开的繁华荟成的两岸中间闪耀着金

---

① 天国层圈的空间容量的无限开阔性与地狱空间的无限缩减的对照关系，见本章附录18：天堂、炼狱和地狱的空间模拟图。

黄的颜色。从这条河里飞出一颗颗活泼灿烂的火星，落到河每一边的花里，好像镶嵌在黄金里的红宝石似的；然后，它们似乎被香气熏醉，重新跳进神奇的河流，一颗进入，另一颗飞出。"①随着但丁眼睛浸入这条"星河"的瞬间，星河呈现出圆形剧场的全貌，为但丁开设了一个"视觉的盛宴"："所有那些人间回到天上的灵魂，在那片光上方四周一千多排围成圆形的席位上，倒映在光中。"此刻，但丁的眼睛经过数次洗礼已经获得了"神视"的功能，自然法则的距离再也不起作用，远近高低所有的圣贤都映入眼帘。但丁求知的全部欲望得到了最大满足。圣徒们的坐席安排是圆形的，圆形是有形无界的，即没有起点、没有终点，任意一点都与中心距离等同，最恰当地表达了天国的秩序和永恒之意。天国的福灵们都身着白袍，以纯白玫瑰花形围绕花心仰望上帝的中心光环。天使们像一群蜜蜂展示盘旋在上帝和福灵之间，把他们从上帝那里得到的平安和热爱传送给一级一级坐席上的圣洁福灵。

但丁穷极目力来探究光源深处的知识："在那光的深处，我看到，分散在全宇宙的一切都结集在一起，被爱装订成一卷：各实体和各偶然性以及它们之间的相互关系，好像以如此不可思议的方式熔合在一起，致使我在这里所说的仅仅是真理的一线微光而已。"②"三位一体"的最后幻象是三个不同颜色、同一容积的圆圈，其中两个犹如空中出现的双环彩虹，一条反射着另外一条的光芒，而第三个则是由前两个光环发出的火焰形成的。在圆圈中间上帝的图像闪现之际，但丁立刻梦醒，瞬间丧失了记忆，无法还原此后的图景。此刻，但丁的时钟停止，一切消失，进入心灵的澄明状态，一无所思、无欲无求。全身心充盈着上帝之光启示的圣洁之爱："nel santo officio: ch'el sarà detruso /là dove Simon mago è per suo merto,/ e farà quel d'Alagna

---

① 田德望译：《神曲·天国篇》，人民文学出版社 2002 年版，第 837 页。
② 田德望译：《神曲·天国篇》，人民文学出版社 2002 年版，第 855 页。

intrar più giuso." (*Paradiso* XXXIII:146—148) 意思是：在神圣的天府至高点，达到了我想象力的极限，我回忆复述的能力不够了。但是我的欲望和意志，在圣爱的推动下好似受相等的动力推动的轮子似的同一运转，圣爱推动着太阳及其他星辰。

博尔赫斯曾研究但丁的《神曲》，并给予高度的评价。他有一句名言流传甚广：天堂就是图书馆的模样。在威利斯·巴恩斯通编写的谈话录中，博尔赫斯谈论了自己作为诗人的使命感，他认为自己命中注定要阅读、做梦和写作。他说："我总是把乐园（paradise）想象为一座图书馆，而不是一座花园。"①非常有趣的是他紧接着说："而当我进入那座图书馆时我却瞎了。"这句话并非打趣，博尔赫斯本身患有眼疾，但丁在《神曲》的开头即表示受到"眼睛守护神"圣女卢奇亚的救护，而在《天国篇》的最后阶段两度暂时"失明"，暗示其身受眼疾之苦。在但丁之前，最伟大的诗人荷马是一位盲人，而但丁之后，弥尔顿在失明状态下创作了《失乐园》等宗教史诗作品。

我们这里最后要点明的是上帝之道体现在众福灵秩序中的重要特征，就是一种"网络共享"的模式。这种模式与地狱和炼狱中隔离、半隔离的"全景敞视式"圆形监狱秩序模式形成了鲜明的对照。上帝之道不仅体现在上帝自身以光源的形式将爱和能源传递给众天使，天使层层传递给福灵，并影响诸天体，推动全宇宙的运行。上帝之道还体现在天国众居民自身形成的秩序模式方面。前面我们提到了每个个体福灵的光芒都促成其他个体的光芒提升，他们会聚在一起，彼此分享着爱、传递着爱，同时也使爱的力量无限递增。天国的能量传播方式是无限分享却毫不损耗，反而翻倍递增，这种模式跟物质财富的分享方式完全相反。因此所谓的天国精神就是资源共享的网络空间信号传播模式。天

---

① 〔美〕威利斯·巴恩斯通编：《博尔赫斯谈话录》，西川译，广西师范大学出版社 2014 年版，第 248 页。

国是众贤云集之地，白玫瑰的前后四周源源不断地充盈着爱的能量；天国是善德和智德灵魂的交流场所，青史留名的贤哲智者随处可见，人类灵魂所需要的一切精神食粮都将得到饱足。

上帝之道体现在时间上就是永恒的凝视，所谓"爱"就是关注，从不暂离的心神合一的凝视和关注。而上帝之道在空间上的呈现就是无限开放的资源共享网络模式。借用玛格丽特·魏特罕的话来说，但丁的空间就是网络的空间，是一种"开放"精神："OPEN 是一种人本的宽厚；OPEN 是一种自由的开阔；OPEN 是一种平等的宽容。"[①] 开放精神也正是但丁创作《神曲》最核心的目标，是但丁对意大利民族最杰出的贡献。在中世纪大部分的百姓都是目不识丁的文盲，甚至连国王骑士权贵阶层也包括在内。读书识字的权利大都掌握在教士手中。《圣经》不是用来读的，而是用来听和看（图像）的。但丁突破了官方拉丁语的知识界限，将基督教最初的贫民精神和福音传播到最广泛的大众群体中，《神曲》的三部分篇章是分阶段完成的，在全部创作未完成之前，但丁的诗篇就已经成为街头巷尾百姓们传唱的歌谣。在薄伽丘的《但丁传》中，记载说有些市民见到但丁严峻的神情和黯淡的肤色时，议论说或许他真的到地狱走过一遭，所以脸色熏得发黑。但丁在炼狱篇中描述亡魂"尸骨未寒"妻子就已改嫁的事件后，竟然影响到当时的民风，据说一位改嫁的妻子死后特意在墓碑上刻上两个丈夫的家族徽章。

耶稣传教的时代是在古罗马帝国走向衰败的末期，人世间的混乱、争端、是非颠倒、道德败坏尽管肆虐猖獗，但是追随耶稣的人仍可期待死后进入一个永恒光辉的避难所。基督教与《旧约》的犹太教信仰不同，耶稣带领的这一支信仰宗派脱离了旧式的选民思想，耶稣布道的过程打破了旧约时代的陈规旧俗

① 〔美〕玛格丽特·魏特罕：《空间地图——从但丁的空间到网络的空间》，薛绚译，台湾商务印书馆 1999 年版，扉页。

和礼仪禁忌。基督教的一大革新是应许人人可得救赎，没有性别、种族、职业、国籍之分，只要是信仰耶稣教训的人，天国之门就为他而开。单从科学原理来看，网络空间打破了全球人类的一切壁垒，允许每一个人进入自由的网络世界，上帝之国容纳万民，网络之国亦然。网络帝国允许每个人以无差别的虚拟数字身份进入网络信息的巨位洪流中。但丁《神曲》中所启示的上帝之道与我们当今的数字化全球网络信息帝国合流相遇。

余　论

一、但丁的宇宙体系总结

　　《神曲》中的有形宇宙十分明确地呈现为一个喜剧舞台上的三个世界：地狱、炼狱和天堂。再加上舞台下的观众群体即"尘世"构成了中世纪基督教文化传统中的全部宇宙，也就是一个宇宙四个世界。《神曲》正面描述的是亡灵三界的生活存在状况，尘世作为观众角色隐形包含在诗篇文本中。地狱、炼狱和天堂的秩序体系按照空间构图的方式来建设，就像是一座无限外延的球形套圈建筑，角色但丁在十重天球建筑中，沿着中心轴的"螺旋形天梯"从北半球的陆地平台一直攀升到天府家园。

　　本书从三个层面来分解《神曲》中的宇宙体系，即时间、空间和灵魂体。角色但丁所走的道路即是"时间"的形状，"时间"是上帝之光启示出来的行程轨迹，时间是太阳运行的轨道和律动。时间是一个明确的坐标轴，X 轴有明确的原点和延展的方向箭头，并且有明确的形状，归纳起来就是一个从原点开始螺旋形向上攀升的时间箭头。这个螺旋形的轴心则是"归向"上帝的垂直 Y 轴，也就是说时间的形状和结构自身即是其意义所在。时间是道路，是方向，是归向上帝的"爱善"之德，这是灵魂之旅的单向道。《神曲》收纳了 1300 年之前但丁所熟悉的所有欧洲人文历史和典故，将克里特文明以来的所有灵魂都纳入地狱、炼狱和天堂中，并置了人类的历史时间。人类历史的时间表呈现出类似现代网络信息系统的"共在"状态，如此繁多的时间段和人物信息需要一种特殊的秩序形式来安置。这就是《神曲》三界的体系模式。

从空间的维度来说，《神曲》三界的体系模式按照基督教伦理学的教义来确定分区、分界和分层。基督教神学宇宙观的基础是上帝一元论，上帝所创造的宇宙是"一"也是"多"，因而但丁安置所有人类亡灵的三个国度也依照这个总则。从地球 B 点到上帝至高天府的核心 A 点是宇宙体系的中轴线，球形宇宙有了明确的上、下、左、右方向之分。在一条核心轴线上，A 点为起点也是终点，是归宿家园，是真理和至福之地，B 点是流放的终端，朝向上帝是"上行"正道，反向则是撒旦的地狱深渊，是灵魂永远沉沦的"下坠"之地。在向着上帝 A 点攀升的过程中，随着太阳的轨迹"向右"沿着弧线形状行走，表征着围绕"皈依"的轴心践行"七善德"的阶梯在正道上前进，任何走平面"直线"的方式都是"曲线"，是错误的弯路；反之，背弃太阳的轨迹沿着"向左"运行的灵魂，则表征着逆旅下行的轴心路线，朝着"撒旦"的 B 点方向进发，所践踏的是"七罪宗"和"二十二种罪孽"的沉沦覆灭之道。帕特里克·博伊德将《神曲》中的善德和罪恶归宗到两棵树上，一棵是从亚当、夏娃和盘绕在树上的蛇（撒旦）处生根的"智慧树"，所谓智慧（intellectual）也就是懂得分辨"顺从"是"善"、"违背诫命"是"恶"，由此树分支出形式多样的罪恶（vices）；另外一棵是从天使报信玛利亚受孕的图景为根基产生的"生命树"，这"生命"就是圣灵耶稣基督，这棵树上分支出各类善德（virtues）。这两棵树又名"罪恶树"和"善德树"。[①] 宇宙空间的内在体系就是灵魂体上投射出

---

① Patrick Boyde:*Human vices and human worth in Dante's Comedy*,Cambridge,UK; New York,NY,USA:Cambridge University Press,2000,pp.54-55.

来的道德伦理之光芒创造出来的类别属性差异。

空间层面除了基督教伦理学的依据之外，还有一个质料形式的依据。这个依据与基督化了的托勒密天文学体系相关。中世纪文化中流行的宇宙论说法是上帝所创的宇宙由两类构成：一类是天使和灵魂体，这是区别于物质形体的特殊质料，是永恒不朽坏的；另一类是有形物质，即有形诸天特别是地球的基本构成元素"土、水、火、气"，这四元素又因为四种素质"干、湿、冷、热"的作用推动而幻化出不断改变形态的宇宙万物。人类是灵魂与肉体的结合，兼具灵魂性和物质性，脱离肉体的灵魂保留着尘世的功德或罪孽，因而形成不同的形质，根据各自的灵魂轻重形质的差异而对应各自的去处或寓所。罪孽重的灵魂如阴影晦涩沉重，沉坠入地狱中；爱德满溢的灵魂轻盈展翅如天使，飞升天国。灵魂创了他们第二次永恒的命运，灵魂来世的家园就是他今生的为人。

最后一部分是分析亡灵在三界中的活动，亡灵的活动分为意识思维和身体行动两部分。基督教神学教义终结了古希腊古罗马泛神论的灵魂轮回说，人类所有死去的灵魂体都必须在未来世界里共同享有"共在"的时钟和住处。所有的亡灵呈现出非物质无伪饰的原始状态，所有的灵魂都具有"心灵解读术"，可以直接穿透彼此的内部世界。因而亡灵体按照"物以类聚"的方式自然聚合在一起，所谓地狱就是"邻舍皆恶人"，天堂则是圣贤、善人、英才聚集之地，灵魂们的人文居住环境即构成了他们的"赏"与"罚"。灵魂界的活动剔除了尘世人类谋生的物质化生活方式，提取出纯粹精神的人生道路，角色但丁代表了"个人"的精神历程，炼狱山的众灵魂修行活动代表了"人类"的精神之旅，天堂灵魂的形质状态和人际网络方式则是上帝"大爱"之道的完美呈现。但丁按照基督教的神学价值观仰望着上帝之光，预言着走向幸福的人类道路，就是上帝的天国运行模式，所有在尘世依照善德修行的圣洁灵魂，他们脱离肉身的惩罚之后，还原为众天使的兄弟姐妹，成为无翼翱翔的自由灵体，时间和空间归为一体，意识和行动合二为一，圣洁的灵体就像星空中闪烁的一个个光点，个体发光的同时就是为邻居增光，众星辉映创造出数学"a 的 n 次方"之幂的无限正能量，这与地狱的无限恶性循环的人际关系网形成了鲜明的对比。

但丁的宇宙体系总则为一，十天球层圈套环形成的体积容量无限外延的大宇宙，这个宇宙是由独一上帝之"爱"溢射而出。宇宙的中轴线是撒旦 B 点和上帝 A 点，这条线包含两个箭头方向，上行是皈依上帝的善道，下行为叛离上帝的恶道。灵魂的归向或背离的二分法使得宇宙演化出三分、四分、七分、九分等多样化的秩序法则，纷繁尘世无数灵魂起伏升降的喜剧组成了一个《神曲》舞台。无限复多的情境全部共时性地显形在上帝的生命卷轴中，人类穷极智慧所追求的真理和至福归宿就是天国。

二、"圣言"与"三韵体"

我们在正文中主要以诗篇的文本框架建构及其文化渊源、文本意蕴为分析对象，在论著的结尾处对诗篇的韵律形式作一点延伸分析。《神曲》的韵律研究属于语言学的范畴，兼及音乐领域的专业知识，本身就是一个专门的研究课题，在此我们只从比较简单的文字结构层面来分析《神曲》韵律的文字编排形式，以对文本的内涵结构作一个简单补充，形成相对来说比较完整的一个体系。

按照空间叙事学的基本观点，"文本总体空间"的塑造必须纳入文字"线性"符号的编排系统中，文学作品的文字符号编码本身也是一种特殊的形式。诗歌的文字形式尤其具有"本体"意义，《神曲》的"三韵句"来自意大利民间歌谣的传统，却更是经过了但丁的精心安排，创造出与诗篇内容结构高度协调一致的韵律经典，《神曲》的韵律模式在文学史上可以算得上"前无古人，后无来者"。在《创世纪》中上帝以"圣言"为媒介创造出了宇宙万物，"全体受造物"（universitas creaturarum）就是"宇宙"的词源，现代意义上的大学（university）也是从宇宙一词得名的。

但丁在《论俗语》（1304—1305）、《致斯加拉亲王书——论〈神曲·天国篇〉》（1319）[①]中专门论证了《神曲》创作的语言和格律问题，他论证出歌体诗（canzone）是最可贵的形式，"因为从诗人的头脑里流溢于其口中的想象，只有在歌体诗中才可以发现得最多"[②]。他详细论证了诗歌的题材类型、悲喜剧、诗章、诗行的音节、韵律等具体的量化细则，对《神曲》的诗歌语言问题进行了解析说明。但丁在解释天国篇的创作时，指出诗人的使命就是揭示上帝之光普照万物生灵的真理。

三韵体。但丁的《神曲》共由 100 歌（canto）组成，也可称为诗章（stanza）。诗章是长篇叙事诗段落划分单位，源于拉丁文的"歌"，最初可能指行吟诗人一次唱完的一段歌，在早期的荷马口头说唱史诗时代，诗章可以被随机划分成段。三韵体是以三行为一个诗节，连环押韵，诗歌没有行数限制。在《神曲》中，每首诗歌约为 140 行，总共是 14233 行。意大利学者论述说："三韵体"[③]是古典格律（13—16 世纪）的一种，是但丁在《神曲》中独创的韵律格式，被后世但丁学研究者定义为"但丁三韵句"。但丁的三韵句格律是开放的，但并非无穷尽的开放式。虽然是隔行变化押韵，但其形式表现为一系列三行押韵组合与结尾处一个独立押韵的闭锁式结合（尾韵是 yzyz）。它前后各用一个双韵组合来界定轮廓，即 aa 与 zz，中间都是三个韵脚组合，总体韵脚重叠押韵规律为"aa, bbb, ccc, ddd, ... xxx, zz"。[④]

---

① 中文译本详见缪灵珠：《缪灵珠美学译文集》（第 1 卷），中国人民大学出版社 1987 年版，第 267—326 页。

② 缪灵珠：《缪灵珠美学译文集》（第 1 卷），中国人民大学出版社 1987 年版，第 293 页。

③ 三韵体的名称有下列几种常见表达方式：La terza rima, terzina incatenata, terzina dantesca.

④ 译自 Pietro G. Beltrami：*La metrica italiana*, Bologna: Il Mulino, 2011, p. 110.

《神曲》的韵脚线性结构模仿的是人体在阶梯上行走的轨迹图像，展开形状是 aba,bcb,cdc,ded,...wxw,xyx,yzy,z，可以呈现出图 12 的形状。上面的一行像是人的眼睛和视觉聚焦点，下面的韵脚重复类似人的左右脚，《神曲》中的主角但丁即是"边走边看"，移步换景，绝不回头。在炼狱山的大门开启的时刻，传来如雷贯耳的吼声："进来吧；但是我警告你们，谁往后看，谁就回到门外去。"[①] 但丁的诗章 140 句的韵脚也是这样从 a → z 绝不雷同，连锁向前推进，不走回头路。

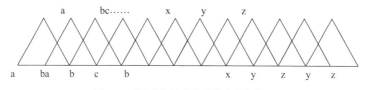

图 12　《神曲》诗章中的韵脚结构关系

　　三角形上面的 abc → z 还表示直线上升的箭头方向，也跟下面一行的韵脚形成了一个空间平面的三个点。如"aba"既是线性的语言符号，也构成一个三角形，三角形的三个点又构成一个平面，互相连锁衔接的三点平面构成双螺旋立体阶梯模型。如图 13 所示。

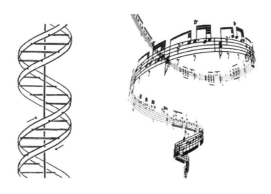

图 13　三韵句的结构形状："知识天梯"与"天籁之曲"

---

① 田德望译：《神曲·炼狱篇》，人民文学出版社 2002 年版，第 343 页。

《神曲》地狱、炼狱和天国三个部分终末的韵脚都以"stelle"衔接，表示与星辰的运行轨迹相一致，三界时空共在星辰的运行轨道中。《新约·启示录》（1：8）记载："昔日、今在、将来永生的主——全能的上帝说：'我是阿尔法，就是开始，是俄梅戛，就是终结！'"但丁的韵脚线性排列的方式和数量暗合了上帝之言，就是从开头到结尾，有始有终的完整序列。毕达哥拉斯派认为数字就是图形本身，一是点，二是线，三是面，四是体，三、四、十都可构成三角形。五与六组合成为 10＋1，一是圆心，十为圆形，三韵句每行诗歌由 11 个音节组成，就是一个个小小圆环的形状，五与六乃是圆满的"一"。因此三韵句从字面结构上模仿了上帝圣言之道，并且也与朝圣者但丁的朝圣之旅形状吻合。语言与时间在空间结构上完美地融合为一体。

英国学者在研究但丁《神曲》之前创作的《石头组诗》（*The Rime Petrose*）时分析说，早在《神曲》创作之前，但丁就在构思从"温柔的清新体"爱情诗风向"小宇宙"诗风的转变[1]。《石头组诗》的创作时间没有明确的史料记载，但是组诗的开篇内容描述了 1296 年 12 月临近冬至时天空中行星的轮廓形状。中世纪习惯使用星座计时法来确定季节日期，由此大致可以推断出其创作日期是 1296 年冬季到 1297 年。1296 年但丁已经 31 岁了，结婚多年，有几个孩子，家庭面临着经济困难。在 1296 到 1300 年这段时期，但丁从不入流的行会会员开始，经过一系列的攀升逐渐到达佛罗伦萨行政权力的顶峰，1300 年正式当选为佛罗伦萨最高行政委员会六大执政官之一，执政时间为期两个月。但丁执政之后发生的一系列政治巨变改写了他的命运，然而《石头组诗》的创作是但丁显示出职业诗人兴趣的明确标志。在这些诗歌的创作中，但丁显而易

---

[1] "The Rime Petrose in Dante's Development", 见 Robert M. Durling and Ronald L. Martinez: *Time and the Crystal: Studies in Dante's Rime Petrose*, Berkeley. Los Angeles. Oxford: University of California Press, 1990, pp. 2-4.

见地探索着诗歌创作的新方向。

石头诗的创作理念诚如缩微版的《神曲》，但丁流亡之后放弃了《飨宴》（Convivio）的创作，全身心投入创作《神曲》。但丁创作《神曲》是他对无罪流放的强烈抗议，同时更重要的是对其早年才华的验证和展示，这是他作为诗人的真正价值所在。《神曲》在诗歌规模和蕴含的哲学神学知识体系方面，大幅度扩展和完善了《石头组诗》的创作理念。早在《新生》创作时期，但丁就摸索尝试创作一种"小宇宙诗学"（a microcosmic poetics），《石头组诗》比较全面地阐释了他的诗学理念。

小宇宙诗学有一些标志性的特征，归纳如下：第一，在那个时代，但丁首次在诗歌中聚焦自然界，力图使用一种来自天文学和占星术的科学化概念来有效地表达自然界；第二，但丁试图寻找一种特殊的诗节韵律模式，这种韵律力图模仿宇宙的节律，这种模仿不是泛泛而谈的简单模仿，而是在每一首诗歌中聚焦和模仿宇宙的自然特性；第三，但丁首次将宇宙和人体的节律平行并轨，尝试将诗歌的主题和结构设置的基础建立在一种和谐对应关系上，即宇宙与人体之间和谐共生的节律；第四，但丁在他的诗歌中首次扩展了主题和风格，将猛烈的负面情绪灌注到诗篇中。总而言之，就是试图在诗篇中呈现出一种类似宇宙天体节律的永恒"小宇宙"。但丁的《神曲》极其出色地完成了这个"小宇宙诗学"的构思理念，成为后世文艺复兴史诗作家模仿的典范。英国著名中世纪研究学者刘易斯的《被弃的意象》[1]和其他学者的论文集《宇宙和史诗：但丁、斯宾塞和弥尔顿，以及文艺复兴的英雄史诗》[2]等作品对此问题进行了比较深入的研究。

---

[1] C.S.Lewis:*the Discard Image*,Cambridge University Press,1964.

[2] John G.Demaray:*Cosmos and Epic Representation:Dante, Spenser, Milton, and the Transformation of Renaissance Heroic Poetry*, Pittsburgh:Duquesne University Press, c1991.

但丁的小宇宙史诗深刻影响了文艺复兴时代的诗人创作，而其"三韵体"影响更为深远，艾布拉姆斯对"三韵体"词条的解释是[①]：三韵体是但丁《神曲》的诗式。虽然托马斯·华埃特爵士早在16世纪就将它介绍到英国，但这一诗体在英语诗中并不常用，因为英语里的韵词比意大利语难找。不过雪莱却在他的诗歌《西风颂》里娴熟地运用了这一诗体形式。弥尔顿、勃朗宁和艾略特的诗歌里也出现过三韵体的诗句。

三韵体对英语诗歌的影响最为著名的代表就是雪莱的《西风颂》。雪莱1818年全家迁往意大利，此后在意大利旅居的四年间，雪莱曾经翻译过但丁的部分诗歌作品，大约创作于1816—1821年间，共有五个部分，涉及《新生》一首，十四行诗《致圭多·卡瓦尔坎蒂》，《飨宴》的第一章五个片段，《炼狱篇》"采摘鲜花的玛蒂尔德"和《地狱篇》"乌格利诺"这些章节。[②] 雪莱旅居意大利期间直接受到但丁《神曲》的影响，这四年也是雪莱生命的最后时光，是他创作的顶峰期，《西风颂》（*Ode to the West Wind*，1819）即是在但丁诗学的影响下创作的名篇。这首诗描述的是一场真实的大自然暴风雨物候景观，《西风颂》的格律形式是简短的"十四行组诗"（A brief sonnet-sequence），共分五个小节，每节有五个韵脚，分别是：aba，bcb，cdc，ded，ee。《西风颂》是《神曲》的"缩微小宇宙"版本：韵脚有五个，是《神曲》单篇约46个韵脚的1/9；每个诗章14行对应《神曲》单章140行，是其1/10；五个诗章对应神曲100章，是其1/20；总体诗行篇幅是《神曲》的1/200。即便如此，《西风颂》已经是英语十四行诗中的典范名篇，从对比的角度更能衬托出《神曲》的遣词造句和韵脚节律在诗歌文坛上不可企及的巅峰地位。

---

① 〔美〕M.H.艾布拉姆斯：《欧美文学术语词典》，朱金鹏、朱荔译，北京大学出版社1990年版，第341页。

② 雪莱的翻译作品见Ford Newell F：*The Poetical Works of Shelley*，Boston：Houghton Mifflin，1974，pp.523-526。

三、论著的局限性、难点和注释体例等说明

但丁《神曲》是中世纪的百科全书，也是基督教神学教义大全的诗化呈现。自《神曲》问世以来，在意大利本土的传播过程中就出现了不同意大利语方言的《神曲》版本。在但丁创作的时代，现代意义上的意大利语还未形成。在文艺复兴时期意大利的官方语言和文学语言依旧以拉丁语为主，大约直到18世纪随着西欧各民族语言的独立，意大利文学界逐渐形成了使用本民族语言创作的传统，并在语言学家的推动下逐渐形成了官方意大利语。《神曲》自15世纪前后向欧洲各地传播，并翻译为各种译本，历史文献资料卷帙浩繁。但丁的原稿早已佚失，流传的各种抄本之间互相有出入，现代一般采用意大利但丁学会的校勘本。

20世纪以来的但丁学研究成果主要有意大利但丁学会、美国但丁学会和英国但丁学会的成果，其他国家的研究成果因为语言的限制无法参考。笔者在原文材料阅读方面能力有限，只侧重诗篇原文的部分，其他部分以参考中文译本和英文译本材料为主。这是本书的局限之处，也是难点所在。20世纪以来的多语种译本所参照的《神曲》诗篇原文都是来自意大利但丁学会的校勘本，意大利但丁学会、美国普林斯顿大学"但丁研究"项目和美国弗吉尼亚大学都在官方网站上专门制作了有关"但丁学"的基本文献资料。其中包括《神曲》的通用原文版本、比较权威的英文译本、著名插画家多雷的配图系列，以及其他相关的原始资料文献。由于《神曲》的中、英文和意大利原文版本繁多，但是其诗篇内容都是相同的，无论是网络资源还是纸质外文版本都有明确标注篇章和诗行数据的惯例，因而本书在引证《神曲》原文诗句时按照欧洲文学的惯例，直接在文章中标注篇章名称和诗行数字，例如：*Inferno* I：37-39，不再标注某种个体译本的页码出处。

由于但丁的《神曲》在思想内涵和文本结构设置等层面都是中世纪千年基督教文化的诗学化表征，诗篇中的人物原型和无数典故与《圣经》形成了明暗呼应的"互文性"网络关系，因此《圣经》原文也是重要的引证文献。《圣经》拥有数量最多的语种版本，与《神曲》等古典文献雷同的是各种《圣经》译本都用数字标识章节和句子，比如依据《创世纪》（2：3）即可找到对应的圣经原文句段。有关《圣经》文本的部分也依照欧洲注释的惯例，采用文章内简单注解法，不再单列为注释词条。《神曲》与《圣经》文本的"互文性"关系也是论著撰写的第二个难点所在，因其牵涉的文本内容更为宽广。

　　由于笔者的能力有限，文章的研究成果无法超越欧洲但丁学会界的既有成果，但是从跨文化研究的角度来说，我国的《神曲》译介成果已经成熟，国内学者研究但丁学的成果也比较丰富，然而尚未出现从《神曲》宇宙观的角度来整体性溯源其体系设置的文化渊源，尤其是基督教神学教义的作品，本书所论的选题出发点就在于此。从文学交流的角度而言，笔者以中国文化根基来分析异国文学作品，适量引入东方文化视角和中国的《西游记》文本，从"时空观"和"宇宙学"视角切入，综合运用东西方各种相关的文献资源进行索引、对比、分析、论证，融汇了基督教神学、佛法宇宙观、托勒密宇宙体系、阿奎那法律学说、空间叙事学理论等综合知识，并归纳整合了多种译本的图片佐证资料，还自制了 20 多个图表以解释问题，以此创作出有别于欧洲的《神曲》研究专著成果，这是本书的创新之处。

附 录

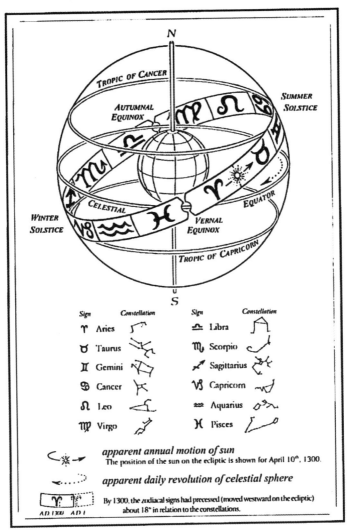

The Celestial Sphere and the Zodiac.

附录 1 太阳在黄道带运行的路径图

图片来源：《但丁百科》。Richard Lansing：*The Dante Encyclopedia*, New York: Routledge, 2010, XXII.

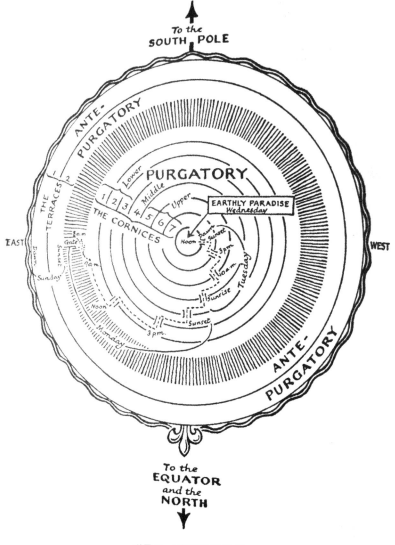

附录 2　但丁炼狱路线图

说明：1.太阳的轨迹，自东向西，从北方天际经过，逆时针方向运转；2.诗人们沿炼狱山北麓攀升的线路图，以及其对应的三昼夜时间分配表。

图片来源：Dorothy L.Sayers:*The Comedy of Dante Alighieri the Florentine.Cantica II: Purgatory*, Harmondsworth:Penguin Books,1955,p.340.

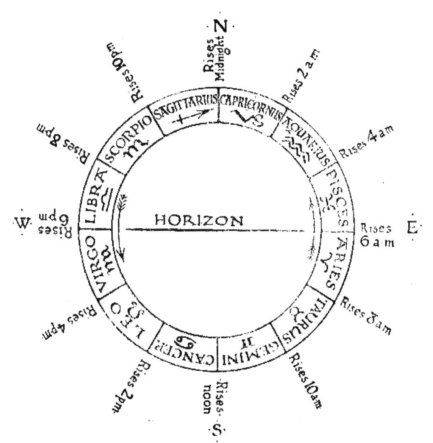

Showing the hours at which the several signs of the Zodiac
begin to rise at the spring equinox. Each sign begins to set
twelve hours after it begins to rise. The spectator is looking
North.

附录 3 "炼狱山"太阳时钟

说明：太阳从双鱼宫沿逆时针方向自东向西，经过北方天空沿黄道 12 星宫运行。

图片来源：Hermann Oelsner,Thomas Okey:*The Purgatorio of Dante Alighieri*,London: J.M. Dent

and Sons, Ltd,1933,p.59.

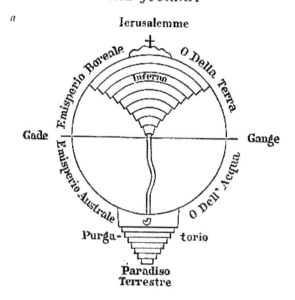

PLATE I

THE JOURNEY

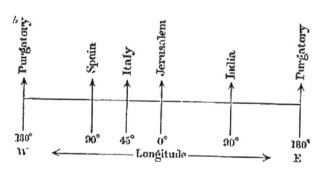

(From Moore's *Time-References in the 'Divina Commedia'*)

附录 4　炼狱时区三方对照表

说明: 上图为"炼狱—地狱"方位剖面图, 下图为西班牙、意大利、耶路撒冷和印度的经度对照表。这个经度以耶路撒冷为 0° 经线, 跟现代划分方式截然不同。

图片来源: 美国普林斯顿大学, 但丁学研究项目网站资源——图片表格部分。http://etcweb.princeton.edu/dante/。

附录 5　中世纪的托勒密宇宙体系图（十重天）

说明：Peter Apian, Cosmographia, Antwerp，1524。此体系与《神曲》的天国体系一致。

图片来源：F. A. C. Mantello and A. G. Rigg：*Medieval Latin: An Introduction and Bibliographical Guide*, The Catholic University of America Press, p. 365.

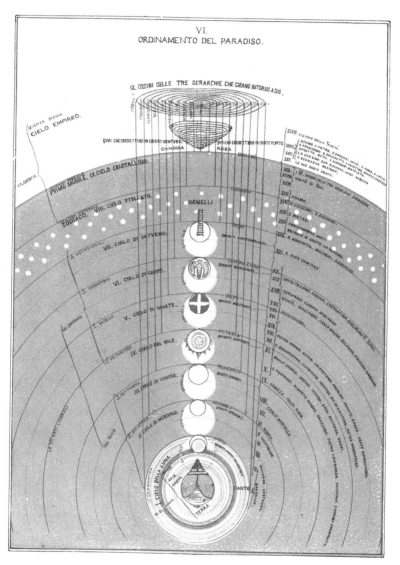

附录 6　天堂体系／秩序图

说明：Ordinamento del Paradiso, The Ordering of Paradise in the Divine Comedy, by Michelangelo Caetani (1804—1882), 1855. Current location:Ithaca, New York.意大利艺术家卡俄塔尼·米开朗琪罗的作品，现存地是希腊的伊萨卡和美国纽约。

图片来源：Source/Photographer, Cornell University: Persuasive Cartography: The PJ Mode Collection.

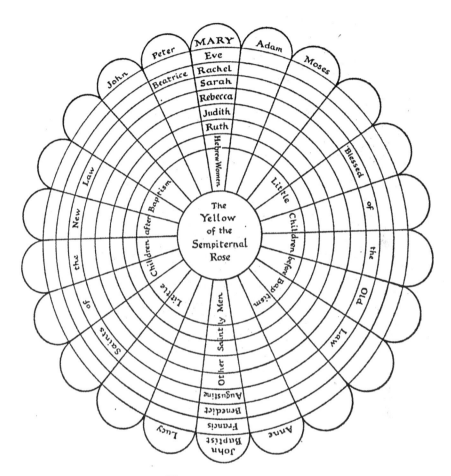

The Celestial Rose.

附录7　天府玫瑰

说明：《天国篇》第 32 章中出现的天国幻象之"纯白玫瑰"，彰显圣母玛利亚的爱德功绩，其中的坐席以玛利亚为分界线，旧约人物在玛利亚左侧，新约时代的人物位列右侧，天真纯洁的儿童在中间。

图片来源：Dorothy L.Sayers,Barbara Reynolds:*The Comedy of Dante Alighieri the Florentine.CanticaIII: Paradise*, Harmondsworth:Penguin Books, 1962,p.323.

分界	分区	诗篇	分层	分类	刑罚
界外		1—2 3 4	外围 第一层	骑墙派 林勃（异教徒）	蚊虫叮咬，界外徘徊 悬置的候判所
上层地狱	不能节制母狼	5	第二层	贪色	狂风裹卷撞击悬崖
		6	第三层	贪食	浸泡在污泥浊水中
		7	第四层	吝啬及浪费	胸推巨石互相撞击
		8	第五层	愤怒	在沼泽中咆哮厮杀
下层地狱		9—10	第六层	邪教徒（异端邪说者）	火坟地
	暴力罪狮子	12	第七层	1. 同类相残	沸腾的血沟
		13		2. 自杀	人树，被哈皮尔啄食树叶
		14—16		3. 侮辱上帝及自然	火焰雨，赤沙地
	欺诈罪豹子	18	第八层（十恶囊）普通关系	1. 淫媒及诱奸者	遭魔鬼鞭打
		18		2. 阿谀者	陷在污秽粪池里
		19		3. 圣职买卖者	脚心点火倒栽在石洞中
		20		4. 预言者	脸对臀部，倒着行走
		21—22		5. 贪官污吏	沥青池，鬼卒执钢叉监刑
		23		6. 伪君子	镀金的铅斗篷
		24—25		7. 窃贼	人蛇互变，蛋盆
		26—27		8. 劝人为恶者	火焰包裹
		28		9. 离间者	被恶鬼循环劈砍肢体
		29—30		10. 伪造者	水肿病／热病
		32	第九层特殊关系	1. 该隐环：谋杀亲族	低头冰冻在湖中
		33		2. 安特诺尔环：卖国	直面冰冻在湖中
		33		3. 托勒密环：暗算宾客	仰面冰冻在湖中
		34		4. 犹大环：卖恩主	在撒旦口中啮咬

附录8　地狱分析表

说明：依据各类型材料归纳总结的自制表格。地狱分九层圈，共有22个等级的罪行。地狱的"罪行"等级是从第二层开始算起，地狱外围和第一层不列入其中。

关于亚里士多德德性表

下面列出的德性表见于《欧台谟伦理学》第二卷(1220b37－a12)。

不及	德性	过度
麻木，ἀοργησία inrascibility, spiritlessness	温和，πραότης gentleness, good-temper	愠怒，ὀργιλότης irascibility, passionateness
怯懦，δειλία cowardice	勇敢，ἀνδρεία courage	鲁莽，θρασύτης rashness, audacity
惊恐，κατάπληξις shyness, bashfulness	羞耻，αἰδώς modesty, shame	无耻，ἀναισχυντία shamelessness
冷漠，ἀναισθησία insensibility	节制，σωφροσύνη temperance	放纵，ἀκολασία intemperance, profligacy
无名称， ἀνώνύμον	义愤，νέμεσις indignation	妒忌，φθόνος envy
失，ζημία gain	公正，δίκαίον justice	得，κέρδος loss
吝啬，ἀνελευθερία meanness, illiberality	慷慨，ἐλευθεριότης liberality	挥霍，ἀσωτία lavishness, prodigality
自贬，εἰρωνεία self-depreciation, irony	诚实，ἀλήθεια truthfulness, sincerity	自夸，ἀλαζονεία boastfulness
恨，ἀπέχθεια peevishness, surliness	友爱，φιλία friendliness	奉承，κολακεία complaisance
固执，αἰθαδεία stubbornness	骄傲，σεμνότης proper pride	谄媚，ἀρεσκεία servility
柔弱，τρύφερότης softness, luxuriousness	坚强，καρτερία endurance	操劳，κακοπάθεια suffering hardworking
谦卑，μικροψυχία humility, smallness	大度，μεγαλοψυχία magnificence	虚荣，χαυνότης vanity
小气，μικροπρέπεια niggardliness, snobbiness, shabbiness	大方，μεγαλοπρέπεια magnanimity, greatness	铺张，δαπανηρία vulgarity, tastelessness
单纯，εἰήθεια simplicity	明智，φρόνησίς prudence	狡猾，πανουργία cunningness

附录9 亚里士多德"德性及恶习分析表"

说明：托马斯·阿奎那在《神学大全》的"伦理学"部分将亚里士多德的哲学伦理学分类方式纳入神学教义中，得出一整套关于"德性、恶习及罪"的理论观点。

表格来源：廖申白译：《尼各马可伦理学》，商务印书馆2003年版，第333页。

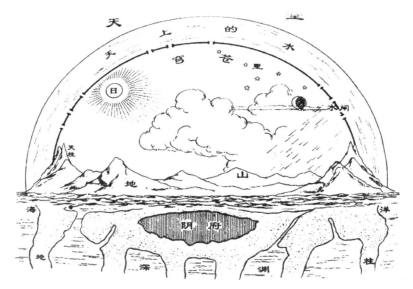

以色列人宇宙观图

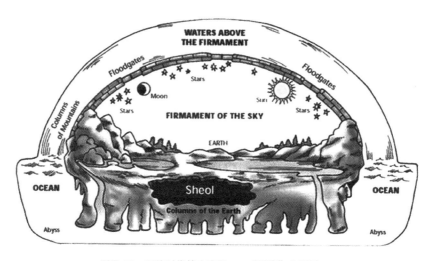

附录 10　旧约时代的宇宙观——"阴府"位置图

说明：上图为中文版《圣经·创世纪》中的"以色列人宇宙观"插图，下图为外文版对照彩色图片。

图片来源：中文版插图来自：思高圣经学会：《圣经》，南京爱德印刷有限公司 2009 年版，第 10 页。外文版对照配图来自百度网络图片。

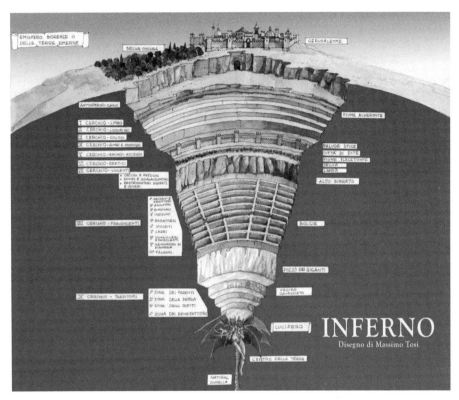

附录 11　地狱构造地形图

名称：Inferno Chart

版权：Reproduced with permission of the Museo Casa di Dante. The copyright to this illustration is held by the Unione Fiorentina of the Museo Casa di Dante.

图片来源：http://www.worldofdante.org/maps。

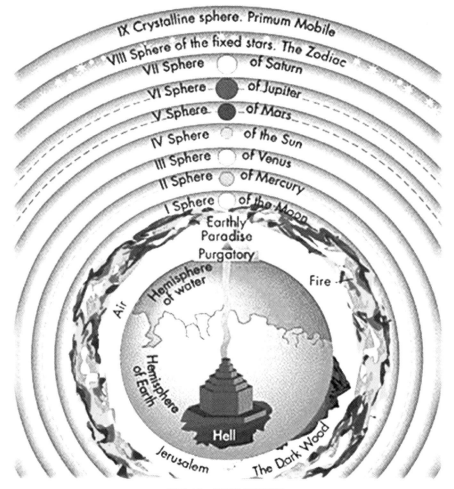

附录12　但丁的宇宙模型

名称：Dante's Universe

说明：此图模拟展示了：1.地球上地狱、炼狱的位置和轮廓；2.地球外围层圈的分布：南北半球水陆分界，大气圈和火焰层；3.九层天堂的空中剖面图、星体名称和对应的星宫守护神（有形诸天依照古希腊古罗马传统命名守护神）。

图片来源：http://www.worldofdante.org/maps。

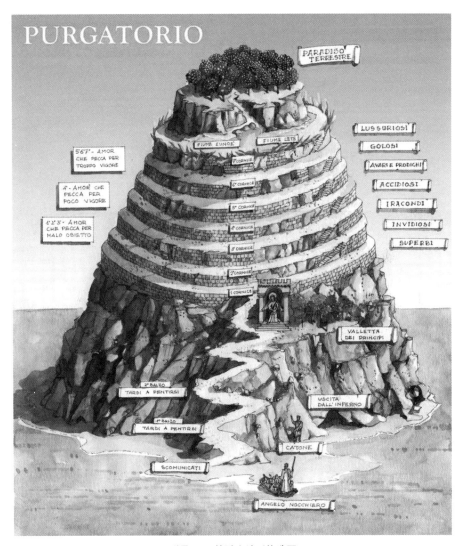

附录 13　炼狱山地形构造图

名称：Purgatory Chart

版权：Reproduced with permission of the Museo Casa di Dante. The copyright to this illustration is held by the Unione Fiorentina of the Museo Casa di Dante.

图片来源：美国弗吉尼亚大学但丁研究网站 http://www.worldofdante.org/maps。

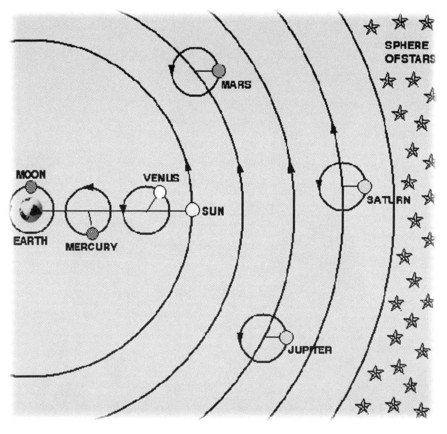

附录 14 托勒密天文体系模拟图

　　说明："本轮"与"均轮"轨道运行模拟图。托勒密设想的宇宙天体运行模式是七大行星有两种运行轨道，同时进行。在小的环形轨道上作"本轮"小圈循环运动，同时在以恒星天为背景的大圆上作"均轮"运转。即上图所示的小圆圈和大弧线。

　　图片来源：http://www.worldofdante.org/maps。

PLATE XXII. DESCENT OF DANTE FROM CACCIAGUIDA

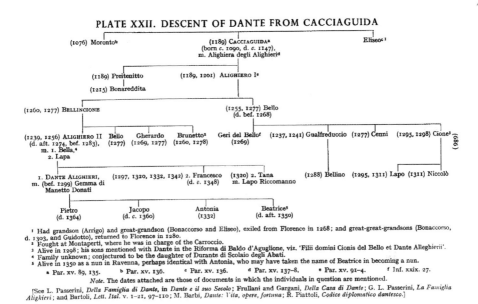

[1] Had grandson (Arrigo) and great-grandson (Bonaccorso and Eliseo), exiled from Florence in 1268; and great-great-grandsons (Bonaccorso, d. 1303, and Guidotto), returned to Florence in 1280.
[2] Fought at Montaperti, where he was in charge of the Carroccio.
[3] Alive in 1298; his sons mentioned with Dante in the Riforma di Baldo d'Aguglione, viz. 'Filii domini Cionis del Bello et Dante Alleghierii'.
[4] Family unknown; conjectured to be the daughter of Durante di Scolaio degli Abati.
[5] Alive in 1350 as a nun in Ravenna, perhaps identical with Antonia, who may have taken the name of Beatrice in becoming a nun.

[a] Par. xv. 89, 135.　[b] Par. xv. 136.　[c] Par. xv. 136.　[d] Par. xv. 137-8.　[e] Par. xv. 91-4.　[f] Inf. xxix. 27.

Note. The dates attached are those of documents in which the individuals in question are mentioned.

[See L. Passerini, *Della Famiglia di Dante*, in *Dante e il suo Secolo*; Frullani and Gargani, *Della Casa di Dante*; G. L. Passerini, *La Famiglia Alighieri*; and Bartoli, *Lett. Ital.* v. 1-21, 97-110; M. Barbi, *Dante: Vita, opere, fortuna*; R. Piattoli, *Codice diplomatico dantesco*.]

附录 15　但丁的家族谱

名称：Descent of Dante from Cacciaguida

表格来源：美国普林斯顿大学，但丁学研究项目网站资源——图片表格部分。

http://etcweb.princeton.edu/dante/

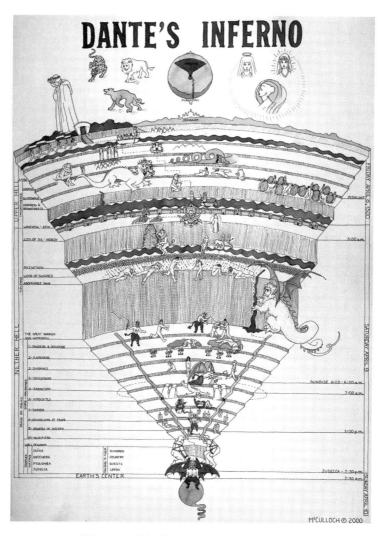

附录16 地狱的结构剖面图，各色鬼怪狱卒配置图

名称：Dante's Inferno

原图来源 Source: Lindsay McCulloch, 2000. The copyright to the illustration of the map of Hell is held by Lindsay McCulloch. Publication (print or electronic) or commercial use of this drawing is strictly prohibited. 本图来源：吕同六：《但丁的神曲》，见曹莉主编：《永远的乌托邦西方文学名著导读》（插图本），清华大学出版社2004年版，第11页。

附录 17-1 多雷插图——双环玫瑰圈

说明：对应《天国篇》第 12 歌 16—19 诗行。描述的是太阳天的圣贤哲人。

图片来源：美国普林斯顿大学"但丁研究"，http://etcweb.princeton.edu/dante。

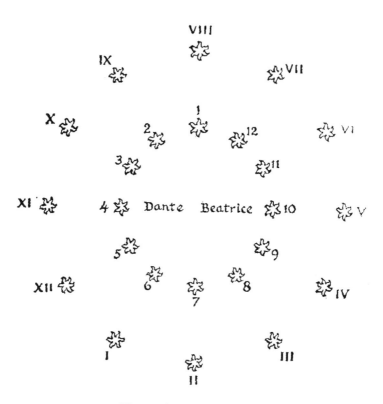

The Double Circle of Souls

1. St Thomas Aquinas	I. St Bonaventure
2. Albertus Magnus	II. Illuminato
3. Gratian	III. Fra Agostino
4. Peter Lombard	IV. Hugh of St Victor
5. Solomon	V. Petrus Comestor
6. Dionysius the Areopagite	VI. Peter of Spain
7. Orosius	VII. Nathan
8. Boethius	VIII. St Chrysostom
9. St Isidore	IX. St Anselm
10. Bede	X. Donatus
11. Richard of St Victor	XI. Rabanus
12. Sigier of Brabant	XII. Joachim of Flora

附录 17-2　对照图表：上图双环对应的贤哲人物榜单

图片来源：Dorothy L.Sayers,Barbara Reynolds:*The Comedy of Dante Alighieri the Florentine.Cantica III: Paradise*, Harmondsworth:Penguin Books, 1962,p.166.

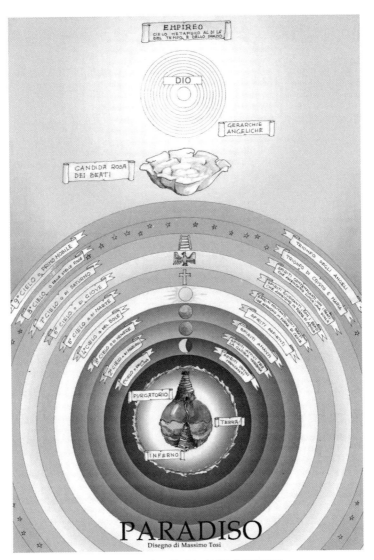

附录 18　天堂、炼狱和地狱的空间模拟图

名称：Paradise Chart

版权：Reproduced with permission of the Museo Casa di Dante. The copyright to this illustration is held by the Unione Fiorentina of the Museo Casa di Dante.

图片来源：美国弗吉尼亚大学网站 http://www.worldofdante.org/maps。

参考文献

外文文献

第一部分：资料及作品（按编者/注者/评者姓名字母序）

但丁原著：

Dante Alighieri, a cura di Daniole Mattalia,son le illustrazioni di Gastave Dore: *La Divina commedia: Inferno,Purgatorio,Paradiso*,Milano : Biblioteca Universale Rizzoli, 1980—1981.

Dante Alighieri, con una guida alla lettura di Edoardo Sanguineti: *Vita nuova*, Milano : Garzanti, 1977.

Dante Alighieri, a cura di Giuseppe A.Camerino: *La divina commedia*, Napoli: Liguori Editore, 2012—2014.

Le Opere di Dante Alighieri, Oxford : Nella Stamperia dell' Universita, 1924.

Dante Alighieri：*Le opere*, Roma : Salerno Editrice, 2012—2013.

Dante Alighieri, a cura di Manlio Pastore Stocchi: *Epistole ; Ecloge ; Questio de situ et forma aque et terre*, Roma : Antenore, 2012.

Dante Alighieri, con prefazione di Pasquale Papa: *Il convivio*, Milano: Signorelli, 1977.

Dante Alighieri, a cura di Piero Cudini:*Le rime*, Milano : Garzanti,1979.

Dante Alighieri, a cura di Prue Shaw:*Monarchia*, Firenze: Casa editrice le lettere, 2009.

Dante Alighieri, a cura di Saverio Bellomo: *Inferno*, Torino : Giulio Einaudi Editore, 2013.

但丁作品英文译本:

A.G. Ferrers Howell, Philip H. Wicksteed: *A Translation of the Latin works of Dante Alighieri*, London : J.M. Dent, 1929.

Dante Alighieri, with illustrations by Gustave Doré, edited and with introduction text by Anna Amari-Parker: *Dante's divine comedy*: *Hell, Purgatory, Paradise*, Edison, New Jersey : Chartwell Books, 2008.

Dante Alighieri, Barbara Reynolds: *La vita nuova*, Harmondsworth: Penguin Books, 1969.

Charles Eliot Norton: *The Divine comedy of Dante Alighieri*, Chicago: Encyclopaedia Britannica, 1952.

Dante Alighieri, Charles S. Singleton:*The Divine comedy*: *Inferno, Purgatorio, Paradiso*, Princeton, NewJersey: Princeton University Press, 1989—1991.

Dorothy L.Sayers: *The Comedy of Dante Alighieri the Florentine.Cantica I:Hell*, Harmondsworth: Penguin Books, 1949.

Dorothy L.Sayers:*The Comedy of Dante Alighieri the Florentine.Cantica II: Purgatory*, Harmondsworth: Penguin Books, 1955.

Dorothy L.Sayers, Barbara Reynolds: *The Comedy of Dante Alighieri the Florentine. Cantica III: Paradise,* Harmondsworth: Penguin Books, 1962.

Hermann Oelsner, John Aitken Carlyle: *The Inferno of Dante Alighieri*, London: J. M. Dent and Sons, Ltd, 1932.

Hermann Oelsner, Thomas Okey:*The Purgatorio of Dante Alighieri*.London: J. M. Dent and Sons, Ltd, 1933.

Hermann Oelsner, Philip Henry Wicksteed: *The Paradiso of Dante Alighieri*, London : J.M. Dent and Sons, Ltd, 1904.

Dante Alighieri, John D. Sinclair : *The Divine Comedy of Dante Alighieri; Inferno, Purgatorio, Paradiso*, New York : Oxford University Press, 1979—1981.

Dante Alighieri, Melville B. Anderson: *The Divine comedy of Dante Alighieri; Inferno, Purgatorio, Paradiso,* London : Oxford University Press, 1923—1929.

Paolo Milano, *The portable Dante*, New York: Viking Press,1977.

Dante Alighieri, Philip Henry Wicksteed:*The convivio of Dante Alighieri*, London: J.M. Dent, 1925.

第二部分：研究专著（按著者／编者姓名字母序）

Alison Morgan:Dante and the Medieval Other World. New York: Cambridge University Press,1990.

Annalisa Landolfi, Arianna Punzi:*Dante, oggi:acura di Roberto Antonelli*, Roma: Viella, 2011.

Antonella Braida, Luisa Calè: *Dante on view: The Reception of Dante in the Visual and Performing Arts*, Aldershot : Ashgate, 2007.

Claire E. Honess and Matthew Treherne Bern:*Reviewing Dante's theology*, New York : Peter Lang, 2013.

Derek Heater:*World Citizenship and Government:Cosmopolitan Ideas in the History of Western Political Thought,* New York: St.Martin's Press.1996.

Emilio Pasquini : *Vita di Dante:i giorni e le opera*, Milano : BUR, 2006.

Francesco Bausi : *Dante fra scienza e sapienza : esegesi del canto XII del Paradiso*, Firenze : L. S. Olschki, 2009.

Francesco Tigani Sava : *Dante scrive il cinema : per una letturacinematica della Divina Commedia*，Catanzaro Lido : Max, c2007.

Franco Masciandaro: *Dante as dramatist : the myth of the earthly paradise and tragic vision in the Divine comedy*,Philadelphia : University of Pennsylvania Press, 1991.

Gerald G. Walsh:*Dante Alighieri : citizen of Christendom*,Milwaukee : The Bruce Pub. Co, c1946.

Giorgio Stabile：*Dante e la filosofia della natura: percezioni, linguaggi, cosmologie*, Firenze : SISMEL, Edizioni del Galluzzo, 2007.

Giovanni Barberi Squarotti:*"L'intenziondel'arte": studisudante*, Milano: Franco Angeli, 2014.

Guy P. Raffa: *The complete Danteworlds a reader's guide to the Divine Comedy*, Chicago ; London : The University of Chicago Press, 2009.

Harold Bloom: *Dante*, New York: Chelsea House Publishers, 1986.

Harold Bloom: *Modern Critical Interpretations: Dante's Divine Comedy*, Chelsea House Publishers, 1997.

Hubert Dreyfus, Sean Dorrance Kelly: *All things shining : reading the Western classics to find meaning in a secular age*, New York : Free Press, 2011.

Jay Ruud:*Critical Companion To Dante:A Literary Reference to His Life and Work,* New York: Facts On File, Inc.An imprint of Infobase Publishing,2008.

Jelena O.Krstovic Editor: *Classical and Medieval Literature Criticism Volume 3, Dante Alighieri; Italian poet; entry devoted to the Inferno(1—170)*, Detroit, Mich: Gale

Research Company, c1988.

John C. Barnes, Jennifer Petrie Editor: *Dante and the human body*, Dublin Portland : Four Courts Press, c2007.

John G. Demaray :*Cosmos and Epic Representation : Dante, Spenser, Milton, and The Transformation of Renaissance Heroic Poetry*, Pittsburgh:Duquesne University Press, c1991.

John Kinsella:*The Divine Comedy: Journeys Through a Regional Geography*,St Lucia, Qld: The University of Queensland Press, 2008.

Justin Steinberg, *Dante and the Limits of the Law*, Chicago ; London : The University of Chicago Press, 2013.

Karl Vossler, William Cranston Lawton: *Mediaeval Culture : An Introduction to Dante and His Times*, London : Constable & Co, Ltd, 1929.

Luciano Gargan, Dante: *la sua biblioteca e lo studio di Bologna*, Roma: Editrice Antenore, 2014.

Maria Francesca Rossetti: *A Shadow of Dante:Being an Essay Towards Studying Himself, His World and His Pilgrimage*, New York : Cambridge University Press, 2013.

Marco Gallarino: *Metaphysics and Cosmology in Dante: il tema della rovina angelica*, Bologna: Società editrice il mulino, 2008.

Marina Marietti : *L'umana famiglia : studi sul Paradiso*,Roma : Aracne, 2011.

Michael Caesar: *Dante: The Critical Heritage,1314(?)—1870*, London; NewYork: Routledge, 1989.

Minguzzi: *Lastruttura occulta della Divina commedia*, Milano: Libri Scheiwiller, 2007.

Mirko Tavoni: *Dante e la lingua italiana: a cura di Mirko Tavoni*, Ravenna: Longo

Editore, 2013.

Olivia Holmes: *Dante's Two Beloveds:Ethics and Erotics in the Divine Comedy*, New Haven : Yale University Press, 2008.

Patrick Boyde: *Human Vices and Human Worth in Dante's Comedy*,Cambridge, UK ; New York, NY, USA : Cambridge University Press, 2000.

Peter Dronke: *Dante and Medieval Latin Traditions*, Cambridge; New York: Cambridge University Press,1986.

Stephen Bemrose: *A New Life of Dante*，Exeter : University of Exeter Press, 2009.

William Franke Editor: *Dante and the Sense of Transgression: The Trespass of the Sign*, London; New York : Continuum, c2012.

第三部分：学术论文

Amilcare A. Iannucci: *Dante's Theory of Genres and the "Divina Commedia"*, Dante Studies, 91(1973), pp. 1–25.

Andrea Dini: *The comedy of Hell: Pasolini and Sanguineti's Rewritings of Dante's "Inferno"*, The University of Wisconsin – Madison, Ph.D,1998.

Annette Budzinski-Luftig:*The Divine Comedy of Education-curious German Encounters with Dante*, The Johns Hopkins University, Ph.D, 2010.

Francesca Cavalli: *La Figura Femminile Nella Divina Commédia di Dante Alighieri*, Revista de Letras, 7 (1965), pp. 121–134.

Gabriel Zoran:*Towards a Theory of Space in Narrative Poetics Today*, The Construction of Reality in Fiction, Duke University Press, 2(1984) , pp. 309–335.

J. J. L. Duyvendak: *A Chinese "Divina Commedia"*, T'oung Pao, 41(1952), pp. 255–316+414.

L. Oscar Kuhns：*Dante's Treatment of Nature in the Divina Commedia*，Modern Language Notes, 1 (1896), pp. 1−9.

Michel Foucault, Jay Miskowiec:*Of Other Spaces, Diacritics*, The Johns Hopkins University Press, 1(1986), pp. 22−27.

Table of the Leading Dates in the Chronology of English Translations from Dante, Annual Reports of the Dante Society, 24 (1905), pp. 18−19.

Thomas G. Bergin: *Review: Dante in Our Time, The Sewanee Review*, 4 (1976), pp. 706−713.

T. K. Seung: *The Epic Character of the Divina Commedia and the Function of Dante's Three Guides, Italica*, 4 (1979), pp. 352−368.

W. T. Harris: *The Spiritual Sense of Dante's "Divina Commedia", The Journal of Speculative Philosophy*, 4 (1887), pp. 349−451.

中文文献

第一部分：资料及作品（按著者／译者姓名音序排列）

《神曲》汉译本：

〔意〕但丁：《神曲》（3 册，《地狱篇》《炼狱篇》《天堂篇》），黄国彬译，外语教学与研究出版社 2009 年版。

〔意〕但丁：《神曲》（3 册，《地狱篇》《炼狱篇》《天堂篇》），黄文捷译，花城出版社 2000 年版。

〔意〕但丁：《神曲》（3 册，《地狱篇》《炼狱篇》《天堂篇》），田德望译，人民文学出版社 1990、1997、2001 年版。

〔意〕但丁：《神曲》，王维克译，人民文学出版社 1954 年版。

〔意〕但丁：《神曲》（3 册，《地狱篇》《炼狱篇》《天堂篇》），张曙光译，广西师范大学出版社 2005 年版。

〔意〕但丁：《神曲》（3 册，《地狱篇》《炼狱篇》《天堂篇》），朱维基译，上海译文出版社 1984 年版。

但丁其他作品译本：

〔意〕但丁：《但丁精选集》，吕同六选编，北京燕山出版社 2004 年版。

〔意〕但丁：《论俗语》，《致斯加拉亲王书——论〈神曲〉天国篇》，缪灵珠译，见《缪灵珠美学译文集》（第 1 卷），中国人民大学出版社 1987 年版。

〔意〕但丁：《但丁抒情诗选》，钱鸿嘉译，上海译文出版社 1988 年版。

〔意〕但丁：《新生》，钱鸿嘉译，上海译文出版社 1988 年版。

〔意〕但丁：《新的生命》，沈默译，东方出版社 2007 年版。

〔意〕但丁：《论世界帝国》，朱虹译，商务印书馆 2009 年版。

其他相关作品：

〔古罗马〕奥古斯丁：《上帝之城》，王晓朝译，人民出版社 2006 年版。

〔古罗马〕奥古斯丁：《忏悔录》，周士良译，商务印书馆 1963 年版。

〔古罗马〕奥维德：《变形记》，杨周翰译，人民文学出版社 1984 年版。

〔古希腊〕柏拉图：《柏拉图全集》，王晓朝译，人民出版社 2002、2003 年版。

〔德〕歌德：《浮士德》，钱春绮译，上海译文出版社 2007 年版。

〔德〕古斯塔夫·施瓦布：《希腊神话故事》，赵燮生、艾英译，花城出版社 2014 年版。

〔古希腊〕荷马：《荷马史诗》，陈中梅译，上海译文出版社 1998 年版。

〔古希腊〕赫西俄德：《工作与时日神谱》，张竹明、蒋平译，商务印书馆 1991 年版。

〔古罗马〕卢克莱修：《物性论》，方书春译，商务印书馆 1981 年版。

〔英〕弥尔顿：《失乐园》，傅东华译，人民文学出版社 1958 年版。

〔英〕弥尔顿：《失乐园》，金发燊译，湖南人民出版社 1987 年版。

〔意〕多玛斯·阿奎那：《神学大全》（17 册），刘俊余、周克勤等译，碧岳学社／中华道明会 2008 年版。

〔意〕托马斯·阿奎那：《神学大全》（第一集），段德智译，商务印书馆 2013 年版。

〔古罗马〕维吉尔：《埃涅阿斯纪》，杨周翰译，人民文学出版社 1984 年版。

〔古希腊〕亚里士多德：《亚里士多德全集》，苗力田主编，中国人民大学出版社 1991 年版。

〔西班牙〕伯纳德·赫勒特（Bernard Hurault）注释：《牧灵圣经》（天主教圣经新旧约全译本），王凌等译，南京爱德印刷有限公司 2007 年版。

思高圣经学会：《圣经》，南京爱德印刷有限公司 2009 年版。

香港圣经公会：《圣经》（新旧约全书），香港圣经公会 1982 年版。

〔意〕朱利欧·莱奥尼：《马赛克镶嵌壁画案》，罗妙红译，人民文学出版社 2008 年版。

吴承恩：《西游记》，人民文学出版社 1980 年版。

工具书：

〔美〕M. H. 艾布拉姆斯：《欧美文学术语词典》，朱金鹏、朱荔译，北京大学出版社 1990 年版。

赵一凡等主编：《西方文论关键词》，外语教学与研究出版社 2006 年版。

尹建民主编：《比较文学术语汇释》，北京师范大学出版社 2011 年版。

第二部分：研究专著

《神曲》研究专著和传记：

〔意〕薄伽丘、布鲁尼：《但丁传》，周施廷译，广西师范大学出版社 2008 年版。

〔美〕弗里切罗：《但丁：皈依的诗学》，朱振宇译，华夏出版社 2014 年版。

〔英〕霍尔姆斯：《但丁》，裴姗萍译，中国社会科学出版社 1989 年版。

〔美〕霍金斯：《但丁的圣约书——圣经式想象论集》，朱振宇译，华夏出版社 2011 年版。

〔俄〕梅列日科夫斯基：《但丁传》，汪晓春译，团结出版社 2005 年版。

〔美〕乔治·桑塔亚：《诗与哲学：三位哲学诗人卢克莱修、但丁及歌德》，华明译，广西师范大学出版社 2002 年版。

〔意〕拉法埃莱·坎巴内拉著：《但丁与〈神曲〉》，李丙奎、陈英、孙傲译，商务印书馆 2016 年版。

〔美〕斯通：《剖析恶魔》（邪恶的二十二个等级），晏向阳译，译林出版社 2011 年版。

〔意〕托比诺：《但丁传》，刘黎亭译，上海译文出版社 1984 年版。

残雪：《永生的操练：解读〈神曲〉》，北京十月文艺出版社 2004 年版。

高星：《〈神曲〉版本收藏》，中国华侨出版社 2020 年版。

姜岳斌：《伦理的诗学：但丁诗学思想研究》，浙江大学出版社 2007 年版。

李玉悌：《但丁与〈神曲〉》，陕西人民出版社 1989 年版。

龚宾编著：《但丁走进了屈原的朋友圈》，上海古籍出版社 2015 年版。

邢啸声：《〈神曲〉插图集》，上海人民美术出版社 1994 年版。

朱耀良：《走进〈神曲〉》，天津社会科学出版社 2004 年版。

蔡红燕、张山：《风中的翅羽：屈原、但丁思想创作论》，云南大学出版社 2008 年版。

文集中的《神曲》评论：

〔美〕爱默生著、艾略特编：《爱默生集》，孔令翠、蒋橹译，北京理工大学出版社 2014 年版。

〔阿根廷〕博尔赫斯：《博尔赫斯谈艺录》，王永年等译，浙江文艺出版社 2005 年版。

〔美〕哈罗德·布罗姆：《西方正典》，江宁康译，译林出版社 2005 年版。

〔美〕哈罗德·布罗姆：《史诗》，翁海贞译，译林出版社 2016 年版。

〔美〕哈格：《解密丹·布朗〈地狱〉》，路旦俊译，人民文学出版社 2014 年版。

〔英〕刘易斯：《中世纪和文艺复兴时期的文学研究》，胡虹译，华东师范大学出版社 2010 年版。

〔英〕T.S. 艾略特：《艾略特诗学文集》，王恩衷编译，国际文化出版公司 1989 年版。

〔英〕托马斯·卡莱尔等：《生命的沉思》，刘曙光编译，新华出版社 2000 年版。

〔英〕托马斯·卡莱尔：《卡莱尔文学史演讲集》，姜智芹译，广西师范大学出版社 2005 年版。

〔英〕托马斯·卡莱尔：《论历史上的英雄、英雄崇拜和英雄业绩》，周祖达译，商务印书馆 2010 年版。

张曙光：《堂吉诃德的幽灵》，北京大学出版社 2014 年版。

相关的哲学、历史文化专著：

〔英〕阿利斯特·E. 麦格拉斯：《天堂简史——天堂概念与西方文化之探究》，高民贵、陈晓霞译，北京大学出版社 2006 年版。

〔古罗马〕奥古斯丁：《论灵魂及其起源》，石敏敏译，中国社会科学出版社 2004 年版。

〔美〕E.·沃格林：《中世纪晚期》，段保良译，华东师范大学出版社 2009 年版。

〔美〕坚尼·布鲁克尔：《文艺复兴时期的佛罗伦萨》，朱龙华译，三联书店 1985 年版。

〔瑞士〕卡尔·古斯塔夫·荣格：《原型与集体无意识》，徐德林译，国际文化出版公司 2011 年版。

〔美〕肯·威尔伯：《万物简史》，许金声等译，中国人民大学出版社 2006 年版。

〔美〕罗德·W. 霍尔顿、文森特·F. 霍普尔：《欧洲文学的背景》，王广林译，重庆出版社 1991 年版。

〔英〕罗素：《西方哲学史》，何兆武、李约瑟译，商务印书馆 1963 年版。

〔希腊〕尼萨的格列高利：《论灵魂与复活》，张新樟译，上海人民出版社 2006 年版。

〔意〕马基雅维利：《佛罗伦萨史》，李活译，商务印书馆 1982 年版。

〔美〕麦钱特：《史诗论》，金惠敏、张颖译，北岳文艺出版社 1989 年版。

〔意〕欧金尼奥·加林：《中世纪与文艺复兴》，李玉成等译，商务印书馆 2012 年版。

〔美〕蒲朗：《基督教神学大纲》，邓秉彝译，上海广学会 1938 年版。

〔法〕让·贝西埃：《诗学史》，史忠义译，河南大学出版社 2010 年版。

〔美〕太史文：《幽灵的节日：中国中世纪的信仰与生活》，侯旭东译，浙江人民出版社 1999 年版。

〔意〕托马斯·阿奎那：《阿奎那政治著作选》，马清槐译，商务印书馆 2009 年版。

〔瑞士〕雅各布·布克哈特：《意大利文艺复兴时期的文化》，何新译，商务印书馆 1983 年版。

〔法〕雅克·勒戈夫：《中世纪的知识分子》，张宏译，商务印书馆 1996 年版。

〔英〕詹姆斯·布赖斯：《神圣罗马帝国》，孙秉莹等译，商务印书馆 2016 年版。

北京大学哲学系外国哲学史教研室：《古希腊古罗马哲学》，商务印书馆 1982 年版。

洪启嵩：《佛教的宇宙观》，全佛文化事业有限公司 2006 年版。

侯建、林燕梅著：《人文主义法学思潮》，法律出版社 2007 年版。

胡家峦：《历史的星空：文艺复兴时期英国诗歌与西方传统宇宙论》，北京大学出版社 2001 年版。

陆扬：《欧洲中世纪诗学》，上海社会科学出版社 2000 年版。

沈萼梅：《意大利文学》，外语教学与研究出版社 1999 年版。

王军、徐秀云：《意大利文学史中世纪和文艺复兴时期》，外语教学与研究出版社 1997 年版。

杨慧林、黄晋凯：《欧洲中世纪文学史》，译林出版社 2001 年版。

杨周翰：《镜子与七巧板》，中国社会科学出版社 1990 年版。

张世华：《意大利文艺复兴研究》，上海外语教育出版社 2002 年版。

宇宙学、叙事学理论等：

〔俄〕巴赫金：《陀思妥耶夫斯基的诗学问题》，白春仁、晓河译，三联书店 1998 年版。

〔意〕布鲁诺：《论原因、本原与太一》，汤侠声译，商务印书馆 1998 年版。

〔意〕布鲁诺：《论无限、宇宙和诸世界》，田时纲译，人民出版社 2010 年版。

〔加拿大〕弗莱：《伟大的代码：圣经与文学》，郝振良等译，北京大学出版社 1997 年版。

〔英〕G. J. 威特罗：《时间的本质》，文荆江、邝桃生译，科学出版社 1982 年版。

〔法〕路易·加迪等：《文化与时间》，郑乐平、胡建平译，浙江人民出版社 1988 年版。

〔美〕罗伯特·斯科尔斯、詹姆斯·费伦、罗伯特·凯洛特：《叙事的本质》，于雷译，南京大学出版社 2015 年版。

〔美〕玛格丽特·魏特罕：《空间地图——从但丁的空间到网络的空间》，薛绚译，台湾商务印书馆 1999 年版。

〔法〕皮埃尔·西蒙·拉普拉斯：《宇宙体系论》，李珩译，上海译文出版社 2001 年版。

〔英〕史蒂芬·霍金：《时间简史》，许明贤、吴忠超译，湖南科学技术出版社 2012 年版。

〔英〕W. C. 丹皮尔：《科学史》，李珩译，商务印书馆 1979 年版。

〔美〕W. J. T. 米歇尔：《图像理论》，陈永国、胡文征译，北京大学出版社 2006 年版。

〔法〕亚历山大·柯瓦雷：《从封闭世界到无限宇宙》，邬波涛等译，北京大学出版社 2008 年版。

〔美〕约瑟夫·弗兰克等：《现代小说中的空间形式》，秦林芳编译，北京大学出版社 1991 年版。

江晓原：《中国天学史》，上海人民出版社 2005 年版。

金学宽：《时空与灵性》，中国宇航出版社 2006 年版。

梁工：《圣经叙事艺术研究》，商务印书馆 2000 年版。

申丹：《叙事学与小说文体学研究》，北京大学出版社 1998 年版。

吴国盛：《时间的观念》，北京大学出版社 2006 年版。

尤迪勇：《空间叙事研究》，三联书店 2014 年版。

第三部分：学术论文

陈才忆：《从地府到天堂——西方史诗的传承和发展》，《重庆交通学院学报（社科版）》，2004（6）。

陈鹤鸣：《但丁〈神曲〉的宗教灵魂观念探源》，《外国文学研究》，1998（3）。

戴悦：《论〈神曲〉结构的空间性》，《大众文艺》，2014（16）。

邓阿宁：《中国古典文学中的酆都鬼城与但丁〈神曲〉的亡灵世界之比较》，《重庆师范学院学报》，1997（4）。

葛涛：《有意味的形式——论〈故事新编〉与〈神曲·天堂篇〉》，《中国农业大学学报》（社会科学版），1999（3）。

华宇清：《〈神曲〉的近代性》，《外国文学研究》，1980（4）。

黄桂玲：《〈神曲〉与〈红楼梦〉比较研究》，《焦作教育学院学报》，2002（3）。

姜岳斌：《〈神曲〉与〈西游记〉中天堂观念的比较》，《外国文学研究》，2000（3）。

姜岳斌：《但丁在中国的百年回顾》，《外国文学研究》，2015（1）。

康孝云：《但丁〈神曲〉与托马斯·阿奎那的伦理学——兼论人文主义的起点与思想渊源》，《甘肃社会科学》，2013（1）。

李孟端：《透过但丁的〈神曲〉解析电影〈七宗罪〉中凶手的杀人动机》，《文学艺术》，2009（6）。

林铮：《〈神曲〉第一部曲与新柏拉图主义的汇合》，《外国文学研究》，2001（3）。

刘建军：《中世纪基督教文化的人学观与但丁创作》，《外国文学研究》，2000（3）。

陆杨：《但丁与阿奎那——从经学到诗学》，《外国文学研究》，1997（3）。

陆杨：《空间理论和文学空间》，《外国文学研究》，2004（4）。

雒庆娇：《论〈神曲〉叙事模式的转变》，《甘肃社会科学》2003（4）。

雒庆娇：《〈神曲〉结构的空间性阐释》，《世界文学评论》，2006（1）。

苏欲晓：《论C.S.刘易斯的"中世纪模型"》，《外国文学评论》，2013（1）。

吴笛：《但丁〈神曲〉的跨媒体传播及其变异》，《外国文学研究》，2015（5）。

肖锦龙：《从〈神曲〉研究看新时期外国文学研究的方法论》，《华东师范大学学报》，2007（5）。

徐志啸：《神游论》，《求索》，1991（4）。

杨俊光、于建东：《〈神曲〉与〈西游记〉中救赎原型母题共性研究》，大连大学学报，2016（4）。

朱振宇：《从"上帝之城"到"世界帝国"——但丁对奥古斯丁政治思想的继承与修正》，《世界宗教文化》，2013（6）。

朱振宇：《灵魂的形体——〈神曲〉中"像身体一样的灵魂"现象解》，《北京大学学报（哲学社会科学版）》，2014（5）。

朱振宇：《〈神曲〉中的"水"与"土"》，《海南大学学报（人文社会科学版）》，2015（3）。

邓艳艳：《在但丁影响下的 T.S. 艾略特》，博士学位论文，上海师范大学，2007 年。

姜岳斌：《神学光环下的但丁诗学思想》，博士学位论文，华中师范大学，2005 年。

谢雪梅：《虚构叙事中时间的分形》，博士学位论文，浙江大学，2006 年。

张鸿：《〈宇宙与意象〉研究及中国古代宇宙诗学论》，博士学位论文，中国社会科学院研究生院，2014 年。

张延杰：《德治的承诺：但丁历史人物评价中的政治意图研究》，博士学位论文，北京大学，2010 年。

后 记

本书是笔者攻读博士学位的毕业论文成果。2013 年 9 月—2017 年 6 月，笔者在北京外国语大学中国语言文学学院攻读博士学位，在石云涛教授的指导下从事"比较文学与跨文化研究"专业"中外文化与文学交流"方向的研究。读博期间，不论是在学术素养、学业进步方面，还是在教学工作、日常生活领域，都得到了导师的悉心教导。在本书选题、材料搜集、撰写等每一个至关重要的环节，导师都在百忙之中定期抽出时间当面指导和调整我的写作方案，给出准确、明晰的指导意见。导师的谆谆教诲和专业意见给本人论著的顺利完成提供了莫大的帮助，导师事必躬亲、兢兢业业的学术风范为我树立起一个终身学习的榜样，是笔者在学术研究道路上不断前进的精神动力，衷心感谢导师的栽培和教导。

与此同时，本书在材料搜集、理论视角等方面得到了沈萼梅、张晶、魏崇新、张西平、顾钧、汪剑钊、文铮、陈才智等专家教授们的热心指教和专业意见，对此深表感谢！

此外，感谢我的家人分担家务和帮忙照看两个孩子，为我提供了宝贵的时间。感谢原工作单位和现就职单位的领导、同事、朋友们给予我的支持和鼓励！

最后，特别感谢云南师范大学的出版支持，感谢东方出版社编辑的审稿校稿工作，这些都是本书得以出版面世的支持力量、坚强后盾，再次向所有给予我支持和帮助的人们表达诚挚的谢意！